KB013018

최강자 남주의
라이벌을 그만두었더니

IV

최강자 남주의 라이벌을 그만두었더니

유나진 장편소설

IV

블라썸

CONTENTS

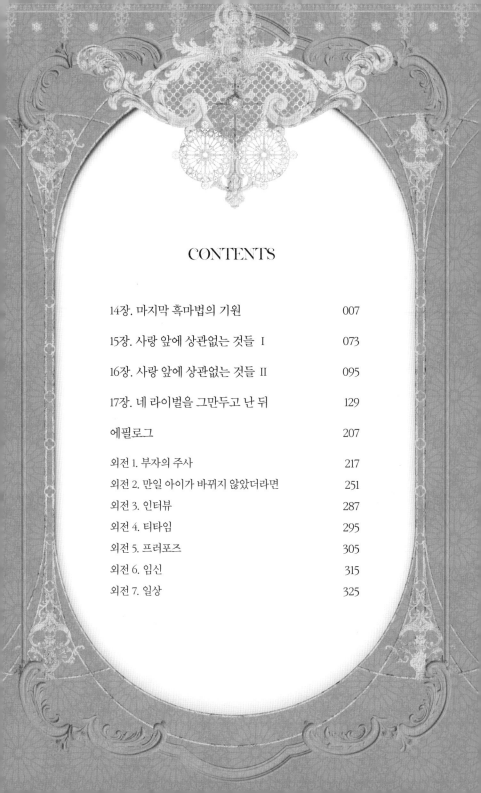

14장. 마지막 흑마법의 기원   007

15장. 사랑 앞에 상관없는 것들 Ⅰ   073

16장. 사랑 앞에 상관없는 것들 Ⅱ   095

17장. 네 라이벌을 그만두고 난 뒤   129

에필로그   207

외전 1. 부자의 주사   217

외전 2. 만일 아이가 바뀌지 않았더라면   251

외전 3. 인터뷰   287

외전 4. 티타임   295

외전 5. 프러포즈   305

외전 6. 임신   315

외전 7. 일상   325

14장

마지막
흑마법의 기원

아론은 아나벨과 함께 행동했었다. 그러니 다른 사람은 몰라도 그는 세 번째 흑마법의 기원이 어디 있는지 알 수도 있었다.

"너 표정이 왜 그래? 마치 넋을 잃은 것처럼……."

브레이든은 난생처음 보는 이안의 넋을 잃은 얼굴에 당황했지만 어쨌든 대답했다.

"약물 어쩌고 하면서 본부로 가던데…… 이안?"

이안은 끝까지 듣지도 않고 본부 쪽으로 날 듯이 뛰기 시작했다. 이곳이 검술 대회 경기장이라는 것도 의식되지 않았다. 지금 당장 아나벨이 보고 싶었다. 그 역시 아나벨에게 할 말이 있었다. 비이성적이지만 그 생각밖에 들지 않았다.

이안은 미친 듯이 달려서 곧 본부 쪽으로 가고 있는 아론에게 다다랐다. 아론은 세시안느와 나란히 이런저런 대화를 하며 천천히 이동 중이었다.

"그래서 본부부터 가는 겁니다."

"그렇군요. 곧 예선이 시작되지 않나요? 저도 괜찮으니 부담 갖지 말고……."

"세시안느, 제가 예선전에서 탈락할 일은 없어요."

"하지만 지금까지 승률 0%지 않나요?"

"……열두 살 때 1전 1패 한 것 가지고 그렇게 통계를 내면 곤란합니다."

"그래도 틀린 말은 아니잖아요."

"아무래도 그때 납치되는 역할을 하는 게 아니었어요. 세시안느 앞에서 멋있는 역할은 누님만 가져갔……. 어억, 이안 님?"

이안은 연인과 함께 도란도란 이야기를 나누고 있는 아론을 붙잡아 세웠다.

아론은 눈을 굴리며 중얼거렸다.

"역시 누님의 말이 옳았군요. 내심 우승을 노렸는데 그건 안 되겠어요……."

아론의 말에 이안은 바로 그가 아나벨의 계획을 알고 있음을 눈치챘다. 분명히 아나벨은 아론에게 검술 대회 때 이안을 보낼 것까지 말한 것이었다. 자기 대신 아론을 출전시켜 놓고 말이다.

"아론, 아나벨은 어디 있지?"

"……네? 지금 이 시점에 누님 이야기는 왜 물으십니까?"

아론은 눈을 가늘게 뜨고 의심스럽다는 듯이 이안을 바라보았다. 이안은 그의 멱살이라도 잡을 것처럼 으르렁대며 다시 한번 다그쳤다.

"아나벨과 로버트 황자님이 어디로 갔느냐고 물었다. 세 번 말하게 하지 마."

"칼론 황태자님도 대외적으로는 그저 행적을 쫓는다고 했습니다. 그렇게 궁금하시면 검술 대회 끝나고 뒤를 쫓으시는 게……."

"네가 언제부터 아나벨의 말을 그렇게 잘 들었다고 그러지?"

"원래 잘 들었는데요. 그런 의미에서 누님의 말을 더 전해 드려야겠군요."

아론은 대뜸 들고 있던 서류를 내밀었다.

"이안 님이 제때 도착하시면 이걸 본부에 전해 달라고 하셨습니다. 검술 대회 참가자들 사이에 돌았던 불법 약물 유통 경로라고요."

이안은 반사적으로 서류를 받아 들었다. 대충 첫 장을 들춰 보니 순간적으로 실력을 끌어올리는 약물이었다.

"멍청한 것들. 이런 건 어떤 방식으로든 부작용이 있기 마련인데."

이안은 혀를 차고 다시 서류를 아론에게 내밀었다.

"이런 사소한 건 그냥 네가 처리해. 나는 아나벨에게 가 봐야 하니 어디 있는 지나 말하고.”

“사소하지 않습니다. 누님 말로는 황후님도 연관되어 있다는데요?”

“……뭐?”

아론의 말을 순식간에 조합한 이안의 얼굴이 더 흉악해졌다.

“어머.”

세시안느가 아론의 귀에 대고 속삭였다.

“웨이드로스 소공작님은 성격이 좋다고 하시던데…… 헛소문이었네요. 역시 사람은 겪어 봐야 안다니까요.”

물론 이안은 그녀의 평가에 신경 쓸 틈이 없었다. 아론의 말에 따르면 칼론은 아나벨과 로버트를 따라갔다고 했다. 당연히 마지막에 들었던 아나벨의 계획에 따르면 칼론은 흑마법의 기원이 있는 곳을 알고 있었다. 그리고 황후가 자신이 쓰려고 불법 약물을 구했을 리 없었다.

‘라기안에게 줬겠지.’

이안은 그동안 불법 약물에 관심이 없었다. 그 약물이라는 것이 얼마나 실력을 향상시키는지 감이 잡히지 않았다. 혹시라도 아나벨의 실력을 훨씬 더 웃돌게 된다면…….

“네 번째로 말하는데, 아나벨에게 가 봐야 하니 어디 있는지 당장 말해.”

이안은 결국 검을 빼 들며 섬뜩하게 말했다.

세시안느가 눈을 굴리며 덧붙여 속삭였다.

“세상에, 그걸 다 세고 있었나 봐요…….”

물론 아론은 이안의 검에 바로 굴복할 사람이었다.

그는 다시 서류를 받아 든 채 뒷걸음치며 대답했다.

“스마호 숲입니다, 이안 님.”

“……뭐?”

“애초에 제가 군이 안 알려 드린 이유가 있어요. 알아봤자 쫓아갈 수도 없다고요. 황족 외 1인만 갈 수 있는 곳 아닙니까."

아론이 황급히 말했다.

"괜히 가서 마물들에게 떼로 습격당하지 않으려면 누님의 뜻대로……."

"……이안 님?"

물론 아론은 끝까지 말을 이을 수 없었다.

이안이 그대로 그를 지나쳐 달려 나간 것이다.

제912회 검술 대회는 혼란 속에서 막을 올렸다. 일단 모두가 기대했던 두 명의 참가자가 모두 불참했다.

"이게 어떻게 된 일인가."

황제는 혀를 차며 이마를 짚었지만 대답해 줄 자식들도 없었다. 칼론도 로버트도 모두 흑마법의 기원을 처치하러 간다고 수도를 비웠던 것이다.

"검술 대회 직전에 출발하는 것부터 좀 마음에 걸리긴 했다만……."

내심 아나벨의 선전을 바랐던 황제는 혼자서 슬프게 중얼거렸다. 물론 그 역시 우승자는 이안일 것이라고 예측하고 있던 차였다. 그 910회와 911회 검술 대회에서 이안은 너무나 쉽게 아나벨을 꺾었다.

"……어떻게 된 일이지."

물론 아쉬워하는 사람은 황제뿐만이 아니었다.

"이안도 아나벨도 없다니……."

레슬리는 열기 없는 눈으로 예선 경기를 바라보며 중얼거렸다.

참가자 등록이 끝났기 때문에 어차피 이제 이안과 아나벨이 돌아와도 경기에 참가할 수 없었다.

"특히나 아나벨은 실력이 정말 많이 늘었어."

레슬리가 브레이든에게 씩씩대며 말했다.

"이번에는 정말 이안이 아나벨을 쉽게 이길 수 없을 거라고 생각했단 말이야."

"어렵게 이길 거라고 예측했나 보군."

"……응. 사실 아직 이안을 이길 정도는 아니어서."

저 멀리 경기장에서 아론이 상대를 가뿐하게 이기고 있었다. 이로써 아론은 검술 대회 전력이 1승 1패가 된 셈이었다.

"둘 다 괜찮겠지? 무슨 일 생긴 것은 아니겠지?"

레슬리는 그래서 난생처음으로 아들 걱정을 하고 있는 차였다. 검술 대회까지 불참할 정도의 큰일이 생긴 건가 싶었다.

"분명 아나벨과 로버트 황자님이 흑마법을 처단하러 간다고 했던 것과 관련이 있는 것 같은데……."

"말했잖아. 아까 경기장에서 이안을 봤다고."

브레이든은 레슬리의 어깨를 문지르며 말했다.

"적어도 오전 중까지는 아주 멀쩡했어. 비린내가 좀 났지만."

"……그래?"

"아나벨도 아론에게 참가 기회를 주기 위해 일부러 참가 안 한 거라며."

"그걸 믿어?"

"아나벨 양이라면 그런 괴기한 일을 할 수도 있지 않을까? 더 이상 작위가 필요한 입장도 아니니까 말이야."

"글쎄……. 다른 건 몰라도 검에는 진심인데. 마지막 검술 대회를 이렇게 불참해 버린다고?"

브레이든은 레슬리가 너무 걱정할까 봐 몇 마디 말을 삼키고 있었다. 아까 잠시 마주친 아들은 난생처음 보는 표정을 짓고 있었다고 말이다.

'정말로 눈이 돌아간 표정이었는데.'

브레이든은 섬뜩했던 이안의 붉은 눈을 떠올리며 생각했다.

'어떤 미친 짓을 할지 모르는, 그런 폭발 직전의 얼굴······.'

그동안 브레이든은 한 번도 이안이 이성을 잃은 모습을 보지 못했다. 이안은 어린 시절부터 항상 침착하게 생각해서 최적의 전략으로 움직였다. 하지만 아까는 평정심을 잃다 못해 무슨 사고라도 칠 법한 분위기였다.

'레슬리.'

브레이든은 차마 입 밖으로 꺼내지 못하는 말을 속으로 중얼거렸다.

'아무래도 우리 아들이 뭔가 일을 칠 것 같아······. 뭔지는 몰라도 말이야.'

그렇게 하루 종일 이루어진 912회 검술 대회는 여러모로 희한하게 막을 내렸다. 누구나 우승으로 점찍었던 이안 웨이드로스도, 준우승으로 예상했던 아나벨 레인필드도 불참해 버렸다. 실력 차가 좀 나더라도 어쨌든 희대의 라이벌이었던 두 사람의 마지막 참가라는 것이 이번 검술 대회의 메인 이슈였는데 말이다. 대신 정말 아무도 예상하지 못했던 사람이 우승을 차지했다.

"어······ 912회 검술 대회의 우승자는······."

물론 그 대상자도 살짝 얼떨떨한 표정이었다.

"아론 레인필드입니다!"

검술 대회 순위에 도박을 걸었던 모든 사람들이 허탈한 표정을 지었다. 아론은 애초에 참가 신청도 하지 않았기 때문이었다. 형제라는 이유로 대리 참석을 해서 우승을 한 경우는 지금까지 없었다.

"흠."

쉽게 상대를 이겨 버린 결승전이 끝나고, 아론은 혼자서 중얼거렸다.

"이게 누님의 큰 그림이신지."

일단 오스칼과 메릴린은 이걸 기뻐해야 하는지 슬퍼해야 하는지 모르는 표정으로 앉아 있었다. 아론이 예상치 못한 우승을 한 것은 기쁜데, 아직까지 별 연락이 없는 아나벨이 걱정되었던 것이다.

"뭐지, 진짜 아론을 위해서 불참한 건가?"

메릴린은 애초에 '누님은 제 랭킹을 알고 싶다며 일부러 불참하셨습니다'라는 아론의 말을 전혀 믿지 않았었다. 하지만 이런 결과가 나오자 조금 헷갈리기 시작했다.

"······우리 딸이 그 정도라고? 설마 아론을 위해서 이안 님까지 데려간 거야?"

오스칼은 황당함을 감추지 못하며 어리둥절한 표정으로 일단 박수를 쳤다.

"어머."

아무 기대 없이 오스칼과 메릴린 옆에 앉아 있던 세시안느도 숨을 떨었다.

"아론 님이 저렇게······ 강하신 분이었나요? 사실 입담에 반했는데 예상치 못한 수확이네요."

그녀가 양손을 꼭 쥔 채 중얼거렸다.

"······멋있어, 정말······."

그 와중에 황제는 떨떠름하게 일어나 검술 대회 경기의 끝을 알렸다. 우승자 시상식은 내일 있을 예정이라는 것을 알리고 말이다.

검술 대회는 하루 종일 열렸기 때문에 이미 날이 어둑해져 있었다. 브레이든과 레슬리는 검술 대회가 끝나고 나서야 웨이드로스 공작저에 돌아왔다. 그들이 자리를 지킨 이유는 이안이 경기장에 다시 나타날 수도 있다고 생각했기 때문이었다. 하지만 이안은 끝까지 코빼기도 보이지 않았다. 그리고 웨이드로스 공작저에 돌아오고 나서야 그들은 이안의 소식을 들을 수 있었다.

"······뭐?"

브레이든은 마부의 보고를 듣고 난 뒤 경악에 차서 외쳤다.

"응접실의 마정석을 깨서 자기 말에 가속 마법을 건 뒤 떠났다고?"

브레이든은 머리가 아찔했다.

응접실에 있는 그 마정석은 지금 대륙에 존재하는 가장 커다란 마정석이었다. 마탑에서 애원하면서 반환을 요구했을 때, 웨이드로스의 가보라며 거절해왔는데. 마법은 황실의 전유물이라고들 하지만, 웨이드로스에서도 마음만 먹

15

으면 엄청난 마법을 쓸 수 있다는 무언의 압박이었는데. 얼마 전, 아나벨에게 은근히 보여 주면서 '웨이드로스가 이렇게 대단하다'라고 자랑까지 했는데! 그 마정석은 지금 마구간에서 빛을 잃어버리고 산산조각 난 채 흩어져 있었다.

"뭐, 뭐?"

물론 패닉에 빠진 사람은 브레이든뿐만이 아니었다.

"그 거대한 마정석을…… 고작 가속 마법에 썼다고?"

레슬리조차도 어이가 없다는 듯 눈을 깜빡였다.

"극도로 미각을 끌어 올릴 수도 있고, 희귀한 재료로 엄청난 요리를 해 먹을 수도 있는 마정석을…….."

그녀가 숨을 헐떡이며 중얼거렸다.

"고작 말을 빠르게 달리는 데에 써? 미친 것 아냐? 차라리 로버트 황자한테 워프 아이템을 달라고 하면 될걸!"

"……로버트 황자가 지금 수도에 없잖아."

브레이든은 이마를 짚으며 대답했다.

"마법 아이템을 구할 수 없으니 바로 마법을 걸어 버린 모양이군."

"아니, 오늘 아침만 해도 경기장에서 봤다며! 대체 어딜 간 건데?"

레슬리의 말에 브레이든은 한숨을 쉬며 답했다.

"뭐, 행선지는 뻔하지."

"뻔해? 근데 왜 난 모르겠지?"

브레이든은 '그거야 당신이니까……'라는 말을 간신히 참으며 말을 이었다.

"이유는 모르지만 아나벨 양에게 갔을 거야. 로버트 황자님과 둘이 며칠 전에 떠났잖아."

"뭐야, 나는 이안은 훨씬 전부터 안 보이길래 다른 곳에서 합류했을 줄 알았는데……. 저렇게까지 신출귀몰해야 하는 건가?"

"……당연히 아니겠지."

브레이든이 한숨을 쉬며 고개를 저었다.

"보아하니 이안이 검술 대회에 참가할 수 있게 배려한 것 같은데…… 저놈이 저렇게까지 눈 뒤집힐 줄 아무도 몰랐을 거야."

거대한 마정석까지 깨서 갈 정도면 모르긴 몰라도 꽤 먼 곳임에 틀림없었다. 이런 상식 밖의 짓을 할 것이라고 계산할 수 있는 사람은 없다고 봐야 했다. 그러니 이안의 이런 행동은 독자적인 판단이고, 아나벨이나 로버트도 예상하지 못할 것 같은데…….

"자기야, 난 뭐가 뭔지 하나도 모르겠지만……"

레슬리가 산산조각 난 마정석의 잔해를 보며 중얼거렸다.

"일단 하나는 확실해. 이안이 엄청난 사고를 칠 것 같아."

"나도 그건 동의해."

브레이든은 마른침을 삼키며 대답했다.

"그리고 우리 둘의 의견이 일치한다는 건, 정말로 이안이 우리 예상을 뛰어넘는 짓을 한다는 뜻이겠지."

둘의 시선이 부딪쳤다. 둘 다 아주 오랜만에 불안한 표정을 하고 있었다.

"뒤집기 늦게 한 이후로 한 번도 속을 안 썩이더니 이렇게 한 번에 충격을 줄 줄이야……"

레슬리가 손톱을 깨물며 초조하게 말했다.

"자식 걱정 총량 보존 법칙이라도 있는 건가……"

브레이든과 레슬리는 난생처음 진심으로 자식을 걱정하기 시작했다.

나름 한량처럼 살던 아론은 일생일대의 가장 정신없는 하루를 보내고 있었다. 일단 로버트의 약물 추적 보고서 때문에 오전부터 좀 바빴다. 본부에서는 그 보고서를 받아 들고 바로 대상자들을 속출해 검사를 시작했다. 그로 인해 갑자기 참가자들이 대거 탈락했다.

"흠, 그런데 이 경로 말이야……."

아론은 결승전에서 상대를 쉽게 이기고 난 뒤 바로 본부로 향했다. 어쨌든 보고서를 직접 전달했기 때문에 상황이 어떻게 끝났는지는 확인해야 할 것 같았기 때문이다.

"아, 아론 님. 우승을 축하드립니다."

본부 사람들은 아론을 보고 곧바로 인사했다.

"보고서 정확도가 엄청나던데요. 역시 로버트 황자님이십니다."

"그런가요? 뭐 확인하러 올 것도 없었네요. 그럼 안녕히……."

굳이 이 일에 크게 얽히고 싶지 않았던 아론은 빠르게 퇴장하려고 했지만, 본부 요원의 다음 말에 발목을 잡혀 버리고 말았다.

"아, 그런데 딱 하나 못 찾은 경로가 있어요."

"네? 음…… 별거 아니라면 그냥 넘어가도 되지 않을까 싶은데……."

"그런데 별거가 아니라서요."

본부 요원이 안경을 치켜올리며 말했다.

"이 보고서를 따라 거슬러 올라가면 황후님께서 구매하신 것 같거든요?"

"아하, 아하하…… 정말 별거가 아니네요."

"그런데 그다음 유통 경로를 모르겠어요. 아무리 찾아봐도 검술 대회에 참가한 사람 중 황후님께 약물을 받은 사람이 없어요. 검은커녕 바늘도 안 드시는 황후님께서 마시지는 않으셨을 것 아닙니까?"

그가 아무리 의문을 가진다고 해도 아론이 풀어 줄 수 있는 것이 아니었다.

아론은 턱을 긁으며 중얼거렸다.

"하지만 불법 약물인데 황후님께 여쭤본다고 해서 답을 들을 수 있을 리 없을 텐데요. 어설프게 보고해 봤자 중간에서 협박이나 당할걸요. 이대로 묻지 않으면 당신을 묻어 버리겠다고."

"그래서 말인데, 혹시 아론 님."

본부 요원이 아론의 팔을 턱, 붙잡는 순간 아론은 불길한 예감에 휩싸였다.

"우승자이신 아론 님께서 내일 시상식 때 한마디 해 주시면 안 될까요? 우승자의 말을 무시할 수는 없을 것 아닙니까?"

"오오, 안 됩니다. 저는 간이 작아서요. 게다가 누가 저를 진정한 우승자로 생각한답니까?"

아론은 즉시 거절했다. 우승자의 객기 같은 건 그에게 없었기 때문이다. 이안과 아나벨이 불참한 바람에 얼떨결에 우승자가 되었다는 건 그가 제일 잘 알았다. 그래도 그는 잠시 고민하다가 좋은 수를 생각해 냈다.

"하지만 공론화를 알아서 시켜 줄 사람은 추천해 줄 수 있죠."

"네?"

"황후님이라면 이를 갈고 있는 사람이 있습니다. 바로 평민 의회장님이요. 지금 응원석 A열에 있던데, 은근슬쩍 말을 흘려 보세요."

아론은 아나벨을 찾아왔던 마이에나를 떠올리며 말했다.

"아마 내일 시상식에 참가한 평민 관중들은 그 사실을 다 알게 될 겁니다. 그냥 묻어 버리기엔 걷잡을 수 없어지게 말입니다."

그렇게 아론은 훌륭하게 떠넘기기까지 완료했다.

홀가분한 마음으로 웨이드로스 공작저에 돌아갔을 때 그는 또 식겁하고 말았다. 이안이 마정석을 깨트려 말에 엄청난 가속 마법을 걸어 달려갔다는 사실에 온 저택이 쑥대밭이었다.

'아, 아무래도…… 스마호 숲에 가신 것 같지?'

아론은 입을 떡 벌렸다.

'하지만 가 봤자 헛짓 아닌가? 어차피 스마호 숲은 황족과 동행하지 않으면 마물들이 마구잡이로 공격해서 5분도 못 버티고 죽을 텐데, 그걸 알면서 들어

가는 멍청이가 어디 있어?'

그는 잠시 눈을 굴렸다. 생각해 보니 이안은 보통 사람이 아니라서 마물들이 들러붙어도 버틸 수 있을 것 같기는 했다.

'그런 무모한 짓을 하는 또라이가 내 주군은 아니겠지, 암…….'

아론은 검술 대회 우승자임에도 불구하고 기뻐하기는커녕 걱정으로 밤새 뒤척였다.

바나파림 해안에서 스마호 숲까지는 멀지 않았다. 바로 출발해서 스마호 숲에 도착할 때까지 야영을 한 번 하고 하루가 더 걸렸을 뿐이기 때문이다. 스마호 숲의 입구를 앞에 두었을 때는 햇빛이 쨍쨍 내리쬐는 정오였다. 우리가 스마호 숲에 도착하자마자 로버트에게 비둘기가 하나 날아왔다. 수도에 남겨 둔 로버트의 수하가 이틀 전에 보낸 것으로 거리 때문에 지금 도착한 것이다.

"흠."

로버트는 쪽지를 재빨리 읽고 나서 말했다.

"예상대로군. 형님이 나를 돕는다며 출발했다고 하네."

"역시 그렇군요."

"갑자기 자리를 비우기에 명분이 없어서 그랬겠지. 물론 우리를 없앤 뒤 도리어 자신의 명성을 올리는 수까지 생각하면서."

아마 수도 사람들은 모두 칼론이 우리를 따라간 걸 알게 되었을 것이다. 제국 최고의 행사 중 하나인 검술 대회에도 불참했을 것이기 때문이다.

"……괜찮아?"

로버트는 슬그머니 내 눈치를 보며 말했다.

바로 어제가 검술 대회였고 오늘이 시상식이었다. 당연히 이안이 우승했을 것이고 오늘 세 번째로 훈장을 받겠지. 이안이 검술 대회에 참가한다는 것에 대해서는 의심하지 않았다.

첫째로, 내 말에 온갖 정이 떨어졌을 테니 이제 날 따라올 이유가 없었다. 둘째로, 그는 우리가 어디 있는지 알지 못했다. 셋째로, 만일 어떻게 알게 되었다고 해도 스마호 숲은 충동적으로 쫓아오기에는 너무 멀었다. 게다가 황족이 동행해야 하므로 와 봤자 들어오지도 못했다.

"그럼요."

나는 어깨를 으쓱하며 대답했다.

"어차피 이안이 이겼을 거라서요."

"그건 그렇지만……."

"거봐요. 저를 좋아하는 남자조차도 이안의 승리가 당연하다고 말하는데 제가 뭐가 아쉽겠어요?"

"……받아 주지도 않을 거면서 너무 거침없는데?"

"죄송해요. 저한테는 그냥 '사실 1', '사실 2', 뭐 이런 수준의 정보라……."

"정말 가차 없군, 아나벨."

"헛된 희망 갖지 말고 마음 접으시라는 제 배려랍니다."

"그대는 이안에 대한 마음을 접을 수 있나?"

"노력해 봐야죠. 쉽지는 않겠지만."

로버트의 질문에 나는 아주 당연한 대답을 내놓았다.

"상대가 아니라는데 제 마음을 강요할 수는 없잖아요."

스마호 숲의 입구는 고요했고 나는 약간 서글픈 어조로 말을 이었다.

"언젠가 이안이 그렇게 말하더라고요. 참 상식적이죠."

상대에게 자신을 강요할 수 없으니, 그 상대가 위험해지지 않도록 세계 평화를 염원하겠다……. 어쩜 이렇게 성숙한 사랑을 할 수 있는지 생각만 해도 감탄스러웠다. 솔직히 말하면 나는 그 정도로 성숙하지 못해서, 이안이 다른 좋은 여자를 만나 행복한 꼴을 보면 속이 뒤집힐 것 같았다. 얼른 마음 수련을 해서 이안과도 같은 경지에 이르러야 하지만 말이다.

그러고 보면 이안이 만일 나를 싫어하지 않게 되더라도, 검술 대회에는 무사히 참석했을 것 같다는 생각이 들었다. 그는 내 의사를 무조건 존중해 주는 사람이었기 때문이다.

"자, 그럼 들어갈까요."

나는 로버트를 보며 결연하게 말했다. 로버트는 고개를 한 번 끄덕이고는 우리를 따라온 기사들에게 말했다.

"지키고 서 있어. 혹시라도 안에서 무슨 일이 생겨서, 마물들이 돌발 행동이라도 하게 되면 즉시 처치하고."

마침내 우리는 스마호 숲으로 들어갔다. 오래도록 인간의 발걸음이 닿지 않은 숲의 내부는 빼곡하게 어두웠다.

"숲의 내부는 그다지 넓지 않은 것으로 알고 있어."

로버트는 차분히 설명했다.

"둘러보는 데에 오래 걸리지는 않을 거야."

"네. 아마 쉽게 찾을 수 있을 것 같아요."

나는 자신만만하게 대답했다.

나뭇잎을 가르는 바람 소리 외에 숲은 적막하기 그지없었다. 숲에 사는 동물 대신 무시무시하게 생긴 마물들이 숲을 헤집고 다녔다. 마물들은 우리를 분명히 의식하고 있었으나 덤벼들지 않았다. 아마도 황실의 핏줄을 지닌 로버트와 함께 다녀서인 듯했다.

'이게 바로 핏줄수저라는 건가⋯⋯.'

태어나자마자 뺏기긴 했지만 나름 은수저 물고 태어났다고 자부했는데 이건 뭐, 이길 수가 없었다. 금수저 확실히 물고 태어난 이안도 이 숲에서는 즉시 마물들의 공격을 받을 테니 말이다.

"사실 황실은 평민들의 권위가 좀 높아져도 상관없어."

로버트는 내 생각을 읽었다는 듯이 조용히 말했다.

"어차피 축복받은 황가의 핏줄은 유일하니까."

하긴 황실은 마탑의 절대적인 충성을 받고 있었다. 그래서 마법 아이템은 황족이 점유하고 있다시피 했다. 게다가 제국 여기저기에 이렇게 황가의 핏줄을 신성시하는 곳들이 존재했다. 아마 초인적인 핏줄을 가진 황실의 권위가 떨어지는 것은 쉽지 않을 것이다.

"문제는 귀족들이지."

로버트의 말이 이어졌다.

"웨이드로스처럼 역사와 힘, 재력을 모두 가진 가문들은 상관없어 해. 하지만 신분밖에 가진 것이 없는 자들이 평민들의 지위 상승에 더 날뛰고 있어."

하기야 레인필드 가문은 중간층 귀족들보다 돈이 많았다. 나는 신분만 빼면 어지간한 귀족 영애들보다 훨씬 더 부유하게 살았다. 최고급 식사, 화려한 옷차림, 수발을 들어 주는 사용인들.

"폐하는 평민들의 권리 향상을 귀족들의 힘을 누를 수 있는 기회라고 생각하시지. 나도 그렇고."

로버트가 미련이 뚝뚝 떨어지는 목소리로 말했다.

"그래서 내가 상징성 있는 평민과 결혼이라도 한다면……."

"황위를 위한 계약 결혼 참 좋은데, 저는 포기하시라니까요."

나는 다시 한번 그의 말을 잘랐다.

"어차피 오늘 황자님은 황태자의 자리를 차지하게 될 거예요."

호언장담한 나는 주위를 두리번거렸다. 스마호 숲에는 온갖 종의 식물들이 군락을 이루어 자라고 있었다. 마물들은 소리 없이 움직였고 벌레나 새 한 마리 날지 않았다. 바람 소리, 그리고 우리의 발자국 소리 외에는 섬뜩할 정도로 고요했다.

쏴아아아아―.

다시 한번 긴 바람이 우리의 머리카락을 흐트러트렸을 때였다. 열심히 걷던 나는 드디어 무언가를 발견하고 멈춰 섰다. 그리고 우리가 서 있는 낮은 절벽 밑에 펼쳐진 광경을 보고 탄성을 질렀다.

"찾았다."

"……아나벨? 지금 찾았다고 한 거야?"

"네."

내가 자신만만하게 대답했다.

"드디어 찾았어요. 제 예상이 맞는 것 같네요."

그때였다. 로버트의 목 뒤로 슬그머니 단검이 들이닥쳤다.

"커헉!"

로버트가 숨을 몰아쉬며 그대로 제압당했다. 로버트에게 단검을 겨누고 팔을 꺾어 버린 사람은 바로 라기안이었다. 곧이어 그의 뒤에서 칼론이 천천히 걸어 나왔다. 그러니까 그들은 우리가 흑마법의 기원을 찾을 때까지 조용히 우리의 뒤를 밟은 것이 틀림없었다.

스마호 숲은 넓지 않고, 인간들은 물론 짐승들조차 발걸음 하지 않아 우리의 행적을 쫓기란 쉬운 일이었을 것이다. 게다가 라기안은 능숙하게 남의 인기척을 알아낼 수 있는 뛰어난 검사이고 말이다. 아마 수도에서 우리를 쫓는다고 해 놓고서는 워프 반지로 둘이 이동하여 잠복하고 있었을 것이다. 흘낏 본 칼론의 손에는 역시 워프 반지가 끼워져 있었다.

"그렇군."

나를 노려보고 있는 칼론의 초록색 눈이 섬뜩하게 빛났다.

그가 낮은 목소리로 느긋하게 말했다.

"로버트를 살리고 싶으면 그게 뭔지 말해."

연회 때 본 신사적인 웃음도, 예의 바른 목소리도 전혀 느껴지지 않았다. 이 숲에 우리 넷밖에 없다는 것은 서로가 제일 잘 알았다. 그러므로 그는 여기서 아무것도 숨길 필요를 못 느낀 것이다.

"음."

나는 눈을 굴리며 대답했다.

"황태자님, 제가 말하면 로버트 황자님을 살려 주시긴 하실 건가요? 왠지 말 해도 죽이실 것 같은 기분이 들어서요."

"여전히 건방지군."

칼론은 턱을 치켜들고 말했다.

"천박하고 멍청한 평민 주제에 검 좀 쓸 줄 안다고 인정받으니 뭐라도 된 것 같나 보지."

"아뇨, 전 그냥 아나벨 레인필드인 것뿐인데요."

나는 어깨를 으쓱하며 덧붙였다.

"멍청하다뇨. 오랫동안 같은 편에서 흑마법을 이용했던 벨리녹 대신관님을 단번에 죽이셨잖아요. 그런데 다른 편인 저희를 살려 주실 거라고 믿는 게 더 멍청한 것 아닐까요?"

"그렇다면 로버트의 목숨 대신 다른 걸 걸어 볼까."

칼론이 느릿하게 말했다.

"수도에 있는 네 부모의 목숨은 어때. 평생 웨이드로스 밑에서 쥐새끼처럼 숨어 있을 수 있을 것이라고 생각하는 건 아니겠지."

"자꾸 제 주변 사람들의 목숨을 거시는데, 그건 제가 이미 졌을 때나 협상해 야 하는 것 아닌가요?"

나는 무뚝뚝하게 대꾸하고 나서, 단숨에 검을 뽑아내어 라기안의 단검을 쳐 냈다. 원래부터 로버트와 나는 가까이 있었기 때문에 큰 움직임이 필요하지 않 았다. 다만 라기안이 의식하지도 못할 정도로 빠른 속도였다.

로버트를 얼른 내 뒤로 끌어내어 보호하듯 감춘 나는 얼빠진 표정을 하고 있는 라기안을 보면서 씩 웃었다. 아마 내가 이렇게 빨리 움직일 수 있을 것이라고는 생각도 못 했을 것이다.

"싸움은 이제 시작인 것 같은데."

각각 로버트와 칼론을 뒤에 둔 채로, 나와 라기안이 대치했다. 라기안은 내 날쌘 움직임에 잠시 놀란 듯했지만 얼른 표정을 갈무리했다. 로버트가 칼론을 바라보며 내 뒤에서 물었다.

"노예도, 인신매매도…… 두 가지 흑마법의 기원이 이 세상을 혼란스럽게 하는 일에, 역시 형님께서 배후에 있었던 겁니까?"

차분하게 묻는 로버트의 목소리에 분노가 얽혔다.

"그리고 마지막 흑마법의 기원을 찾으려 저희를 쫓아오신 것, 맞죠?"

로버트의 질문에 칼론이 피식 웃었다. 그러더니 차갑게 대답했다.

"나는 네가 태어났을 때부터 마음에 들지 않았다."

그의 싸늘한 목소리가 고요한 숲속을 울렸다.

"특히나 이렇게, 너 잘난 척한다고 상호 간에 뻔히 다 아는 사실을 다시 한번 말할 때에는 정말이지 너무나 없애 버리고 싶었지."

나는 마른침을 삼켰다. 일전에 혼자 입궁하여 나는 로버트에게 워프 반지 외에 두 가지를 추가로 요구했었다.

"황자님, 그리고 두 가지를 부탁드려요. 일단은 아무것도 묻지 마시고요."

"뭔데?"

"첫 번째로는…… 지금 검술 대회 때문에 불법 약물을 추적 중이시죠?"

"아나벨 양이 그걸 어떻게 알지? 내가 개별적으로 수사하고 있는 서른두 개의 일 중 하나인데."

"뭐, 모든 검술 대회 때 그런 일이 생기니까……. 어쨌든 추적하실 때 황후님 주변을 잘 살펴보세요. 아마 뭐가 하나 나올지도 몰라요."

"황후님?"

"예. 그리고 뭔가 알아내시더라도 검술 대회 직전까지 터트리지 마세요. 그냥 조용히 유통 경로 추적 보고서만 제게 주시면 아론을 시켜서 해결할게요."

"흠, 일단 알았어."

"그리고 두 번째로는……."

칼론의 대답 이후 잠시 정적이 흘렀다.

쏴아아아아—.

숲 사이로 바람이 한 번 더 불었다. 사실은 대화할 때마다 불고 있던 바람이었다. 언젠가부터 우리 뒤를 쫓던 라기안과 칼론의 인기척을 내가 눈치채지 못할 리가 없었다. 하지만 흑마법의 기원을 찾을 때까지 알아채지 못한 척하고 기다린 것이다.

"만일 스마호의 숲에서 칼론을 마주치면 그의 잘못을 일일이 짚어서 한번 읊어 주세요. 만일 세 번째 흑마법의 기원이 제 예상과 맞아떨어진다면, 모든 것이 한 번에 해결될 것 같아요."

쏴아아아아—.

바람의 방향은 다름 아닌 수도 쪽이었다. 그리고 우리가 서 있는 낮은 절벽 아래에 위치한 것은 바로 대나무 숲이었다.

해가 시계탑에 걸려서 딱 정오가 된 시각이었다. 수도에서는 한창 912회 검술 대회 시상식이 열리고 있었다. 물론 사람들이 와글와글한 축제 분위기 중에서도 모두가 조금 패닉인 상태였다. 이안도 아니고, 아나벨도 아니고, 참가자 등록조차도 하지 않은 아론 레인필드가 우승이라니. 다들 이안 웨이드로스의 세 번째 우승을 생각하며, 마지막 세기의 대결을 흥미진진하게 관전하려다가 뒤통수를 맞은 기분이었다. 웅성거리는 사람들 속에서 사회자가 마법 아이템을 이용해 증폭된 목소리로 외쳤다.

"크, 크흠. 이제 제912회 검술 대회 시상식을 시작하겠습니다."

게다가 시상을 담당하는 황족들의 자리까지 조금 횅했다. 일단 황태자인 칼론이 자리를 비운 상태였으며, 이안의 가장 친한 친구 로버트도 없었다.

"먼저 황제 폐하의 개회사부터 있겠습니다."

사회자의 안내에 황제가 천천히 일어섰다.

"본격적인 시상에 앞서 먼저 한마디 하도록 하겠다."

물론 황제는 이런 기회를 놓칠 사람이 아니었다. 제국민들의 안녕을 위해 황실이 솔선수범하여 나선다는 것을 홍보할 좋은 기회였다.

"알고 있겠지만 칼론과 로버트는 흑마법의 기원을 뒤쫓고 있어 지금 수도에 없다. 일단 이 자리를 빌려 제국의 평화를 지키고자 노력하고 있는 두 사람에게 감사를 표하는 바이다."

관중들의 우레와 같은 박수 소리가 쏟아졌다.

황제가 다음 말을 하려고 할 때였다.

쏴아아아아ㅡ.

저 멀리에서 바람이 불어왔다.

곧이어 놀랍게도 바람결에 목소리가 생생하게 실려서 들려왔다.

"찾았다."

"……아나벨? 지금 찾았다고 한 거야?"

"네. 드디어 찾았어요. 제 예상이 맞는 것 같네요."

"……아나벨?"

관중 속에 있던 메릴린과 오스칼이 서로를 바라보며 멀뚱히 중얼거렸다.

물론 아나벨의 상대는 의심할 바 없는 로버트였다. 로버트가 평소에 평민들을 상대로 연설을 많이 했기 때문에 그의 목소리를 모르는 사람들은 거의 없었다. 다들 황당해하는 와중에 바람은 계속해서 목소리를 실어 나르고 있었다.

"커헉!"

"그렇군. 로버트를 살리고 싶으면 그게 뭔지 말해."

황제가 멍하니 중얼거렸다.

"……칼론?"

와자지껄하던 사람들의 입이 일제히 다물리는 순간이었다.

그때 눈을 굴리고 있던 황후가 벌떡 일어났다.

"뭔가 이상한데요!"

여기서 이 상황을 수습할 사람은 그녀뿐이었다. 황후가 다급히 소리쳤다.

"칼론은 친선 결투 자리를 만들 정도로 아나벨 양의 실력을 인정하고 있었다고요! 둘이 대립할 리가 없지 않습니까!"

그때 또다시 바람이 불어와 칼론의 목소리가 수도 전역에 울렸다.

"천박하고 멍청한 평민 주제에 검 좀 쓸 줄 안다고 인정받으니 뭐라도 된 것 같나 보지."

냉소적인 칼론의 목소리에 다들 서로 시선을 주고받았다.

"후우."

군중 속에는 절대 이 상황을 참아 넘길 수 없는 사람이 한 명 있었다.

"안 그래도 황후님께서 연회 때 아나벨 양에게 모욕을 주려고 작정하셨다는 말은 들었습니다."

바로 평민 의회장 마이에나였다. 그녀는 벌떡 일어서서 우렁차게 외쳤다.

"왠지 칼론 황태자님께서는 황후님과 같은 의견이신 듯하군요."

거리를 채우고 있던 대다수의 평민들이 웅성거리기 시작했다.

"안 그래도 제가 입수한 정보에 따르면 황후님께서……."

"아무래도!"

황후는 마이에나의 말을 억지로 막았다. 어쨌든 마이에나는 관중석에 있었고 황후는 특별석에 자리한 상태였다. 당연히 황후에게 시선이 더 몰릴 수밖에 없었다.

"이, 이것이 흑마법 아닐까요? 이번 흑마법으로 거짓을 조작해서 수도에 퍼트리는 것인가 봅니다!"

황후는 열심히 머리를 굴렸다. 이 상황을 타개하기 위해서는 어떻게든 관심을 다른 곳으로 돌려야 했다.

"그러잖아도 요새 이상한 일이 수도에서 많이 벌어지고 있지 않습니까!"

지금 검술 대회 때문에 유야무야 묻히고 있지만, 수도 사람들이 모두 아는 일이 있었다. 바로 대신관인 벨리녹이 실종된 사건이었다.

"대신관이 실종되던 밤, 성녀 한 명이 함께 했다는 걸 본 증인들이 있다고 들었습니다. 그런데 로버트는 그 성녀가 아나벨 양과 관련되어 있다는 것 하나만으로 사적인 감정에 휘둘려 제대로 수사하지 않……."

황후의 말은 더 이상 이어지지 못했다.

"오랫동안 같은 편에서 흑마법을 이용했던 벨리녹 대신관님을 단번에 죽이셨잖아요. 다른 편인 저희를 살려 주실 거라고 믿는 게 더 멍청한 것 아닐까요?"

"그렇다면 로버트의 목숨 대신 다른 걸 걸어 볼까."

다들 헉 하고 숨을 삼켰다. 바람결에 날려 온 말에 따르면 벨리녹을 죽이고 흑마법을 사용한 사람은 다름 아닌 칼론이었다. 아무리 황후가 아니라고 부정해도 실시간으로 들려오는 목소리의 여파는 컸다. 심지어 아나벨의 말에 칼론은 부정도 하지 않았다.

"수도에 있는 네 부모의 목숨은 어때. 평생 웨이드로스 밑에서 쥐새끼처럼 숨어 있을 수 있을 거라고 생각하는 건 아니겠지."

그 말에 웨이드로스 공작 부부는 물론이고 오스칼과 메릴린까지 입을 떡 벌리고 말았다. 조작되었다고 하기에는 디테일이 너무 세세하게 살아 있었다.

시상대에 올라 있던 아론이 눈을 깜빡거리며 말했다.

"자, 아무래도…… 시상은 좀 미루는 것이 맞는 것 같죠? 저조차도 지금 제 시상식에 관심이 없거든요."

그가 능글맞게 목소리를 높이더니 고개를 갸웃하며 덧붙였다.

"황후님이 말씀하신 것처럼 훌륭하게 조작된 기상천외한 흑마법인지, 아니면 실시간으로 저희가 스마호 숲의 이야기를 듣고 있는지 좀 더 들어 볼까요?"

"스마호 숲이라니?"

스마호 숲이라는 말에 황제가 즉시 물었고, 아론은 한숨을 쉬며 대답했다.

"이렇게 된 이상 말씀드려야겠군요. 누님과 로버트 황자님께서는 마지막 흑마법의 기원을 찾으신다면서 스마호 숲에 가셨습니다."

"그, 그렇다면……."

"예. 황족과 함께 동행하는 1인만이 들어갈 수 있는 곳이지요."

스마호 숲의 괴이한 이야기에 대해서는 모두 알고 있었기에 분위기는 한층 더 가라앉았다. 마물들이 가득한 데다가 초대 황제마저도 가지 말라고 단언한 곳. 그때 로버트의 목소리가 또다시 바람결에 스쳐 들려왔다.

"노예도, 인신매매도······ 두 가지 흑마법의 기원이 이 세상을 혼란스럽게 하는 일에, 역시 형님께서 배후에 있었던 겁니까? 그리고 마지막 흑마법의 기원을 찾으려 저희를 쫓아오신 것, 맞죠?"

"나는 네가 태어났을 때부터 마음에 들지 않았다."

로버트의 목소리에 황후가 호흡곤란까지 일으키며 고래고래 소리를 질렀다. 칼론의 대답이 바로 로버트의 말에 대한 부정이니 이때다 싶었던 것이다.

"아니, 그런 말도 안 되는 음해를! 이건 칼론을 몰아가려는 속임수지! 황태자 자리가 탐나 칼론에게 덮어씌우는 겁니다! 칼론이 그걸 간파하고 지금······."

그러나 로버트를 비난하며 끝날 것이라고만 예상했던 칼론의 말은 차갑게 이어졌다.

"특히나 이렇게, 너 잘난 척한다고 상호 간에 뻔히 다 아는 사실을 다시 한번 말할 때에는 정말이지 너무나 없애 버리고 싶었지."

그렇게 칼론은 황후의 말문을 막아 버리고 말았다.

나는 칼론과 라기안을 앞에 두고 의기양양한 미소를 지어 보였다.

우리가 대화를 나눌 때마다 대나무 숲에 바람이 불었다. 그리고 그 바람을 따라서 우리의 목소리가 웅웅 울렸다. 다들 그저 메아리라고 생각할 뿐이었지만 나는 알고 있었다. 이 대나무 숲이 바로 세 번째 흑마법의 기원이었다.

〈임금님 귀는 당나귀 귀〉에서 왕의 머리카락을 잘라 준 이발사는 비밀을 참지 못하고 대나무 숲에서 소리를 지른다.

'있는 듯 없는 듯 조용하기만 했던 대나무 숲이 그럴 줄 누가 알았겠어. 진짜 음침하게 자기 정체를 숨기고 있는 숲이었지.'

그런데 그 대나무 숲이 사람의 비밀을 오만 군데 다 떠벌린 것이다. 그 바람에 이발사는 왕에게 사형을 당할 위기에까지 처했다. 당나귀 귀를 가진 왕 역시 어느 날 갑자기 자신의 치부를 온 나라에 들킨 셈이고 말이다. 그러니 대나무 숲은 비밀을 말하고 싶어 하는 인간의 본성을 이용하여 비극을 만들어 낸 세 번째 흑마법의 기원이었다. 이발사가 '아무도 없다고 생각'하여 비밀을 소리쳤으니 기척을 숨기는 은신 능력과도 관계가 있었다.

'이게 나라 별로 많은 버전이 있지 않았나…… 왕이 대나무숲을 베어 버리는 이야기도 있고, 그냥 왕이 자신의 치부를 받아들이며 끝나는 이야기도 있지.'

아마 이 대나무 숲은 그 뒤끝 없는 왕의 이야기에서 온 것 같았다.

"게다가 초대 황제께서는 절대로 그 숲에 가지 말라고 기록에 남겼어. 오죽하면 처음 그 숲을 밟고 난 뒤, 수도에 아직 아무도 없어서 다행이라고 했을까."

로버트의 말을 듣고 난 뒤 바로 의심이 들었다. 스마호 숲은 수도에서 꽤 거리가 있는데, 왜 수도가 황무지인 것을 다행이라고 했을까.

"그곳에는 인간의 문명이 머문 적 없고 동물의 발이 닿은 적 없다고 했어. 피치 못해 가야 한다면 입 다물고 빠르게 스쳐 지나가라고 했지."

게다가 인간도 동물도 없다면 결국 식물이라는 뜻이었다. 그리고 '입 다물고' 가라는 경고를 되짚어 봤을 때 대나무 숲인 것 같다는 추론에 이르렀다. 식물에 관련하여 입을 다물어야 하는 유명한 이야기는 바로 <임금님 귀는 당나귀 귀>였기 때문이다.

'그 경고를 반대로 생각하면, 입을 열기만 하면 대나무 숲이 작동한다는 이야기잖아.'

원작에서 칼론을 확실하게 보내 버리는 방법은 많은 사람들 앞에서 확실하게 까발리는 것이었다. 그리고 대나무 숲은 모든 것을 완벽하게 까발리기에 최적인 장소였다. 이곳에 사람이라곤 우리 넷뿐이니, 그 신중한 칼론 역시 굳이 자신의 속마음을 감출 필요가 없다고 생각할 게 뻔했다.

'세 번째 흑마법의 기원이 무엇인 줄 모르니까 어찌 보면 당연한 일이고.'

분명히 초대 황제는 이 숲에서 이상한 것을 감지하고 절대 오지 말라고 기록에 남겼을 것이다. 정확히 대나무 숲 때문이라고는 생각하지 못한 채로 말이다. 아마 지금 우리의 대화는 수도에 일파만파로 퍼지고 있을 것이다.

'그래서 일부러 검술 대회 시상식 날에 맞춰서 진입했지.'

칼론은 우리를 검술 대회에 참가시키려고 시간을 끌었을 텐데, 그것을 역이용한 것이나 마찬가지였다. 나만 검술 대회를 포기하면 되는 일이었으니까.

'지금쯤 이안이 훈장을 받고 있을 텐데.'

이안의 마지막 시상식을 망친 건 좀 미안하게 생각했다. 지금쯤 시상식 현장은 우리의 대화 때문에 난리도 아닐 테니까 말이다. 그래도 이미 훈장을 두 번이나 받아 봤으니 한 번 정도야 사람들 관심에서 멀어져도 괜찮을 것이다. 원작처럼 세시안느에게 훈장을 바치는 이벤트도 없고 말이다.

"자, 그럼."

나는 천천히 검을 빼 들었다.

"내 가족을 지키려면 어쩔 수 없이 이겨야겠네."

자신만만하게 외치곤 라기안을 도발하듯 턱을 치켜들었다.

"이번엔 확실히 이겨 줄게. 연회 때는 사고가 있어서 흐지부지 끝나 버렸지?"

내 말에 라기안이 이를 갈며 검을 고쳐 잡았다. 한때 로버트의 목에 겨누어져 있던 바로 그 거대한 검이었다.

"저 건방진 평민을 제압해, 라기안."

칼론이 오만하게 말했다.

"다만 죽이지는 마라. 흑마법의 기원을 알아내야 하니까."

그가 음산한 어조로 덧붙였다.

"아나벨 레인필드를 없앨 수 있다는 네 주장이 진실일 것이라고 믿는다."

같은 편도 협박하는 모양새가 아주 대단했다.

물론 나는 지금까지 라기안을 두 번 상대했지만, 단 한 번도 제대로 실력을 보여 준 적이 없었다. 나는 로버트를, 라기안은 칼론을 보호해야 하니 어찌 보면 똑같은 페널티가 있는 결투였다.

우리는 살기 어린 눈빛으로 잠시 서로를 노려보다가 누가 먼저라고 할 것도 없이 검을 맞부딪쳤다.

수도에서 숲으로 가는 길목에 있던 사람들은 희한한 광경을 목격했다.

"응? 말이 저 속도가 가능한가?"

"마탑이나 황실에 무슨 일이 생긴 것 아닐까요? 가속 마법을 건 것 같은데."

"글쎄, 옛날에 가속 마법을 건 말을 본 적 있지만…… 저렇게까지 빠르지는 않았거든."

잘 빠진 흑마가 가공할 만한 속도로 기수를 태운 채로 달리고 있었던 것이다. 속도가 너무 빨라서 일반인의 눈으로는 말에 탄 사람의 형체조차 잘 알아볼 수 없었다.

"저 정도면 엄청난 긴급 상황 같은데. 대마법사 몇 명을 동원하지 않는 이상 저 속도는 안 나와."

엄청난 속도로 달리는 말을 목격한 사람들은 불안한 듯 웅성거렸다.

"정말 무슨 일 생긴 것 아냐?"

"그러고 보니 얼마 전에 로버트 황자님 일행이 이쪽으로 갔잖아요. 흑마법을 퇴치한다면서."

동체 시력이 뛰어나 얼핏 기수의 모습을 본 이가 역시 심각하게 덧붙였다.

"얼굴은 자세히 못 봤지만 일단 표정이 아주 심각했어요. 거의 반 미쳐 있는 것 같던데요."

그렇게 이안은 많은 사람들에게 걱정을 끼치면서 스마호 숲으로 쇄도하는 중이었다.

아나벨이 그에게 고백했다. 자신도 그를 좋아한다고. 그러면서 예전의 잘못을 털어놓고 '이안은 나를 좋아할 리 없다'라는 오해를 한 채 사라져 버렸다. 그의 마음을 전달할 시간조차 주지 않고, 검술 대회에 무사히 참가하라면서 말이다. 게다가 지금 그녀는 일생일대의 위험에 처해 있을지도 모른다. 스마호 숲에서 마주칠 그녀의 숙적, 라기안이 불법 약물로 자신의 능력을 강화한 상태일 것이기 때문이다. 연회에서 얼핏 본 라기안의 실력은 꽤 괜찮았다. 예전의 아나벨이라면 이길 수 없을 만큼. 그리고 지금도 실력 차가 크게 나지 않았다. 아나벨이 조금 더 뛰어나겠지만, 그래도 마음대로 갖고 놀 정도는 아니었다.

아나벨에게는 치명적인 약점이 하나 있었다. 그녀는 검으로 사람을 해쳐 본 적이 없었다. 그녀가 그동안 해치고 싶어 했던 사람은 단 한 명, 이안 웨이드로 스였고 그는 단 한 번도 유의미한 상처를 입지 않았었다. 문제는 아나벨 역시 어지간해서는 이안에게 생채기 하나 낼 수 없다는 사실을 알고 있었다는 점이다. 실제로 사람을 검으로 베어서 크게 부상을 입히거나 죽여야 할 때, 그녀가 순간적으로 망설이지 않을 리 없었다. 지금까지야 압도적인 실력으로 적절하게 때려눕혀 왔다지만 그 정도로 끝내는 건 서로의 실력 차가 엄청날 때나 가능한 것이었다.

이안은 불안한 마음을 감추지 못하고 계속해서 말의 옆구리를 찼다. 혹시라도 아나벨이 위험에 빠진다면······. 아나벨이 직접 아론에게 불법 약물에 대한 지시를 했다는 것까지는 듣지 못한 이안의 생각은 자꾸 안 좋은 쪽으로 흘러갔다. 로버트는 변수가 될 수 없고, 잔뜩 끌고 갔다던 기사들 역시 별다른 도움이 되지 못할 것이다.

"어? 이안 님?"

그가 미친 듯한 속도로 달려서 스마호 숲에 도착했을 때에는 이미 하루가 꼬박 지난 정오쯤이었다. 스마호 숲 입구에는 로버트가 끌고 간 기사단 사람들이 와글와글 모여 있었다. 입구는 수도 쪽과 반대 방향이었기 때문에 대나무 숲에서 부는 바람은 이곳에 닿지 않았다. 그래서 기사단 사람들은 수도 사람들과는 달리 아무것도 못 들은 채로 입구에 죽치고 서서 시간을 때우던 중이었다.

그때 입구 쪽으로 오느라 그들과 마찬가지로 아무 소리도 듣지 못한 이안이 무시무시한 얼굴로 혼자 들이닥쳤다. 말에서 훌쩍 뛰어내린 그를 보고 기사단 사람들이 몰려들었다.

"여기는 무슨 일이십니까?"

"검술 대회에 출전하신 걸로 알고 있었는데요!"

"그런데 몰골이······ 좀······ 무슨 안 좋은 일이라도 생긴 겁니까?"

이안은 갈라진 목소리로 무뚝뚝하게 물었다.

"아나벨은."

"아, 좀 전에 황자님과 같이 들어가셨는데요."

기사들은 서로 눈짓을 하면서 조심스럽게 대답했다. 이안의 이런 모습이 처음이었던 것이다. 한참 동안 엄청난 속도로 쉬지 않고 말을 달려왔으니 피부는 거칠했고 눈 밑은 퀭했으며 머리는 제멋대로 헝클어져 있었다.

수도에서 이안은 항상 단정하고 정돈된 차림으로 언제나 평정심을 잃지 않는 무심한 얼굴을 고수했다. 아나벨이 제멋대로 날뛸 때도 딱히 분노하지 않고 귀찮다는 표정만 지어 보이던 사람이었다. 그런데 지금은 그 어느 때보다 눈에 광기가 서려 있었으며 흐트러진 옷매무새만큼 퇴폐적인 스산함을 풍겼다.

"알겠다."

짧게 답한 이안은 검을 챙겨 든 뒤 바로 입구로 들어섰다. 그 거침없는 발걸음에 기사들이 황당한 얼굴로 그를 막아섰다.

"이안 님! 죄송합니다만 여기는 스마호 숲입니다!"

"그걸 내가 모르고 왔을 거라고 생각하나?"

제일 앞에서 그를 막아섰던 기사는 순간 이안의 교양 수준을 의심할 수밖에 없었다. 스마호 숲인 걸 모르는 게 아니라면 이곳은 황족과 동행해야만 마물들의 공격을 피할 수 있다는 걸 모르는 것인가? 이안은 기사의 흔들리는 동공을 보며 옅은 한숨을 쉬었다.

"비켜라. 지금 당장 들어가야 하니까. 어차피 너희들은 황실의 녹을 받는 자들 아닌가? 나에 대한 명령은 받지 못했을 텐데."

"하지만 황족과 함께 들어가시지 않는다면 마물이 공격을…… 그게, 그러니까 그래도 걱정을 안 할 수가 없는……."

"걱정? 지금 나를 걱정한다는 건가?"

눈이 돌아간 이안은 현재 최소한의 대화 스킬조차 사라진 상태였다.

"그렇게 걱정하고 싶으면 마물이나 걱정하는 것이 차라리 의미 있겠군."

순간 기사는 마른침을 삼키며 아나벨을 이해할 수 있을 것 같다는 생각을 아주 살짝 했다. 이렇게 자신의 실력에 확신이 있는 실력자를 상대하는 건 좀 기분이 나쁘긴 할 것 같았다.

"어쨌든 급하니까 비켜."

기사들은 결국 슬금슬금 길을 비켜 줄 수밖에 없었다. 일단 그의 눈빛이 그 어느 때보다도 무서웠고, 실제로 살기를 가득 품은 그의 얼굴은 섬뜩하기 그지없었기 때문이다. 이안은 검을 빼어 들고 숲 입구를 달려가기 시작했고 동시에 마물들이 커다랗게 울며 달려들었다.

검이 수차례 부딪쳤다. 나와 라기안은 꽤 오랜 시간 대치하며 검을 맞댄 후에 똑같은 생각을 하고 있었다.

'아, 너무 답답해…….'

'별 의미도 없는데 성가시기만 더럽게 성가셔!'

바로 둘 다 쓸데없이 각각 로버트와 칼론을 지키느라 마음껏 움직이지 못하고 있다는 것이었다. 사실 서로 끼고 있는 황족을 노리는 것이 괜찮은 전략이기는 했다. 왜냐하면 황족이 죽는 순간 그 상대에게 마물이 달려들 것이기 때문이다. 그래서 우리는 각자의 황족이 공격당할 것을 최대한 방어하면서 검을 맞부딪치느라 움직임이 자유로울 수 없었다. 게다가 둘의 신분은 황족과 비견할 처지가 아니다 보니 아무래도 제대로 된 전투보다 보호가 우선일 수밖에 없었다. 검술에 섬세한 조예가 없는 로버트와 칼론은 눈치채지 못했지만, 우리는 둘 다 그 성가심을 온몸으로 표현하는 중이었다.

"아나벨! 위험해!"

"……황자님 눈에 보이는 것이 제 눈에 보이지 않을 거라고 생각하시나요?"

"하, 하지만 본능적으로……."

물론 바로 눈앞에서 검이 왔다 갔다 하는데 황족들이라고 해서 평정심을 유지할 수 있을 리 없었다.

"라기안, 그냥 베어 버려! 지금!"

"……황태자님이 소리를 지르시는 순간 그 '지금'은 끝났습니다."

두 황족은 솔직히 도움은 안 되면서 몹시 신경만 쓰였다. 서로를 믿지 못하니 '황자들은 놔두고 우리끼리 제대로 붙자'라는 협상도 할 수 없었다. 누군가를 보호하느라 공격이 치명적이지 못하니 전투는 지지부진하게 시간만 잡아먹고 있었다.

'지금쯤 수도에서도 좀 지겨워하고 있을 것 같은데.'

이 상황을 상상할 수 있는 사람은 나뿐이었다. 왜냐하면 나는 로버트에게도 대나무 숲의 존재를 말하지 않았기 때문이다. 혹시나 내 짐작이 틀릴지도 몰라서 군이 미리 설명하지 않았던 것이다.

'지금 계속해서 검 부딪치는 소리만 들릴 텐데…… 시상식이 다시 시작되었으려나.'

이미 시상식은 망했겠지만 그래도 진행은 해야 하니까 말이다.

'이안의 마지막 시상식을 못 보는 것이 좀 아쉽네. 이럴 줄 알았다면 그동안 시상식에 불참하지 말걸. 큰 축제처럼 사람들이 몰려들어서 꽤 재미있었다던데.'

원작처럼 세시안느에게 훈장을 바치지는 않겠지만, 어쨌든 한 번도 보지 않았던 시상식이라 이제 와서 조금 궁금했다.

'약물 건은 아론이 잘 해결했을지…… 황후가 연관되어 있다는 것도 자연스럽게 잘 알려야 할 텐데.'

이번에 2등은 아론이 했을지 그것도 궁금했다. 하지만 2등에게는 시상조차 하지 않으니 내가 지금 아론의 시상식을 망치고 있는 것은 아닐 것이다. 황후가 불법 약물을 구한 것을 로버트를 통해 알았고 일부러 지금까지 문제 삼지 않았다. 분명히 그 약물은 라기안에게 들어갔을 것이다. 지금 몇 번 검을 부딪쳐 본 결과 연회 때와 실력이 크게 다르지 않았다. 아무래도 유효 시간이 신경 쓰여 아직까지 먹지 않은 것이 틀림없었다.

그때였다. 저 멀리 숲 입구 쪽에서 땅이 울리는 소리가 커다랗게 들려오기 시작했다. 우리 넷 다 화들짝 놀라서 서로의 얼굴을 바라보았다.

"뭐, 뭐지? 황자님, 갑자기 왜 이러는 거예요?"

내가 당황해서 묻자 로버트는 어리둥절한 표정으로 도리어 내게 반문했다.

"응? 난 모르는데? 흑마법의 기원과 관련된 일이라면 아나벨 양이 더 잘 알지 않을까?"

보아하니 칼론과 라기안도 전혀 이유를 모르는 듯했다. 얼마 지나지 않아 우리가 서 있는 지반마저도 쿵쿵 울리며 흔들리기 시작했다.

"이, 이건……."

로버트가 멀리 바라보더니 확신이 없다는 듯 중얼거렸다.

"마물들이 대거 움직이고 있는 것 같은데?"

그 시각, 수도에서는 아나벨이 예상한 대로 일이 흘러가는 중이었다. 바람결에 들려온 목소리 때문에 모두가 패닉에 빠졌다가, 검이 부딪치는 소리가 들리기 시작하자 모두 다 깜짝 놀랐다. 특히나 아나벨이 검을 들고 결투에 나섰다는 것을 짐작한 오스칼은 곧바로 또 기절했다. 너무 걱정한 나머지 정신을 놓아 버린 것이다. 메릴린은 오스칼을 발로 굴려서 눕힌 다음 귀를 쫑긋거리며 소리에 집중했다. 아나벨의 목소리를 놓치지 않기 위해서였다.

그러나 나머지 사람들은 처음 몇 분만 긴장했을 뿐이고, 시간이 얼마간 지나고 나자 다소 지루한 듯 다시 어수선해졌다. 검이 부딪치는 소리와 가끔가다가 섞이는 영양가 없는 목소리들을 듣고 있자니 흥미가 확 떨어진 것이다. 당연히 결투가 눈에 보이는 것도 아니고 집중도는 하락할 수밖에 없었다.

"크흠, 그럼……."

일단 상황을 정리한 사람은 황제였다. 그 역시 몹시 당황했지만, 일단은 황실의 권위부터 생각해야 했다. 황태자인 칼론에 대한 일은 반드시 짚고 넘어가야 했으나 지금 이 많은 사람들 앞에서는 아니었다.

"지금 우리는 이 이상한 상황에 대하여 제대로 파악을 못 하고 있지만, 흑마법과 관련한 심각한 일이 벌어지고 있는 것 같으니……."

황제는 잔뜩 모여 있는 군중을 둘러보며 근엄하게 말했다.

"시상만 얼른 하고 행사는 여기서 중단하도록 하는 것이 좋겠군. 모두 다 즉시 돌아가서, 황실의 공식 발표가 날 때까지 경거망동하지 말라."

"예, 알겠습니다."

시상대 앞에 올라서 있던 아론은 즉시 대답했으나 속으로는 다른 생각을 하고 있는 중이었다.

'누님이 욕을 안 하신다. 이 상황을 예상하고 계신 게 틀림없어.'

아나벨과 나눈 마지막 대화를 상기하면서 아론의 머리가 빠르게 굴러가기 시작했다.

'그렇다면 최대한 많은 사람들이 끝까지 이 상황의 결과를 알 수 있도록 시간을 끌어야 하는 것 아닐까?'

그 와중에도 바람결에 검이 맞부딪치는 소리들 사이사이로 드문드문 목소리가 섞여 왔다.

"아나벨! 위험해!"

"……황자님 눈에 보이는 것이 제 눈에 보이지 않을 거라고 생각하시나요?"

"하, 하지만 본능적으로…….."

황제의 독촉하는 눈빛을 보고 진행자가 재빨리 우승자의 훈장을 가져왔다.

"그럼 우승자의 훈장을 드리도록 하겠습니다."

물론 아론은 자신의 시상식이 조금 엉망진창이 된 것에 대해서는 전혀 기분 상해 하지 않았다. 어차피 자신이 제국에서 검술로 1위가 아니라는 것을 잘 알고 있었기 때문이다.

"자, 그럼 이렇게 행사는 마무리하도록 하겠습니다."

"잠시만요."

훈장을 받아 든 아론이 눈을 굴리며 좌중을 둘러보더니 크게 말했다. 다급히 행사를 끝내려던 진행자는 안절부절 못하면서 눈을 깜빡였다.

"한 마디만 하고 넘어가도록 하겠습니다."

아론은 한마디만 하겠다는 말로 진행자의 입을 막고 당당하게 말을 이었다.

"이번 검술 대회에서 불법 약물 사건이 있었는데, 모쪼록 끝까지 잘 추적되었으면 좋겠군요."

그 말에 관중석이 또다시 술렁거렸다.

"뭐야, 다 해결된 것 아니었어? 전원 약물 검사 해서 걸러 냈다며."

"그 소문 몰라? 사실 황후님께서 하나 주문하셨다는데……."

물론 어디선가 정보를 입수한 마이에나가 이미 여기저기 소문을 퍼트린 상태였다. 어쨌든 아론은 몸을 사리느라 대놓고 말하지는 않았지만, 그 소문이 더 퍼지는 데에는 일조한 셈이었다.

폭탄 발언을 던진 그는 황제에게 받은 훈장을 들어 올리며 씩 웃었다.

"그리고 이 훈장은 제 연인 세시안느에게 바치도록 하겠습니다."

모두의 시선이 메릴린을 부축하고 있던 세시안느에게 향했다. 세시안느의 얼굴이 발갛게 달아올랐다. 결국 한마디 이상 한 아론은 그대로 저벅저벅 세시안느에게 다가갔다. 그러고는 세시안느의 셔츠 깃에 훈장을 달아 주며 그녀에게만 들리도록 속삭였다.

"이안 님이 회수하시기 전에 주는 겁니다. 저는 슬프게도 부관 신분이라 명령을 따라야 하거든요. 다시 달라고 하면 신의 이름으로 못 준다고 버티세요."

세시안느는 그 말에 피식 웃을 수밖에 없었다.

두 사람을 지켜보던 사람들은 웅성거리며 또 다른 주제를 꺼내 들었다.

"그런데 이안 님은 대체 어딜 가신 거지?"

"만일 이안 님이 우승하셨더라면 훈장을 누구에겐가 바쳤을까? 마지막 검술 대회잖아."

사실 이 시상식의 주인공이 이안이 될 것이라고 모두들 믿어 의심치 않았던 것이다.

"그토록 기품 있고 고상하신 분이 선택한 여자라면 당연히 선량하고 아름다운 사람이겠지."

"아주 정석적이고 모범적인 사랑을 하실 것 같은데. 워낙에 뭐든 완벽하신 분이라."

그때였다.

갑자기 바람결을 타고 쿵, 쿵 하는 거대한 소리가 들려오기 시작했다.

"이, 이건…… 마물들이 대거 움직이고 있는 것 같은데?"

수도 사람들은 수도에 마물이 나타난 것처럼 놀랄 수밖에 없었다. 아론은 어깨를 으쓱하며 자연스럽게 관중석에 자리를 잡고 앉았다.

"드디어 뭔가 대단한 일이 벌어지기 시작한 것 같군요. 누군가 조금만 더 시간을 끌어주면 좋겠는데……."

그는 일단 아나벨 걱정에 안절부절못하는 메릴린의 손을 잡아 주며 차분하게 덧붙였다.

"걱정 마세요, 어머니. 아무래도 누님은 이 사태를 다 알고 계신 듯합니다. 욕의 스펙트럼이 아주 넓으신 분인데, 욕을 한마디도 안 하시고 있잖아요? 지금 몹시 냉정하다는 뜻입니다."

때마침 아론이 관중석에 앉은 보람이 있게도, 맨 앞쪽 귀빈석을 차지하고 있던 마이에나가 벌떡 일어섰다.

"아무래도 안 되겠군요. 지금 스마호 숲에서 전투가 일어나고 있는 모양인데…… 제가 한 말씀 올려도 되겠습니까?"

마이에나가 서슬 퍼런 얼굴로 외쳤다.

"황후님께서 불법 약물을 매입하셨다는 정보를 얻었습니다. 지금 아나벨 양과 전투를 치르고 있는 칼론 황태자님의 호위 기사에게 주신 겁니까?"

물론 이런 자리에서 아무나 벌떡벌떡 일어나서 의견을 말할 수는 없었다.

황후 역시 지지 않고 일어나서 소리쳤다.

"지금 발언권도 신청하지 않고 예의 없게 무슨 짓이지? 말이면 다인 줄 아는 가? 게다가 지금 이 수상한 목소리들이 사실이라고 밝혀지지도 않았는데, 한낱 저잣거리에 도는 소문으로 감히 황후를 모함해?"

사실상 마이에나가 잘못한 것은 맞았기 때문에 황후는 더 기세등등하게 삿 대질을 했다.

"당장 황족 모독죄로 처넣어라! 건방진 것도 정도가 있지, 이건 선을 한참 넘 은 행동이지 않은가!"

그건 맞는 말이었다.

황실 기사들이 그녀를 체포하기 위해 주춤주춤 움직이기 시작했다.

땅이 점점 더 크게 울려왔다.

"뭐, 뭐지? 스마호 숲에 있는 마물들이 다 움직이고 있는 것 같은데?"

"세상에."

로버트의 말에 나는 어이가 없어서 중얼거렸다.

"아니 숲에 이렇게 마물들이 많았단 말이에요?"

"땅굴 속에 잠들어 있던 것들까지 나온 것 같은데……."

"그런 것들도 있었어요?"

"고대 기록에서 읽은 것 같기도 하고? 그런데 대체 왜……."

우리 모두 다 패닉이었다. 왜냐하면 지금까지 멀쩡하던 스마호 숲이 이렇게 뒤집어진 것이 아무래도 이해되지 않았던 것이다.

그때 우리의 발밑이 무너지면서 갈라지기 시작했다.

"여, 여기도 땅굴이 있었나 봐요!"

우리 밑에서 나타난 두더지 같은 마물은 우리를 놔두고 입구 쪽으로 달려가고 있었다.

'아무래도 입구에 황족을 동반하지 않은 누군가가 들어온 것 같은데…….'

로버트도 비슷한 생각인지 옆에서 중얼거렸다.

"기사단 중 누군가가 멍청하게 실수로 길을 잘못 들었나?"

마물들이 우리를 공격하지 않는 것이라면 나와는 상관없는 일이었다. 입구쪽으로 움직이고 있는 것은 맞으니, 누군가 잘못 들어왔다는 가설은 그럴듯해 보였다.

"대충 이 사달을 보고 다시 나가겠지, 뭐……."

로버트가 대수롭지 않게 말했을 때였다. 지진처럼 크게 지반이 흔들렸다. 우리의 발밑에 있던 마물의 땅굴이 완전히 가라앉아 버린 것이다. 발밑이 갈라지며 우리가 서 있던 낮은 절벽이 무너지기 시작했다.

'잠시, 이거 좋은 기회인데?'

나는 모두의 균형이 흐트러지는 틈을 타서 훌쩍 도약한 뒤 라기안의 배를 걷어찼다. 결정타가 아니어서 라기안 역시 순순히 맞아 주었는데, 그것은 우리둘 다 똑같은 생각을 하고 있었기 때문이다.

'저 지긋지긋한 황족들한테서 좀 떨어져서 싸우고 싶다.'

결국 땅이 갈라지면서 절벽이 생겨났다. 칼론과 로버트는 위에 남고 나와 라기안은 그 아래로 추락해 절벽 아래의 대나무 숲에 떨어졌다.

"아나벨! 괜찮아? 당장 구하러 내가 갈……."

로버트가 절규하며 외쳤고, 나는 위를 바라보며 침착하게 대답했다.

"제발 가만히 있으세요. 제가 황자님을 구하러 가지나 않게 해 주시고요."

마침내 나와 라기안은 대나무 숲에서 단둘이 대치하는 상황을 맞이했다. 이제야말로 본격적인 결투가 이루어질 참이었다.

"지금까지 요령껏 잘 피해 온 모양이지만……."

라기안이 품속에서 병 하나를 꺼내 들었다.

"이제는 저승길 갈 준비를 단단히 하는 게 좋을걸."

나는 속으로 쾌재를 불렀다. 드디어 내가 마지막으로 계획한 것이 맞아떨어졌다. 황족들을 보호해야 한다는 이유도 이유였지만, 사실 라기안이 이 사건의 전말을 스스로 불어 버리도록 하기 위해서 지금껏 시간을 끌었던 것이다. 대나무 숲의 정체가 무엇인지도 언급하지 않고 말이다.

이미 약물을 먹고 오지 않은 이상, 그가 나 몰래 약물을 먹을 수 있을 리 없었다. 약물에는 시간제한이 있기 때문에 먹고 기다린다는 선택지가 없었던 것이다. 이게 정정당당한 결투도 아니고 분명 내 앞에서 결정적일 때 섭취할 텐데 나는 그때를 노리고 있었다. 그리고 그게 바로 지금이었다.

"설마 그 수상한 약물을 먹으려는 건 아니겠지?"

나는 라기안을 바라보며 필요 이상으로 또박또박 말했다.

"보아하니 검술 대회 전에 유통되는 불법 약물인 것 같은데…… 외국인이라 여기 인맥이 아예 없는 네가 그걸 구할 수 있을 리 없는데."

분명히 수도에서는 검술 대회 직전에 약물을 유통했기 때문에 지금 이슈를 모으고 있을 것이다. 아론이 조금 더 능력이 있다면 알아서 자기는 발을 빼고 '황후님과 관련이 되어 있다'라는 사실을 어떻게든 퍼트렸을 것이고 말이다. 황실이 엮여 있는 일이라 차마 아론에게 나서서 공론화시키라고 조언하지는 못했다. 게다가 아론에게 무슨 발언권이 있겠는가. 검술 대회 2위는 말 그대로 시상식에서도 아무 존재감이 없을 텐데.

"정말로 흑마법의 기원 앞에서 나를 죽일 셈으로 치밀하게 준비한 것이군."

나는 모든 키워드를 포함시키려고 애쓰며 말했다.

"분명히 황태자님이나 황후님께서 구해 주신 거겠지?"

이참에 황후까지 한 번에 보내 버릴 작정이었다. 아들이 하는 일을 전혀 몰랐다며 발을 뺄 여지를 완전히 차단하는 것이었다.

"그래."

라기안이 씩 웃으며 한입에 약물을 털어 넣었다.

"지금 서로 기사도 운운할 때는 아니지 않나. 누구 한 명 죽어야 끝나는 싸움일 텐데."

물론 씩 웃고 싶은 건 나였다. 이제 정말 마지막 결투나 마찬가지였다. 거추장스러운 황족들도 없고 더 이상 폭로해야 할 사실도 없었다. 모든 것을 수도에 다 알렸으니, 더 이상 대나무 숲을 이용할 여지도 사라졌다.

"나는 너처럼 주제를 모르는 것들이 가장 싫다. 원래부터 싫었지만, 직접 마주하고 나서 더 끔찍하게 싫어졌지."

라기안은 나를 노려보며 선명한 악의를 드러냈다. 그는 그냥 칼론의 고용인일 뿐인데 왜 저렇게 나를 싫어하는 건지 이해가 가지 않았다. 사실 우리가 대적하긴 했지만 개인적인 원한이 있을 사이는 아니었는데, 직업의식이 유난히 투철한 건지 표정이 아주 진심이었다.

"아니, 끔찍하게 싫을 건 또 뭐야?"

나는 황당해서 마지막으로 물었다.

"대체 네가 나에 대해서 뭘 안다고 진심으로 덤비는 거야? 너는 돈 주면 뇌까지 잠식되는 타입이야? 진짜 뇌가 근육인 거야?"

"분수를 알고 제 실력에 맞게 살 것이지, 도대체 왜 위대하신 이안 님께 정말로 이기겠다는 생각으로 덤비느냔 말이다!"

'……응?'

나는 예상치 못한 말에 입을 떡 벌릴 수밖에 없었다.

지금 '이안 님'이라고 한 건가? 내가 알기로 둘은 서로 만난 적도 없는데?

심지어 위대하신 이안 님이라니…….

"이안 님의 완벽한 검술을 보고도 왜 포기할 줄을 몰라? 검을 든 자답게 실력의 차이를 인정해야 할 것 아니냐!"

"그건 그렇지……."

"심지어 검술 대회 때마다 패하고 나서 온갖 지저분한 욕설을 내뱉고 말이다! 이안 님은 네게 그런 모욕적인 언사를 들을 이유가 없어!"

"그것도 맞는데……."

"영광스럽게 검을 맞댈 기회를 얻었다면, 그 즉시 경외감 어린 눈으로 복종해야 하는 것 아니야?"

"그건 아니지. 어딘가 반쯤 정신 나간 놈들이나 그러는 거 아냐?"

나는 내 눈앞의 반쯤 정신 나간 놈을 바라보며 중얼거렸다.

"……너……."

이제 그가 왜 그렇게 나를 진심으로 싫어했는지 깨달았다. 라기안은 자본주의에 뇌가 잠식된 것이 아니라 이안에게 심장이 잠식된 인간이었다.

"너…… 이안의 심각한 추종자였구나……. 뭐, 그렇다면 이해는 간다……."

검술에 인생을 건 검사들 중에는 이안을 과도하게 추앙하는 사람이 있을 법했다. 그렇다면 나를 없앨 정도로 싫어하는 것이 아예 말도 안 되는 건 아니었다. 나라는 존재가 완벽한 이안의 인생에 확실한 방해물이자 걸림돌이었기 때문이다. 내가 정신 차린 건 얼마 안 되었고 진상을 부린 나날들은 8년이었다.

"지금 무슨 속셈인지는 몰라도 네가 이안 님과 한편인 척하고 있지만! 난 알고 있어. 너 같은 비열한 것들은 언제라도 뒤통수를 칠 수 있다는 걸 말이야."

라기안이 씩씩대며 나를 노려보았다.

"이안 님은 너무 고결하시고 공과 사가 뚜렷하셔서, 너 같은 것과 너그럽게 손을 잡을 수 있는 모양이지만, 나는 이안 님의 곁에 그런 위험한 요소를 둘 수 없다. 넌 범죄라도 저질러서 이안 님을 해칠 인간이니까!"

'과거 일이긴 하지만 맞긴 다 맞는 말이네…….'

찔리는 것이 있어서 아니라고 펄쩍 뛰기도 좀 그랬다.

"그러니 내가 너를 어떻게든 없애야 후환이 사라지겠지."

모든 수수께끼가 풀렸다. 라기안은 반쯤 정신 나갈 정도로 이안을 추앙하는 검사였던 것이다.

제국민들 중에서도 지나치게 이안을 경외하는 나머지 나를 싫어하는 사람이 있었다. 특히 웨이드로스 기사단 사람들 중에 꽤 많았다. 하지만 그들은 나한 테 한 번 덤벼 보고는 상대가 되지 않는다는 것을 깨달은 뒤 대놓고 적의를 표하지 못했다. 그리고 흑마법을 함께 퇴치하게 되었을 때, 제국민들은 자신들의 안위에 직결된 일이기 때문에 그저 나와 이안의 협력을 반기는 분위기였다.

하지만 라기안은 외국인이었다. 제국에서 무슨 일이 벌어지든 상관이 없었다. 정확히 말하면 이런 피치 못할 사정 때문에 나와 이안이 손잡은 걸 아주 못마땅하게 여겼을 것이다. 당연히 내가 나중에 이안의 뒤통수를 갈길 것이라고 예상했기 때문에 나를 없애는 게 이안을 위한 일이라고 여긴 듯했다. 이안에 대한 과도한 우상화 때문에 나를 비정상적으로 싫어하기도 했고 말이다.

어차피 이안은 너무 강해서 위험에 처할 일이 없으니 차라리 황태자와 손을 잡고 그에게 가장 위험 요소인 나를 없애는 쪽을 택한 것이다. 비합리적인 사람의 합리적인 이유였지만 내가 그걸 감안해 줄 이유는 없었다.

나는 라기안을 빤히 바라보다가 한숨을 푹 쉬었다.

"그거 알아? 내가 그 입장으로 오래 살아 봐서 아는데, 원래 패하는 악당들은 사설이 길어."

곧이어 나는 검을 고쳐 쥐며 조용히 말했다.

"그런데 승자는 별말이 없어. 그냥 덤비니까 이겨 주는 것뿐이야. 이안이 그 랬거든."

이 시점에서 이안의 마음을 정확하게 이해하게 되다니 참 웃긴 일이었다.

"기억해. 싸우기 전에 구구절절 사연을 말하면 지는 거야. 앞으로 잘 알아둬."

시선이 한번 부딪치고, 그대로 검도 맞붙었다.

수도는 다시 한번 패닉에 빠졌다.

"보아하니 검술 대회 전에 유통되는 불법 약물인 것 같은데…… 외국인이라 여기 인맥이 아예 없는 네가 그걸 구할 수 있을 리 없는데. 정말로 흑마법의 기원 앞에서 나를 죽이려는 셈으로 치밀하게 준비한 것이군."

마이에나가 당장 황족 모독죄로 감옥에 들어갈 만큼 선을 넘은 것은 사실이었다. 아무리 평민들의 입지가 올라갔다고 해도 아직 황족과 평민은 서로 결혼한 전례도 없었다. 그런고로 황실 기사들이 황후의 명령에 따라 마이에나를 체포하는 건 당연한 일이었다.

그때 바람결에 날려 온 목소리가 수도를 뒤덮고 분위기는 다시 싸해졌다.

"분명히 황태자님이나 황후님께서 구해 주신 것이겠지?"
"그래."

황제가 골치 아프다는 듯이 이마를 짚었다. 지금 이 목소리들이 황후가 주장하고 있는 대로 조작되었다고 하기에는 모든 것이 다 맞아떨어졌다.
"일단 정말 이제 시상식을 마치도록 하겠다."
황제는 엄숙한 표정으로 선언했다.
"폐회식은 아까 말했듯이 생략하고, 지금 벌어지고 있는 일에 대하여 과도한 추측과 유언비어 생성을 금한다."

물론 유언비어를 생성하지 않아도 실시간으로 모든 것이 중계되고 있는 상황이기는 했다. 아무리 황당한 일이라고 해도 지금 들려오는 목소리가 조작된 거짓이라고 생각하는 사람은 아무도 없었다. 이런 식으로 사람의 목소리를 조작할 수 있는 마법은 듣도 보도 못했기 때문이다. 다들 스마호 숲이 어떠한 작용을 하여 거기서 벌어지는 일들을 들려주고 있다고 여기는 중이었다. 사실 황제마저도 그랬다.

"그리고 황후와 마이에나는……."

그는 일단 그가 할 수 있는 한 깔끔하게 일을 마무리했다.

"불법 약물 유통죄와 황족 모독죄를 물어 각각 구금한다. 향후에 처벌을 결정하도록 하겠다."

황제의 명령이 떨어지자 황실 기사들은 즉시 황후와 마이에나를 체포했다.

"왜, 왜 그러셨어요! 왜 그런 무리한 발언을……."

마이에나의 옆에 있던 평민 의회 부장이 재빠르게 속삭였고, 마이에나는 망설이지 않고 대답했다.

"구금이야 평민 권리 향상 운동을 할 때부터 꽤 익숙하니 걱정하지 마. 그리고 내가 무리하게 나선 이유는 다른 게 없어."

그녀가 순순히 기사들에게 끌려가며 씩 웃었다.

"아나벨 양을 믿거든. 어떤 큰 그림을 그리든 내 자리에서 최대한 도와주고 싶어서 그런 거야. 예전에 큰 민폐를 한 번 끼치기도 했고."

그 혼란의 상황에서도 물론 목소리는 계속 실려 오고 있었다. 이제는 라기안이 아나벨을 비난하며 이안을 추앙하는 중이었다.

"이안 님은 너무 고결하시고 공과 사가 뚜렷해서서, 너 같은 것과 너그럽게 손을 잡을 수 있는 모양이지만, 나는 이안 님의 곁에 그런 위험한 요소를 둘 수 없다. 넌 범죄라도 저질러서 이안 님을 해칠 인간이니까!"

나름 흥미롭게 대화를 듣고 있던 아론은 고개를 저으며 중얼거렸다.

"누가 저걸 조작이라고 하겠습니까. 세밀하고 쓸데없는 말이 너무 많은데요."

세시안느 역시 한숨을 쉬며 고개를 끄덕였다.

"그러게요. 그 누구에게도 득이 되지 않는 발언들의 향연이네요."

그들의 대화에 내내 아나벨을 걱정하고 있던 메릴린이 끼어들었다.

"이안 님에게는 득이 되지 않겠니? 저렇게 마르고 닳도록 추앙하는데?"

"에이, 솔직히 득은 아니죠."

아론은 냉철하게 대답했다.

"이안 님이 딱 저런 분이라는 걸 수도에 모르는 이가 있습니까? 예외성이 없어 재미가 없다는 것 하나 빼고는 모든 것이 완벽하고 상식적인 분인데요. 이안 님은 아무리 칭찬받아 봤자 본전이에요."

주변 사람들 역시 아론의 말이 맞는다는 듯 고개를 끄덕였다. 그것은 논란의 여지가 없는 말이었다.

그렇게 얼마간 시간이 흘렀을 때였다.

갑자기 황당하다는 듯한 아나벨의 목소리가 들려왔다.

"이안? 네가 왜 여기에……."

아나벨과 라기안의 전투는 기대했던 것만큼 치열하지 않았다.

로버트는 손에 땀을 쥘 준비를 하다가 은근슬쩍 손을 폈다.

"비겁하게!"

라기안은 짜증을 내며 아나벨에게 소리쳤다. 그는 지금 검을 크게 휘두르며 회심을 다한 공격을 이어 가는 중이었다.

"또 피하는 거냐!"

제삼자의 입장에서 봤을 때 아나벨은 여전히 라기안에게 조금 밀리는 듯했다. 라기안이 아나벨을 몰아붙이는 데에 비해 그녀는 딱히 유효한 공격을 하지 않았기 때문이다. 다만 그녀가 라기안의 검을 피해서 날뛰는 곳마다 대나무들이 우르르 쓰러졌다.

"뭐야?"

칼론이 어이없다는 듯 피식 웃었다.

"라기안을 베는 게 아니라 대나무를 베고 있군그래."

대나무가 쓰러지는 속도는 꽤 빨랐지만, 숲이 꽤 넓어서 여전히 많은 대나무들이 바람에 흔들리고 있었다.

"아니면 대나무 속에 라기안을 파묻는 것이 전략인가? 어느 쪽이든 참 보잘 것없군."

칼론은 턱을 치켜들면서 빈정거렸다.

"천박한 평민이 입 놀릴 때부터 알아봤지."

그 말에 로버트가 바로 칼론에게 달려들어 멱살을 잡고 그를 쓰러트렸다.

"커, 커헉! 이, 이 자식이 미쳤나!"

"네. 천박한 평민을 사랑하는 미친 황족이 주먹 좀 놀리겠습니다."

로버트는 바로 이어서 그의 밑에 깔린 칼론의 얼굴에 주먹을 연타로 날렸다. 사실 둘이 남았을 때부터 그들 사이에는 막연한 긴장감이 깔려 있었다. 얌전히 둘이서 싸움을 지켜보고 있기에는 둘 다 서로를 너무 싫어했던 것이다. 언제고 터질 갈등이었는데, 칼론의 빈정거리는 언사가 도화선이 된 셈이었다.

"저를 볼 때마다 죽이고 싶다고 하셨지요."

칼론 역시 반격에 나서서 그들은 흙바닥을 뒹굴며 몸싸움을 시작했다. 두 성인 남자가 주먹다짐을 하면서 아이처럼 마구 엎치락뒤치락하는 모양새가 된 것이다.

"저는 형님을 볼 때마다 일단 한 대 치고 싶었습니다. 그게 좀 더 본능적인 반응 아닐까요?"

칼론은 로버트의 배를 걷어차며 더 빈정거리려다가 순간 느껴지는 위화감에 입을 다물었다. 저 멀리 숲 입구에서 들리던 마물들의 비명 소리가 점점 더 가까워지고 있었던 탓이다.

로버트 역시 그 변화를 눈치채고 고개를 휙 돌려 입구 쪽을 바라보았다.

"뭐지? 잘못 들어온 기사라면 당연히 다시 돌아갈 거라고 생각했는데……."

"……네 멍청한 기사들보고 설마 숲에 진입하라고 했나?"

"저는 형님과 다릅니다. 사람의 목숨을 소중히 여길 줄 알지요."

두 사람이 맞붙어서 싸움을 하든 말든, 마물이 죽어 나가는 소리가 실시간으로 점차 가까이 들려왔다.

"끼에에에엑!"

"크어억!"

"캬갸갸각!"

거대한 수의 마물들이 쓰러지면서 땅이 울렸다. 아무리 서로에 대한 증오로 눈이 뒤집혔어도 땅이 뒤집히고 있으니 신경을 안 쓰려야 안 쓸 수가 없었다.

로버트와 칼론은 결국 둘 다 바닥에 나동그라져 서로의 멱살을 잡은 채로 입구 쪽을 바라보았다. 낮은 절벽 밑의 아나벨과 라기안을 바라볼 새도 없었다. 아나벨과 라기안의 전투는 약간 지지부진했고 마물들의 비명 소리는 처참했기 때문이다. 물론 얼핏 봐서는 아나벨이 라기안에게 완전 밀리는 것 같아 보이기도 했다. 요란하게 대나무만 쓰러지는 것 같았고 말이다.

"꽤애애애액—!"

이내 거대한 마물의 비명 소리를 끝으로 갑자기 마물들의 모든 소리가 사라졌다. 로버트와 칼론이 상황 파악을 끝내기도 전에, 누군가 숲에서 펄쩍 뛰어 올랐다.

"······누구?"

너무 속도가 빨라서 누구인지는 알 수 없었으나 어쨌든 인간임에는 틀림없었다. 마물들이 몰려가서 입구에서부터 난리를 친 것을 보면 황족과 동행하지 않은, 허가받지 못한 인간인 모양인데······. 그들은 그 정체불명의 인간을 알아보지 못했지만, 바로 알아본 사람이 있었다.

"이안?"

아나벨이 멍하니 낮은 절벽 밑으로 훌쩍 뛰어내리는 이안을 바라보며 멍하니 중얼거렸다.

"네가 왜 여기에······."

그녀는 지금까지 라기안과의 전투를 꽤 슬렁슬렁 이어 가고 있었다. 흑마법의 기원부터 없애고 온전한 실력으로 라기안을 완전히 제압하려는 생각이었다. 어차피 검술 대회도 끝났고, 다시는 이안의 얼굴을 못 볼 수도 있으니 그에게 대련을 청할 수도 없었다. 그러니 이참에 흑마법의 기원을 세 개나 없앤 자신의 실력을 라기안을 이용해 확인해 보고 싶었던 것이다. 그래서 라기안을 공격하기보다는 대나무를 차근차근 베어 가는 중이었는데······. 검술 대회 시상식 자리에 있어야 할 이안이 대체 왜 나타난단 말인가. 이 깊은 숲속 땅굴에서 평화롭게 지내던 마물까지 끌어낸, 허락받지 않은 침입자가 이안이라니. 아나벨의 계산에는 전혀 없는 일이었다.

"커헉!"

이안은 그 멀리서 한 번 도약했을 뿐인데도 단번에 라기안의 뒤통수를 그대로 발로 차서 명중시켰다. 그러곤 곧장 쓰러진 라기안의 등을 밟은 뒤 목에 검을 겨누었다.

"황후가 불법 약물을 입수했다고 하는군. 아마 이자에게 갔을 거다."

그렇게 라기안을 꼼짝 못 하게 만든 채로 이안은 그녀를 바라보았다. 꼬박 이틀을 달려온 그의 매무새는 엉망이었고 검에는 마물의 피가 뚝뚝 떨어지고

56

있었다. 그럼에도 불구하고 눈만은 그 어느 때보다 선명하게 그녀를 응시하고 있었다.

"……어?"

아나벨은 너무 놀라서 멍하니 이안과 그의 발밑에 깔린 라기안을 바라보았다. 그리고 라기안의 표정을 보자마자 약간 질린 얼굴로 중얼거렸다.

"야, 발에 밟히면서 그렇게 설레는 표정 짓지 마……."

물론 이안은 자신의 발밑에 깔려 있는 라기안의 표정을 보지 못했다. 이미 눈이 돌아간 그에게는 지금 아나벨밖에 보이지 않는 상태였다.

"이자가 무슨 약물을 마시지 않았나?"

"어? 어…… 그, 그렇긴 한데……."

"아마 불법 약물을 먹었기 때문에 밀릴 수밖에 없었겠지. 실력을 단기간에 상승시키는 약이라고 하던데."

이안은 전투를 자세히 관찰할 여유조차 없이 대충 아나벨이 라기안에게 당하는 것처럼 보이는 장면을 순간적으로 목격했을 뿐이었다. 그래서 바로 라기안을 제압하기 위해 달려든 것이었다.

아나벨이 황당한 목소리로 물었다.

"설마 내가 그걸 모르고 혹시라도 이자에게 당할까 봐 온 거야?"

그녀가 그의 처참한 몰골을 눈으로 훑으면서 중얼거렸다.

"황족과 동행하지 않아서 그 마물들이 다 달려들었을 텐데……."

"다 죽였어."

이안은 별일 아니라는 듯이 담담하게 대답했다. 그러고 보니 마물들의 비명 소리가 어느새 잠잠해져 있었다.

"마, 마물보다 괴물 같은 자식…… 그걸 다 죽였다니……."

오는 길에 보았던 엄청난 수의 마물들을 떠올리며 멍하니 중얼거린 아나벨은 얼떨떨한 상태로 밀려오는 질문들을 쏟아 내기 시작했다.

"그렇다고 수도에서 여기를? 대체 어떻게……."

"우리 집에 있던 마정석으로 가속 마법을 걸……."

"미쳤어?"

아나벨이 이안의 말을 끊으면서 눈을 커다랗게 뜨고 소리쳤다. 그리고 빠르게 계산해 보았다. 아무리 가속 마법을 세게 걸었어도 수도에서부터 이곳은 하루가 훌쩍 넘게 걸릴 거리였다.

"그, 그럼 검술 대회도 참가 안 했어?"

"어."

"제정신이야? 네 마지막 검술 대회잖아! 그런데 그걸 참가 안 한다고? 심지어 그 엄청난 마정석을 깼다니!"

그녀가 패닉에 빠져 거친 숨을 내뱉었다. 모든 것이 계산대로 흘러가는 와중이안이 변수가 될 줄은 몰랐다.

"웨이드로스 가문이 지켜 가야 할 명예라고 공작님이 말씀하셨는데 이런 쓸데없는 일에……."

"쓸데없지 않아."

흥분해서 목소리를 높이는 아나벨과 달리 시종일관 침착하던 이안이 차분하게 말했다. 그리고 그들의 사이로 대나무 향을 품은 바람이 길게 한 번 불었다.

"왜냐하면, 아나벨, 나는……."

이안이 그녀의 눈을 똑바로 바라보며 말했다.

"너를 사랑해."

저 멀리 절벽 위에서 이안을 부르려던 로버트마저 멈칫할 수밖에 없는 발언이었다.

"정말이지, 네가 너무 좋아서 아무것도 안 보여."

그가 숨을 몰아쉬면서 갈라진 목소리로 말을 이었다.

"나도 이 마음을 정말 어쩌지 못하겠으니, 내가 싫지 않다면 제발, 제발 받아 달라고 네게 빌러 왔어."

"이, 이, 이, 이, 이안……."

아나벨의 얼굴이 창백해지며 눈에 띄게 당황한 표정을 지었다.

"자, 자, 잠깐만, 잠깐만!"

"너를 보자마자 무릎 꿇고 매달리려고 했는데, 이 자식을 제압해야 해서……."

이안은 정말로 무릎이라도 꿇을 기세로 숨을 몰아쉬었다.

"네가 무슨 마음으로 나를 검술 대회에 보냈는지는 알아. 하지만 너를 사랑한다는 말을 당장 하지 않으면 내가 미칠 것 같아서 왔어."

그리고 그 말에 정말 미친 것 같은 목소리로 절규하는 사람이 있었다.

"무슨 소리입니까!"

이 안의 발밑에 깔린 라기안이었다.

"혹시 흑마법에 걸리신 겁니까? 이안 님, 상대는 아나벨 레인필드입니다!"

라기안이 고래고래 소리를 질렀다.

"지금 뭐 어떻게 손을 잡고 있는 척을 하고 있더라도 어떻게든 이안 님을 해칠 수도 있는 여자입니다! 정말 말도 안 되는 범죄를 저지를 수도 있어요!"

정확히 말하면 이미 저질러 버린 입장이긴 했지만, 어쨌든 아나벨이 변명할 새도 없었다.

"상관없어."

이안이 그녀에게 눈을 떼지 않은 채로 말했다.

"네가 나를 상대로 그 어떤 범죄를 저질렀든, 나를 어떻게 해치든 상관없어."

라기안의 말에 대한 대답이었지만, 아나벨의 고백에 대한 답이기도 했다.

"지금 네 검에 찔려 줄 수도 있을 정도로 너를 정말 좋아해. 네 말대로 또라이들 혹은 미친놈들이나 이런 사랑을 하는 거라면……."

이안은 망설임 없이 말을 이었다.

"나 그냥 제국에서 제일 정신 나간 놈 할래."

아나벨은 멍하니 굳어 있다가 묘한 표정을 지었다.

이안은 거친 숨을 몰아쉬면서 애달프게 말을 이었다.

"네가…… 네가 다칠 수도 있다고 생각하니 미칠 것만 같았어."

그것은 사실이었다. 이안은 여기까지 달려오는 동안 내내 제정신이 아니었다. 어려운 고백까지 한 아나벨의 솔직함에 다시 한번 반한 것은 물론, 자신이 좋다는 그녀의 대답을 몇 번이나 상기하면서 심장이 터질 것만 같았다. 그런데 불법 약물을 먹은 외국인 검사에게 그녀가 당해 버릴 수도 있다고 생각하니 정말 눈에 보이는 것이 없었던 것이다.

미친 듯이 달려서 스마호 숲에 도착했을 때, 그가 본 것은 라기안의 검을 간신히 피하며 애처롭게 대나무를 베고 있는 아나벨이었다. 혹시라도 그녀가 그에게 당할까 봐, 그래서 영영 '그런 것과 상관없이 너를 좋아한다'라는 말을 못 할까 봐 이안은 온몸의 피가 거꾸로 솟는 것 같았다. 마음이 조급한 나머지 그는 다짜고짜 라기안을 쓰러트리고 아나벨에게 그동안 하고 싶었던 말을 쏟아 내는 중이었던 것이다.

"마음껏 때리고 욕해도 되니까, 아니 오히려 그래 주면 감사하니까 제발 내 인생에서 나가겠다는 말만큼은 하지 마."

"……저, 저기, 일단 그만해!"

아나벨이 재빠르게 외쳤다. 물론 눈에 뵈는 게 없던 이안이 그 말을 들을 리 없었다.

"너는 상식적인 사람이 좋다고 했지. 네 상식에 어긋나더라도 나는 모든 걸 사실대로 말하겠어. 나는 네 검이 다른 사람에게 향하는 것조차 질투가……."

"아아아악! 그만하라고! 그만 말해! 제발!"

아나벨이 빠르게 달려와 이안의 입을 손으로 막았다. 지금 무슨 일이 벌어지고 있는지 자각했기 때문이었다.

"아, 아니…… 그러니까 하려면 조금만 기다렸다가 해!"

크게 소리친 그녀는 울상이 되어 덧붙였다.

"이 대나무 숲 자체가 마지막 흑마법의 기원이란 말이야! 그리고 이 대나무 숲이 가진, 인간을 불행하게 만드는 힘은……."

여전히 대나무 숲은 울창했고 바람은 수도 쪽으로 불고 있었다.

아나벨이 거의 울먹이는 목소리로 말을 이었다.

"바로 여기서의 대화를 그대로 수도로 전달한다는 거야!"

"……뭐?"

아나벨을 제외한 모든 이들이 굳어 버리는 순간이었다.

절벽 위에서 달라붙어 있던 칼론과 로버트마저도 그대로 숨을 멈췄다.

물론 수도에 있던 사람들도 모두 굳어 버렸다. 때마침 거의 대부분의 사람들이 이안의 이야기를 하던 중이었다. 라기안이 이안의 찬양을 시작한 데다 오늘 시상식의 주인공으로 모두 이안을 예상했던 터라 이야기가 안 나올 수가 없었던 것이다.

"황후가 불법 약물을 입수했다고 하는군. 아마 이자에게 갔을 거다."

이안의 목소리로 인해 불법 약물 소동은 그대로 기정사실화되었다. 그러나 사람들을 더 식겁하게 하는 대화 내용은 다음에 이어졌다.

"우리 집에 있던 마정석으로 가속 마법을 걸……."

그 말에 귀빈석에 있던 마탑주가 벌떡 일어나서 브레이든에게 소리쳤다.

"저, 저, 저게 사실이오? 그 엄청난 크기의 마정석을 깼다고? 고작 가속 마법을 걸기 위해서?"

마탑주는 목뒤를 잡으면서 숨을 헐떡거리기까지 했다.

"웨이드로스 가문이 마탑보다도 안전하다며 그동안 절대 반환하지 않겠다고 버텨 왔잖소! 정말, 저 끔찍한 말이 사실이냐는 말이오!"

브레이든은 참담한 표정으로 고개를 끄덕였다.

"맞소."

그 짧은 말은 많은 의미를 함축하고 있었다. 가장 중요한 사실은 일단 지금 저 목소리들이 조작된 것이 아니라 정말로 생생한 날것의 대화라는 것이었다.

"네가 나를 상대로 그 어떤 범죄를 저질렀든, 나를 어떻게 해치든 상관없을 정도로 너를 정말 좋아해. 네 말대로 또라이들 혹은 미친놈들이나 이런 사랑을 하는 거라면 나 그냥 제국에서 제일 정신 나간 놈 할래."

모여 있던 사람들의 입이 싸하게 얼어붙었다.

"어떡해."

하루아침에 제국에서 제일 정신 나간 놈의 어미가 된 레슬리가 중얼거렸다.

"우리 아들 정말 거하게 사고 치네……."

그 와중에도 바람은 계속해서 목소리를 전달하는 중이었다.

"이 대나무 숲 자체가 마지막 흑마법의 기원이란 말이야! 그리고 이 대나무 숲이 가진, 인간을 불행하게 만드는 힘은 바로 여기서의 대화를 그대로 수도로 전달한다는 거야!"

바람결에 실려 온 목소리에, 수도의 사람들이 모두 입을 다물었다. 아나벨의 당황한 목소리를 믿지 않을 수가 없었다. 끌려간 황후가 혼자 주장한 대로 '저건 조작된 이상한 마법이다'라고 생각하기에는 너무 대화가 실시간의 당황스러움을 그대로 품고 있었다. 그리고 더 이상 아무 목소리도 들려오지 않았다.

"구경은 끝났군요."

침묵이 한참 이어지고 나서야 아론이 팔짱을 낀 채 중얼거렸다.

"이제 스마호 숲에서 저 대나무들을 없애기 전까지 모두 다 침묵을 지킬 것 같은데요."

아론의 예상은 맞아떨어져서, 어느 순간부터는 검 소리라도 전해 주던 바람조차 아예 불어오지 않았다.

"정말 충격적입니다."

그는 눈을 굴리며 소감을 말했다.

"이안 님이 저희 누님을 좋아하다니요. 상상하지 못한 조합이에요. 그런 취향이시기에 아직까지 어떤 여자와도 데이트 한 번 안 하신 거였군요."

옆에서 세시안느가 바로 대답했다.

"제가 그랬잖아요. 다들 이안 님을 칭송하지만, 막상 어제 마주치니까 좀 이상한 사람 같다고요. 하긴 언제나 상식적인 사람은 없거든요."

"세상에."

메릴린 역시 허탈한 목소리로 중얼거렸다.

"내 딸이 그냥 남들의 구설수에 오르지 않고 평범한 사람과 조용히 이어졌으면 하는 바람이 이렇게 어려운 것이었을 줄이야."

"어머니, 저는 이 조합이 뭐 썩 나쁘지 않다고 생각합니다."

아론은 진지하게 말했다.

"왜냐하면 이안 님께 저럴 수 있는 여자는 누님뿐이잖아요. 아마 인생을 살면서 그 어떤 여자에게도 흔들리지 않으실 겁니다."

"그, 그건 맞지만……."

물론 그들을 제외한 다른 사람들도 조심스럽게 수군거리기 시작했다. 그간 아나벨과 이안 사이에 있었던 일들을 아는 사람들은 아무도 없었다. 그러니 다들 '이안이 일방적으로 자신을 때리고 괴롭히는 아나벨을 좋아한다'라고 추측할 수밖에 없었다. 아나벨이 이안을 좋아한다는 사실이나, 서로 한 번씩 고백을 주고받은 셈이나 마찬가지라는 것은 당연히 그 누구도 상상조차 하지 못했다. 그 바람에 이안의 일방적인 '이런 사랑이 정신 나간 것'이라는 말만 뇌리에 남아 버릴 수밖에 없었던 것이다.

"하, 하, 하……."

"이안 님은 사실 맞는 걸 좋아하는 성향이셨던가요?"

"글쎄요. 생각해 보니 예전에 오페라 〈미치지 마세요〉를 감명 깊게 보신 것 같더라고요."

그 술렁거리는 분위기 속에서, 레슬리와 브레이든은 황당하다는 눈빛으로 서로를 바라보았다. 그동안 너무나 재미없을 정도로 정석적으로만 커 온 아들이었다.

"우리 아들은 일시불인가 봐."

레슬리가 얼떨떨하게 중얼거렸다.

"평생 할 걱정 하루에 다 시키고, 평생 칠 사고 하루에 다 치고, 평생 부끄러울 일 하루에 다 만드네."

그녀는 브레이든을 보며 멍한 표정으로 물었다.

"……이제 어떻게 되는 거야, 자기?"

브레이든은 초점을 잃은 눈으로 멍하니 대답했다.

"음, 아나벨이 우리 이안의 마음을 받아 주지 않으면 이제 웨이드로스 가문의 대가 끊기는 거야."

더 이상 아나벨 앞에서 여유 있게 '우리 아들과 이어져 보게, 엣헴. 우리는 괜찮으니까' 같은 태도를 취할 수 없다는 뜻이었다.

64

"어떻게든 아나벨에게 제발 저 미친놈을 데려가 달라고 빌어야지. 보아하니 이안 놈은 무릎도 못 꿇었나 본데 나라도 꿇어야겠어. 하필 아나벨의 이상형이 상식적인 인간이라니 이런 위기가…….."

이 틈을 타서 다시 한번 분위기를 반전시켜 보려는 움직임이 있었다. 바로 아베데스 후작이었다.

"크흠, 큼."

그는 슬그머니 일어나 주위를 둘러보았다. 그리고 은근슬쩍 분위기를 몰아가기 시작했다. 지금 칼론과 황후에게 불리한 이 상황은 대표적인 황태자파였던 그에게도 미칠 여파가 컸기 때문이다.

"아무래도 이건 좀 다 거짓말 같지 않습니까? 다들 아시다시피, 이안 웨이드로스 소공작이 진짜 미치지 않고서야 저런 말을 하겠습니까?"

"하지만 마정석을 깨고 간 건 사실이지 않나요?"

누군가의 질문에 아베데스 후작이 어깨를 으쓱하며 대답했다.

"저 스마호의 숲이라는 데에서 무슨 일이 벌어지고 있는지 어찌 압니까? 막말로 아나벨 레인필드가 흑마법을 쓰고 있을 수도 있지 않습니까?"

그 말에 메릴린이 벌떡 일어났다.

"이런 XX, 제국을 위해 공적을 세우고 있는 남의 딸에게 감히 XX가…….."

"이제 와서 딸은 무슨. 22년 동안 아무 생각 없지 않았던가?"

아베데스 후작이 피식 웃으며 빈정거렸다. 안 그래도 그동안 알아보지 못했다는 죄책감이 있었던 메릴린의 표정이 순식간에 굳었다.

"적어도 나는 22년간 그 애를 의식하면서 살았지. 당신과 나 중에서 누가 더 그 애를 잘 알겠는가? 아, 그런데 핏줄이 무섭긴 무섭군."

대답하지 못하는 메릴린을 보며 아베데스 후작이 신랄하게 덧붙였다.

"22년간 상관없이 살았어도 천한 말버릇은 똑같으니까 말이야. 귀족 중의 귀족, 이안 웨이드로스 소공작이 그런 여자를 좋아할 리가 있나."

65

그때였다.

"좋아하던데?"

군중들 사이로 커다란 목소리가 들렸다.

"아주 환장하던데, 뭘."

목소리의 주인공은 등 뒤에 기사단 행렬을 끌며 나타난, 오스칼과 똑같이 생긴 사내였다.

"……닉?"

메릴린이 믿을 수 없다는 듯이 눈을 깜빡거렸다.

"어…… 음."

아론 역시 엉거주춤 일어나며 천천히 인사했다.

"처음 뵙겠습니다, 큰아버지……. 아론 레인필드입니다."

오스칼과 일란성 쌍둥이인 탓에 수도의 모든 사람들이 닉의 정체를 바로 알아챘다.

"메릴린, 성깔 많이 죽었군. 늙었나 봐."

닉이 어깨를 으쓱하며 천연덕스럽게 말했다.

"옛날 같았으면 귀족 앞이라고 해서 절대 욕설을 멈출 리가 없는데. 참는 꼴을 본 것만 해도 수도에 온 가치는 있군. 거기 네 발밑에 기절해 있는 게 아마 오스칼이지?"

그가 피식 웃으면서 자신과 똑같이 생긴 오스칼에게 흘긋 시선을 두었다.

"변하지 않는 것도 있으니 다행이야. 옛날과 똑같이 심약하군. 어쨌든……."

모든 사람의 시선이 쏠린 가운데, 닉은 주위를 둘러보며 말을 이었다.

"웨이드로스 소공작이 아나벨에게 내 영지에서 내내 작업 거는 꼴이 볼만했습니다. 아마 첫눈에 반했다는 것 같던데? 흩날리던 연보랏빛 머리 어쩌고저쩌고…… 한껏 읊고 갔다니까."

"그, 그럼 당신이……."

아베데스 후작은 닉을 노려보며 숨을 몰아쉬었다.

이안과 아나벨이 함께 있던 영지라면 카론다뿐이었다. 둘이 함께 카론다에서 두 번째 흑마법의 기원을 파괴하고 왔다는 소문이 파다하게 돌았기 때문이다.

"카론다의 영주, 닉 에이버슨입니다. 수도에 오니 작위를 산 것까지 자연스럽게 까발려지는군요."

닉은 어깨를 한번 으쓱하더니 황제를 향해서 읍소했다.

"로버트 황자님의 명을 받아 죄인들을 호송해 왔습니다. 두 번째 흑마법의 기원을 이용한 레이번 스트로피드와 라넬라 오카이드, 그리고……."

라넬라라는 말에 메릴린이 다시 한번 목뒤를 잡았다. 물론 그녀가 끼어들 틈도 없이 닉의 말이 이어졌다.

"몰래 호송 중인 죄인을 죽이려던 황실 기사단의 기사 몇 명도 포함해서요."

그 말에 다시 한번 주위는 찬물을 끼얹은 듯 조용해졌다. 황제마저도 부들부들 떨리는 손을 어찌하지 못했다. 황실 기사단이라면 황태자의 관할이었다. 호송 중인 죄수를 죽인다는 건 입막음을 한다는 이야기였고, 즉 흑마법에 칼론이 연관되어 있다는 다른 증거이기도 했다.

"어, 어쨌든!"

아베데스 후작은 애타는 얼굴로 소리를 질렀다.

"저 사람도 결국 레인필드라는 소리잖소! 저 사람 말을 어떻게 믿어? 웨이드로스 공작, 한마디 해 보시오."

물론 아베데스 후작이 이렇게 나선 데에는 믿는 구석이 있었다. 여우 같은 웨이드로스 공작이 자신의 아들을 이렇게 이상한 사람으로 만들지 않을 것이라고 예측했기 때문이었다. 그의 계산으로는 브레이든이 이 모든 목소리를 부정하는 것이 당연하다고 생각했다. 적어도 '사실이 아닐 것이다'라는 언급만 간단히 해 주면, 황태자 측이 아닌 웨이드로스 공작가가 그런 주장을 하는 것에 힘이 실릴 수밖에 없을 텐데…….

물론 브레이든은 아베데스 후작의 그런 말에 조금도 관심이 없었다. 정확히 말하면 다른 사람들이 이안을 어떻게 보든 전혀 의식하지 않고 있었다. 그의 유일한 관심사는 '어떻게 하면 아나벨에게 이안을 떠넘겨서 웨이드로스 공작가의 대가 끊기지 않게 하는가'였다. 그래서 브레이든은 닉의 등장에 사람들이 웅성거릴 때에도 빠르게 머리를 굴리고 있었다. 이런 패닉의 상황에서도 어떻게든 다음 수를 생각하는 것이 브레이든의 주특기였기 때문이다.

얼마 지나지 않아 브레이든은 귀빈석에서 천천히 일어났고, 그 모습을 본 사람들이 일제히 입을 다물었다. 브레이든은 정중하게 황제에게 먼저 말했다.

"폐하께 발언권을 청합니다."

지금까지 산발적으로 이어졌던 마구잡이식 주장과는 격이 다른 말을 하고 싶다는 신호였다.

아베데스 후작마저도 다소 흠칫한 표정으로 눈을 굴리며 자리에 앉았다.

"웨이드로스 공작."

황제마저도 살짝 긴장한 얼굴로 그를 바라보았다.

"혹시 무슨 하고 싶은 말이라도 있는가?"

브레이든이 발언권을 청한다면 무시할 수 없었고, 심지어 지금 이 상황에서 그의 말을 궁금해하지 않을 사람은 없었다. 그리고 황제는 브레이든에 대한 은근한 믿음이 있었다. 속으로 '중년 여우'라고 욕하기는 했지만 어쨌든 브레이든은 아베데스 후작이라거나 마이에나, 혹은 오늘 처음 보는 닉과는 달랐다. 상황을 혼란으로 몰고 갈 사람이 아니었다. 이 혼란스러운 상황을 어떻게든 정리하면 정리했지 말이다.

황제 역시 황후와 칼론이 흑마법의 배후이며 이 일을 엄히 벌해야 한다는 사실을 모르지 않았다. 다만 지금 이 자리에서 혼잡하게 처리하고 싶지 않았던 것이다. 따라서 브레이든이 어떻게든 이 상황을 마무리해 주었으면 했다.

"황제 폐하와 검술 대회 시상식에 자리해 주신 수많은 분들을 앞에 두고, 폐하께 한 가지 청을 드려 보고 싶어 이렇게 일어났습니다."

브레이든은 황제를 바라보며 부드러운 목소리로 말했다.

"다들 아시겠지만, 저희 아들 이안과 아나벨 양은 지난 두 번의 검술 대회 결승전에서 만났지요."

"그렇지."

"그리고 이번이 마지막 검술 대회였는데 아무래도 공익을 위해 참석하지 않은 듯합니다."

물론 이안은 흑마법의 기원 때문에 달려간 것은 아니었지만, 어쨌든 황후의 치부를 대놓고 드러낼 수 없었기에 뭉뚱그려서 표현한 것이었다.

"당연히 912회 검술 대회의 우승자는 아론 레인필드입니다만, 두 사람이 돌아오면 친선 경기를 한 번 주선해 보는 것이 어떨지요?"

브레이든이 물 흐르는 듯한 어조로 말했고, 검술 대회의 엄청난 팬인 황제의 얼굴에 감추지 못한 흥분이 넘실대기 시작했다.

"그때 제 아들놈이 아나벨 양에게 반한 것 같지마는, 그동안 그래도 검 앞에서는 서로를 절대 봐주지 않으며 8년간 엎치락뒤치락해 오지 않았습니까?"

그 말에 아베데스 후작이 끙, 하고 신음 소리를 삼켰다. 그러니까 지금 브레이든은 '이안이 아나벨에게 첫눈에 반했다'라던 닉의 말을 옹호해 준 것이나 마찬가지였다.

"사실 이안의 마음이야 저는 어렴풋이 눈치채고 있었지만……. 검술 대회에서 검을 받아 달라는 것이 아니라, 멀리까지 마음을 받아 달라고 빌러 갈 줄은 몰랐습니다."

동시에 스마호 숲에서 들려오던 목소리마저 모두 인정한다는 뜻이었다.

"어쨌든 제국의 평화에 두 사람이 기여했다는 것은 의심할 바 없는 사실이고 여러모로 두 사람에게 의미가 있었던 검술 대회이니만큼……."

브레이든의 여유로운 목소리가 이어졌다.

"두 사람이 실력을 겨뤄 볼 마지막 공식 행사를 마련해 주는 것이 어떨까 싶어 청을 올립니다."

"웨이드로스 공작이 아주 좋은 생각을 해 냈군."

황제가 냉큼 대답했다.

"당연히 개인의 기권이므로 검술 대회의 결과를 바꾸는 것은 안 되네. 하지만 상황이 상황이니만큼 정상참작 하여 그 정도 친선 경기를 여는 것은 옳은 판단이지."

사실 이번 검술 대회에서 아나벨과 이안의 결승전을 기대하고 온 관중들 역시 수군거리며 고개를 끄덕였다.

"두 사람이 돌아오면 의사를 물어보고 괜찮다고 말하면 즉시 진행하는 것이 좋겠어."

황제는 신나서 말을 이었다.

"검술 대회 훈장은 아니어도, 내 마탑에 의뢰하여 작은 마정석이 박힌 기념 훈장 정도는 승리자에게 직접 시상하도록 하겠네."

그러고는 씩 웃으며 말했다.

"웨이드로스 가문의 거대한 마정석에 비할 바는 아니겠지만 위로하는 의미에서 말이야."

내심 이안이 승리할 것이라는 예상이 담겨 있는 말이었다.

"감사합니다, 폐하."

브레이든은 신사적으로 웃어 보였다.

"이안이 사랑에 정신 나간 놈이란 것이 만천하에 밝혀졌지만 검에는 진심입니다. 아나벨 양을 상대로 하더라도 최선을 다할 겁니다. 아마 의미 있는 결투가 되겠군요."

"……그럼 정말 여기서 이렇게 이번 검술대회는 마무리를 짓겠네. 죄인의 처분은 당사자들 모두가 수도로 돌아온 뒤에……."

황제의 말이 이어졌지만 브레이든은 끝까지 들을 수가 없었다.

친선 경기를 제안하고 자리에 앉자마자 브레이든에게 레슬리가 재빨리 속삭이기 시작한 것이다.

"글쎄…… 자기야, 아나벨 양이 이길 수도 있어."

레슬리는 아나벨을 직접 가르쳤었다. 그리고 흑마법의 기원을 파괴할 때마다 실력이 기하급수적으로 올라가는 것도 알고 있었다. 그녀가 지금껏 해 온 훈련의 양을 보았을 때 어릴 적 제대로 된 지원만 받았더라도 이미 도달했을 실력이었겠지만 일단 다른 사람들은 모르는 이야기였다.

"자기는 자세히 모르겠지만, 요새 아나벨 양의 실력이 일취월장하는데…….음, 이제는 정말 이안과 비슷하거나 조금 더 강해졌을 수도……."

마지막 흑마법의 기원이라는 저 대나무 숲을 없애면, 이제는 이안의 승리를 당연히 예상할 수 없는 경지에 이르게 될 텐데…….

그런 레슬리의 속삭임에 브레이든이 씩 웃어 보였다.

"그런 건 중요하지 않아, 레슬리. 지금 이안에게 아나벨 양을 이기는 게 중요하겠어? 처맞는 것도 기쁘다는데."

"그럼? 왜 그런 제안을 한 거야?"

"한 번이라도 더 얽혀야지."

브레이든은 레슬리에게 작게 말했다.

"수도에 도착하자마자 이안보고 미친놈이라면서 피할 수도 있는 일 아냐. 우리 아들이 검을 들 때는 좀 멀쩡해 보일 테니, 그 모습으로라도 어필해야 해."

"자기…… 아나벨 입장은 생각 안 해? 모든 것이 완벽하고, 곧 황태자가 되실 것 같은 로버트 황자님이 있다고."

레슬리가 심각하게 중얼거렸다.

"내가 아나벨이라면 굳이 공식 미친놈이 된 이안을 선택하진 않을 것 같아."

"글쎄."

브레이든이 어깨를 으쓱했다. 그리고 내심 감이 엉망인 레슬리의 예측이라면 미래가 좀 희망적이라고 생각했다.

물론 이안과 아나벨의 친선 경기 결과가 전혀 상관없는 사람이 또 있었다.

"어디 있어."

브레이든이 황제에게 청을 올릴 동안, 사람들을 헤치고 순식간에 닉 앞으로 달려간 메릴린이었다.

"라넬라 오카이드, 어디 있냐고."

천 년의 원수를 만난 양, 그녀의 눈이 섬뜩하게 번득이고 있었다.

15장

사랑 앞에
상관없는 것들

I

엄연히 말하면 메릴린이 닉 앞으로 가서 라넬라를 보겠다고 쫓아간 일은 황제와 상관없는 평민들의 일이었다. 그러므로 군중 전체를 통제하는 행사가 아니라면 원칙적으로 메릴린을 막을 수 있는 이는 없었다. 검술 대회 시상식에서 군중 속에 있던 평민들끼리 싸우지 말라는 법은 없었기 때문이었다.

"메릴린."

닉이 한숨을 쉬며 말했다.

"거의 1급 호송 죄수인데 여기서 보여 줄 수야 있겠어? 지금 기사 몇 명들에게 둘러싸여 있어. 나중에 보러 와."

"……내 딸을 바꿔치기하고, 뻔뻔하게 수도로 돌아와 내게 드레스를 맞추던 개보다도 못한 여자야. 내게 지금 나중이라는 말이 들릴 것 같아?"

"물론 네가 그렇게 나오리라는 건 알고 있었지. 하지만……."

닉은 메릴린에게 쪽지 하나를 건네주었다.

"읽어 보고 결정해."

메릴린은 그 쪽지를 펼쳐 보더니 한숨을 푹 쉬며 조용히 뒤돌아섰다. 무언가 큰일이 벌어질 것 같아서 숨을 죽이며 그들을 바라보고 있던 이들 모두 살짝 맥이 풀릴 지경이었다. 터덜터덜 자신의 자리로 돌아온 메릴린은 다시 한번 쪽지를 펼쳐 보았다.

「라넬라 오카이드만큼은 우리 다 같이 봐요.」

아나벨의 필체였다.

「어머니, 아버지, 저, 이렇게 다시 만나 행복한 모습을 꼭 보여 주면
서 철저하게 응징하는 것으로 해요.」

메릴린이 아나벨의 말을 듣기로 결정한 것은 딱히 그녀가 딸의 말을 잘 들어
서가 아니었다. 아나벨 역시 자신의 친부모와 함께 라넬라에게 하고 싶은 말이
있어서 참은 말들이 있을 것 같다는 생각에서였다.
"아나벨, 내 아가."
메릴린은 쪽지를 만지작거리며 중얼거렸다.
"얼른 돌아와라, 얼른. 무사하다는 소식이라도 빨리 전해 주렴."

스마호 숲에서는 내가 대나무들을 모두 벨 때까지 정적만 흘렀다. 라기안의
방해도 없었으므로 나는 빠르게 검기까지 사용하여 대나무들을 순식간에 베어
나갔다. 마지막 하나의 대나무까지 베고 나서야 우리는 서로의 엉망진창인 몰
골을 볼 수 있었다.
로버트는 칼론과 위에서 엎치락뒤치락하며 동네 건달들처럼 몸싸움을 하더
니, 완전히 칼론을 제압하고서 그의 멱살을 잡고 나무에 처박은 채였다. 물론
둘 다 나름 몇 대 주먹을 주고받았는지 얼굴에 온갖 피멍이 들어 있었다.
"……일단."
그 로버트는 입가에 흐르는 피를 닦지도 못한 채로 차분히 말했다.

"이 숲을 나가도록 하지……. 형님은 내가 현행범으로 체포하겠어. 자신의 입으로 모든 혐의를 인정했으니까 말이야."

그가 여전히 라기안을 밟아 눕힌 채로 붙박여 있는 이안을 바라보며 말했다.

"……숲 입구까지 이안이 형님의 호송을 맡아 줬으면 좋겠군. 아무래도 이 사건의 가장 중요한 핵심 인물이니까 말이야. 라기안은 아나벨이 맡아 줘."

로버트는 품에서 챙겨 온 수갑과 밧줄을 꺼냈다. 수많은 기사들과 함께 온 것은 애초부터 두 사람을 수도까지 요란하게 호송할 계획이었기 때문이었다.

"할 말은 참 많지만……."

로버트는 우리를 바라보며 한숨을 쉬었다.

"일단 여기서는 안 하고 싶군. 모든 것이 끝났다고 해도 말이야."

나 역시 할 말은 정말 많았지만 여기서는 하고 싶지 않았다. 이안이 내게 고백하는 것을 온 수도 사람들이 다 들은 것이나 마찬가지였다.

"하나만 묻자, 이안."

로버트는 절벽 밑으로 수갑과 밧줄을 던졌고, 가볍게 받아 든 나는 이안의 발에 깔린 라기안의 손목에 수갑을 채우며 조용히 말했다.

"수도 사람들이 모두 널 정신 나갔다고 생각할 텐데……."

"뭐…… 그래도 너와 내가 염문설이 나는 것보다는 낫지. 내 앞에서 이성 좀 나가는 게 만인의 앞에서 정신이 나가는 것보다 낫지 않겠어? 다들 진짜 네가 미쳤다고 생각할 테니까."

"상관없는데. 오히려 바라는 바고."

"막상 닥치면 또 생각이 달라질걸. 넌 구설수에 올라 본 적이 없잖아."

이안이 웨이드로스 공작저에서 고백했을 때 나는 그의 구설수를 걱정하며 한 발짝 물러났었다. 하지만 그것보다 더 크게 구설수에 오르게 생겼다. 자신의 입으로 자기가 미쳤다고 인정한 꼴이 되어 버렸으니까 말이다.

나는 그를 힐끔 바라보며 물었다.

"그때 말했던 것처럼, 정말 상관없어?"

이안은 내 질문에 담담하게 대답했다.

"상관있어."

"그럴 줄 알았어, 이 위선자."

나는 즉시 부루퉁하게 중얼거렸다.

"뭐든지 겪어 봐야 아는 법이라고. 다들 뒤에서 수군거릴 텐데 너같이 평생을 모범생으로 살아온 인간이 그걸 어떻게 버티겠어."

"네가 그렇게 생각하는 것이 상관있지."

그가 나를 바라보면서 피식 웃었다.

"아나벨 레인필드라면 이런 구설수를 몰고 다니는 남자를 싫어할 텐데."

순간 심장이 간질거리면서 뭐라고 대답할지 모르는 상황이 되었다. 그러니까 지금 우리는 서로 좋아한다고 마음을 확인한 것이나 마찬가지인가? 분명히 예전의 내 잘못은 용서받을 수 없는 것이라고 생각했는데, 이안은 그럼에도 불구하고 상관없이 나를 좋아한다고 여기까지 달려와서 외쳤다. 물론 그 외침을 너무 많은 사람들이 알게 되었지만 말이다. 그걸 지금 당장 말하지 않으면 미칠 것 같아서 왔다고······.

이안은 내가 대충 수갑을 채운 라기안을 일으켜서 더 꼼꼼하게 밧줄로 결박했다. 나는 왠지 민망해서 괜히 주머니를 뒤져서 비상용 연고 하나를 꺼냈다.

"얼마나 바람에 쓸렸는지 볼이 거칠해 보여. 좀 발라."

"지금 내가 손이 없는데."

그가 밧줄을 든 채 라기안을 묶고 있는 자신의 손을 눈짓하며 말했다.

"신경 쓰이면 네가 발라 줘."

"아아아아아악!"

그리고 이 간질거리는 분위기를 도저히 참지 못하는 사람이 있었다.

"안 됩니다, 이안 님! 다시 생각하십시오!"

팔이 묶인 채 절규하는 라기안이었다.

"어, 어떻게 이 여자와……. 이 여자는 염치도 없고 기사도도 없습니다! 이안 님께 도움 될 것이 전혀 없다고요!"

이안은 한숨을 내쉬며 그를 한 대 더 쳐서 입을 다물게 하려고 했지만, 내가 막았다.

"아니야, 이안. 치지 마."

"하지만 나는 이자를 용서할 수가 없……."

"나도 용서 못 하겠는데, 더 효과적으로 괴롭히는 방법이 있을 것 같아."

나는 이안을 바라보며 차분하게 말했다.

"나에 대한 사랑을 얼른 고백해 봐. 이 인간 앞에서."

이안은 살짝 볼을 붉히더니 수줍게 중얼거렸다.

"네가 그렇게 말해 주다니 너무 좋아, 아나벨. 그동안 네가 부담스러울까 봐 모두 다 표현하지 못해서 너무 답답했거든."

"으아아아아아악!"

이안의 말에 라기안이 고통스럽다는 듯 비명을 질렀다.

나는 흡족한 마음으로 덧붙였다.

"네 감정을 세세하게 말해 주면 더 좋고."

물론 이안은 내 말을 아주 잘 들었다.

"내가 네게 독침을 날리든, 독약을 먹이든, 불법 마법 아이템을 쓰든 난 네 곁에 있을 거야. 대신 시력만 멀쩡하게 해 줘. 네 모습은 봐야겠거든. 바나파림 해안에서 네가 보고 싶어 죽을 것 같았으니까."

"으아아아아아악! 안 돼! 그러지 마십시오! 절대 안 됩니다! 이 여자는 8년간 이안 님을 괴롭혀 온 파렴치한인데! 어떻게든 또 뒤통수를 칠 텐데!"

라기안은 거의 울 지경이었다. 이안은 역시 내 의도를 다 알아챈 모양인지 태연하게 말을 이었다.

"열네 살…… 나를 죽일 듯이 노려보던 검을 든 네 모습에 반하고, 8년 뒤 나를 향해 욕을 해 대는 네 모습에 한 번 더 반했지."

"아아아악! 안 돼! 내 우상! 내 이상! 내 환상!"

실시간으로 환상이 박살 나면서 라기안의 눈빛은 점점 더 혼란스러워지기 시작했다. 아무래도 내가 검으로 몇 대 두들겨 패는 것보다 훨씬 더 정신적인 타격이 큰 듯했다.

"야."

나는 라기안을 바라보면서 턱을 치켜들고 말했다.

"이제 내 남자니까 자꾸 환상 운운하며 진상 부리지 마."

그 말에는 이안과 라기안 둘 다 흠칫해서 그대로 굳었다.

나는 내가 '내 남자'라는 몹쓸 멘트를 뱉어 놓고도 좀 어색해서 헛기침을 몇 번 하고 불쑥 연고를 내밀었다.

"연고는 네가 직접 발라."

이안은 이제 라기안을 완전히 결박하고 손이 자유로워져 있었고, 여기서 연고까지 발라 주는 건 너무 쑥스러웠기 때문이다.

"떨려서 못 만지겠으니까. 그러다가 눈에 들어가면 시력만은 지켜 달라던 네 마지막 부탁도 못 들어줄 것 아니야."

"으아아악! 그러지 마! 둘이 이어지지 말라고! 안 돼! 뭘 만져! 뭘 만지냐고!"

라기안이 절규하는 와중에 이안이 피식 웃으며 연고를 받아 들었다.

"벌써 떨리면 어떡해. 앞으로 더한 곳도 만져야 하는데."

그 말에 민망해할 새도 없었다. 라기안이 결국 눈물을 터트리며 애원하기 시작한 것이다.

"안 됩니다, 이안 님! 다시 생각하세요! 어흑, 진짜 안 됩니다!"

난리를 치는 라기안을 끌고 우리가 절벽을 돌아서 올라갈 동안 로버트는 칼론을 완전히 제압한 뒤 그의 몸을 수색하는 중이었다.

"하, 형님."

로버트는 칼론의 품 안에서 번쩍거리는 무언가를 꺼내더니 한숨을 쉬었다.

"이 아이템을 변형해서 '흑마법의 기원'을 찾으면 그 '힘'을 속박해서 사용했었군요. 생각지도 못했습니다……."

내가 기웃거리자 이안이 '황족들이 쓰는 마법 아이템'이라고 속삭였다.

"이것은 마탑과의 계약과도 어긋나며……."

로버트는 내가 알 수 없는 말을 계속했다. 아마 '흑마법의 기원'이 본질적으로 내뿜는 힘을 인지하고 조절하여 범죄에 사용할 수 있게 된 과정에 대한 정보인 것 같았다. 그런 것들이야 일반인에게는 잘 알려져 있지 않았으니 우리가 짐작할 수 있는 범위의 바깥이었다. 뭐, 굳이 알지 않아도 상관없는 분야였기 때문에 나는 한 귀로 듣고 한 귀로 흘렸다.

로버트는 혐오의 눈빛으로 칼론을 쏘아보고는 수도에 비둘기를 보냈다. 지금까지 있었던 일들을 간략히 정리한 요약과 죄인을 호송하여 출발한다는 내용을 담은 비둘기가 힘차게 출발했다. 칼론은 워낙에 신중한 악역이라서 꼬리를 밟기 쉽지 않았다. 원작에서 칼론의 죄가 밝혀진 것은 만인들 앞에서 현장을 덮쳐서 그의 만행을 누구나 다 알게 되었을 때였다.

그래서 나는 세 번째 흑마법의 기원이 대나무 숲인 것 같다고 추측했을 때 속으로 쾌재를 불렀다. 원작과 방식은 달랐지만 어쨌든 만인들 앞에서 폭로하는 건 매한가지인지라 '아, 모든 걸 한 번에 끝낼 수 있겠구나' 싶었다. 그리고 이안이라는 변수가 있었지만 어쨌든 칼론은 효과적으로 붙잡은 셈이었다.

"참, 이상한 일이군."

그렇게 모든 것이 끝나고 나서야, 로버트는 절벽을 모두 올라와서 라기안을 두고 낄낄거리고 있는 우리를 흘끗 보더니 허탈한 듯 말했다.

"그동안 아나벨에게 욕은 이안이 듣고 축복은 내가 들었는데…… 결국 서로의 마음이 통한 건 그쪽이라니 말이야."

눈 뒤집힌 이안이 나를 보자마자 고백해 대는 통에 이제 우리의 사이를 모르는 사람이 없게 되었다.

"황자님, 괜찮으시죠?"

나는 은근슬쩍 눈치를 보며 말했다. 로버트가 씁쓸하게 웃었다.

"애초에 아나벨 양이 내게 말했잖아. 마음을 줄 수 없는 대신 황태자 자리를 주겠다고."

"아하하……."

"나 혼자만의 욕심이었고 아나벨 양은 약속을 지켰는데 안 괜찮아도 어쩔 수 없지 않겠나. 게다가 이안이라면 마음도 놓이고."

"역시 성군의 자질이 있으셔요, 황자님."

칼론을 검거하고 나서도 그의 표정은 딱히 기뻐 보이지 않았다. 아무래도 그만큼 꽤 나를 좋아한 듯싶었다.

"일단 출발하고, 오늘 밤은 근처 여관에서 묵도록 하지."

로버트가 한숨을 쉬며 어깨를 으쓱했다.

"사실 아나벨 양 빼고는 우리 몰골이 모두 엉망이니까."

하긴 로버트와 칼론은 서로 주먹다짐을 해 댄 탓에 얼굴에 여기저기 피멍이 들어 있었고, 라기안은 이안 때문에 바닥에 굴러서 흙투성이였다. 이틀 동안 엄청난 속도로 꼬박 달려온 이안은 말할 것도 없고 말이다.

"이제 스마호 숲을 개방해도 되겠어."

로버트는 스마호 숲의 입구에 도착한 뒤, 기사단에게 칼론과 라기안을 넘기며 허탈하게 웃었다.

"흑마법의 기원은 물론 마물조차 없으니 말이야. 그 수많은 마물들이 한 사람으로 인해 다 사라질 수 있다는 사실은 짐작조차 못 했군."

어쨌든 이안은 912회 검술 대회 날, 훈장이 아니어도 자신의 엄청난 실력을 제국 전체에 입증해 보인 셈이었다.

날이 어둑어둑해질 무렵 우리는 근처 여관을 찾았다. 기사들이 죄인을 호송하니 이제 우리로서는 딱히 할 일이 없었다. 편히 쉬겠다며 방에 들어와서 씻고 침대에 누웠으나 잠이 오지 않았다. 나는 괜스레 검을 만지작거리며 생각에 잠겼다. 흑마법의 기원 세 개를 모두 파괴했다. 마지막 대나무까지 꼼꼼하게 직접 베었으니 말이다.

'보통 직접 검을 써 봐야 그 효과를 알 수 있었는데…….'

원래는 라기안을 상대로 그 효과를 바로 체험해 보려고 했었다. 하지만 이안이 너무 간단하게 제압해 버리는 탓에 결국 제대로 검을 써 보지도 못했다. 이제 검술 대회도 끝났고, 결국 내 실력을 마음껏 알아보기는 그른 것 같았다. 레슬리 님 앞에서 이안과 대련을 해 보고 대충 실력의 향상을 확인받기는 하겠지만, 사슴을 죽였을 때도 그저 '확인'의 절차라서 진정한 결투를 하지는 않았었다.

'뭐, 그래도 그게 최선이지. 수도에 돌아가면 이안에게 한 번 겨뤄 달라고 해야겠다.'

물론 이안이 진짜로 내게 전력을 다해 살기를 뿜으며 달려들지는 않을 것이다. 그냥 실력을 확인하는 수준으로 움직여 줄 것 같았다.

'근데 이안하고 이제 어떻게 되는 거지?'

이안이 고백했을 때, 나는 제대로 된 답을 해 주지 않았다. 그때 대답했다가는 수도의 모든 사람들이 내 대답을 함께 들을 테니 말이다. 내가 할 말이 정해져 있다고 해도 그걸 들키고 싶지는 않았다.

'레슬리 님도 브레이든 님도, 우리 부모님도 다 들었겠지…….'

나는 속으로 한 번 더 죄송하다는 말을 삼켰다. 한 번도 자식 일로 속을 썩여 보지 못한 웨이드로스 공작 내외와, 수도를 자꾸 뒤집어 놓는 딸의 연애사를 들어야 할 부모님께 말이다.

'게다가 아론도 들었을 거야.'

아론이라면 향후 몇십 년 동안 고백의 대사를 읊어 댈 인간이었다. 내 동생이지만 은근히 사람 속을 뒤집어 놓는 재주가 있었기 때문이다. 아무리 생각해도 그때 감정에 취해 대답하지 않고 대나무 숲부터 베어 버린 것은 잘한 선택이었다. 그 후 타이밍이 이상해져서 더 이상 진지하게 대답하고 말고 할 것도 없어졌지만.

'검술 대회 우승은 아론이 했겠구나. 이안마저 불참했으면 말이야.'

결국 아론의 검술 대회 시상식을 망쳐 버린 것이나 마찬가지였다.

'어쨌든 검술 대회 우승은 내 인생에 없나 보다.'

나는 발을 까닥거리며 씁쓸해하지 않으려 애쓰며 생각했다.

'어차피 작위 때문에 케이틀린에게 홀려서 집착하기 시작한 거잖아.'

막상 이렇게 되자 아쉽기는 했지만 억지로라도 합리화해야 했다.

'뭐, 됐어. 어차피 전생이 기억나고 계속 기권할 거라고 생각하기도 했고.'

뭐, 얼추 여기서 내가 계획대로 해결할 만한 것들은 다 해결한 것 같았다.

칼론은 새파래진 안색을 하고서도 입을 꾹 다물고 있었다. 아무래도 다음 일을 미친 듯이 생각하고 있는 듯했다.

'역시 철저한 악역이다, 이건가. 소리소리 지르면서 반항할 만도 한데 되게 신중하네.'

아마 스마호의 숲 핑계를 댈 확률이 높았다. 아무도 모르는 흑마법이었으므로 자신도 홀렸다고 하면 그만이었던 것이다. 이제 로버트가 끌고 온 기사단들의 눈이 있었으므로 최대한 신중을 기해 움직이는 듯했다. 그러려면 일단 입을 다물고 있는 것이 최선이었고 말이다.

'소용없는데.'

나는 그의 파리한 얼굴을 보면서 생각했다.

'지금쯤 큰아버지도 수도에 도착했으려나.'

수도 주변에 도착했을 때 속도를 내라고 했으니 검술 대회 무렵에 도착했을 듯했다. 이런 일이 벌어질 것 같아서 큰아버지에게 직접 호송을 부탁한 것이었다. 분명히 기사들 중 몇 명이 라넬라와 레이번을 죽이려고 할 테니 그것을 유심히 봐 달라고 하면서 말이다.

'그럼 칼론의 혐의에 덧붙여지겠지. 기사단까지 잡았으니.'

혹시나 칼론이 절대 자신과 관련 없는 일이라고 오리발을 내밀더라도 확연한 증거가 되어 줄 것이었다. 아무리 칼론이라고 해도 기사단 모두를 매수할수 있었을 리 없었으니 기사단 중 증인이 되어 줄 사람도 많고 말이다.

'다만 아쉬운 건…….'

나는 발을 까닥이면서 생각에 잠겼다.

'아베데스 후작가 남자들이네. 무조건 빠져나가려고 할 텐데 딱히 연관되었다는 증거도 없고…….'

신중한 칼론이라면 물귀신 작전을 써서 공멸하기보다는 그냥 빠져나가게 둘 확률이 높았다.

'서류 위조로 인한 징계는 좀 약한데.'

진짜 못된 최종 악당은 칼론이었지만, 개인적인 내 인생사에서 더 짜증 나는 존재들은 아베데스 가문의 남자들이었다.

'하지만 뭐 어쩔 수 없지……. 거기서도 몸을 사릴 테니까 말이야.'

어지간히 멍청하지 않고서는 지금 이 시점에서 새로운 일을 벌일 리가 없었다. 물론 무슨 일을 추가로 벌인다면 절대로 내가 그 기회를 놓치지 않을 것이고 말이다.

'특히나 우리 가족들을 건드린다면…… 정말 가만두지 않을 거야.'

아무래도 아베데스 후작가는 대귀족가이고 레인필드는 평민 집안이다 보니 신경이 쓰였다. 아무리 생각해도 가족 모두 웨이드로스 공작가로 들어간 것은 정말 잘한 일이었다.

그때 노크 소리가 들려서 나는 무심하게 물었다.

"누구세요?"

"나야."

침대에 누워 있던 나는 벌떡 일어났다. 이안의 목소리였기 때문이다.

이틀을 꼬박 달려온 사람인지라 당연히 자신의 방에서 자고 있을 것이라고 생각했는데.

나는 엉거주춤 문을 열었다.

"이안? 어, 음…… 무슨 일이야?"

이안의 거칠었던 몰골은 이미 모두 회복된 상태였다. 씻고 실내복으로 갈아입은 그에게 향긋한 비누 냄새가 났다.

'뭐야, 새삼 또 저렇게 잘생길 일인가.'

살짝 물기가 어려 있는 앞머리와 부드러운 실내복 사이에 보이는 매끈한 살결이 눈에 들어왔다.

"돌려주려고."

그가 내게 내민 것은 아까 내가 볼에 바르라면서 준 연고였다. 결국 민망해서 그의 볼에 바르지 못하고 그냥 손에 쥐어 줘 버리고 말았었는데…….

"아, 나중에 줘도 되는데……."

이안의 방은 내가 알기로 내 방과 좀 거리가 있었다.

"알고 있어."

이안이 씩 웃으며 말했다.

"사실 그 핑계로 온 거야."

나 역시 피식 웃어 버리고 말았다. 솔직히 눈치챌 법한 방문이었다.

아니, 누가 모범생 아니랄까 봐 이렇게 정석적으로 작업을 걸다니. 그렇게 내가 보고 싶었나…….

"안 들여보내 주더라도 어떻게 손이라도 스치려고."

그가 내 손에 연고를 건네주었다.

연고 사이로 손가락이 얽혔다.

"방에 들어가는 건…… 안 되나."

그의 시선이 진득하게 나를 훑었고, 열기에 잠긴 목소리가 낮게 울렸다.

"절대, 진짜, 완전, 너무 돼."

나는 그의 손을 꼭 잡고 그대로 내 방 안으로 끌어당겼다.

그의 등 뒤로 문이 닫혔다.

"음…… '네 남자'를 방에 들여보내면 이렇게 될지도 모르는데."

그가 장난스럽게 웃으면서 아까 내가 '내 남자'라고 했던 말을 인용하더니, 그 대로 나를 침대로 밀어붙였다.

"야, 야! 왜 이래!"

졸지에 침대에 눕혀져 버린 형상이 된 내가 어쩔 줄 모르겠다는 듯 내 위에 올라탄 그를 보며 눈을 깜빡이자, 그가 씩 웃으며 말했다.

"이 정도면 충분히 피할 수 있는데 왜 안 피해?"

당황하는 척을 하려던 나는 즉시 그만두었다.

"……들켰네."

시상식이 있던 밤, 제국의 수도는 여러 가지 화젯거리로 시끌벅적했다. 하긴 제국민이라면 모두 다 흥분할 수밖에 없었다. 다른 누구도 아닌 제국의 황태자 가 흑마법의 배후였다는 사실은 충격적이었다. 다들 칼론을 로버트만큼 유능

하지는 않아도 딱히 모난 사람은 아니라고 생각했었다.

"말이 돼? 제국의 수많은 사람들이 흑마법 때문에 영혼이 나가 버렸는데, 그게 황태자의 개념이 나가서였다니!"

"로버트 황자에게 밀린다고 생각하니 눈에 뵈는 게 없었나 보지. 자기 나라의 국민까지 안 보였나 봐."

물론 황실에서는 아직 그 어떤 공식적인 발표도 하지 않았다. 그럼에도 불구하고 수도의 모든 사람들은 이미 모든 사실을 짐작하고 있는 상태였다.

"황후도 미친 것 아닌가. 불법 약물을 사서 외국인한테 주었다고? 아나벨 레인필드를 죽이라고?"

"늘 평민을 벌레 보듯 하던 여자잖아. 한결같은데, 뭐."

"그래도 다른 사람도 아니고 외국인에게…… 황태자나 황후나 다 한패라고 봐야겠지."

그렇게 수도의 모든 사람들이 흥분하여 잠을 이루지 못하고 있다고 해도 과언이 아니었다. 물론 그날 밤 다른 의미에서 시끄러운 곳이 하나 있었다.

"혀, 혀, 형?"

"리하르트!"

엘번과 아베데스 후작은 리하르트가 겨우 정신을 차렸다는 소식을 듣고 그의 방으로 뛰쳐 들어갔다.

"저, 정신이 들었느냐? 머리는 좀 어때!"

"이게…… 이게 어떻게 된 일입니까."

리하르트는 갈라진 목소리로 간신히 말했고, 엘번이 힘겹게 자초지종을 설명하기 시작했다.

"형…… 우리 줄 잘못 선 것 같아. 이제 가문이 몰락할 일밖에 안 남았어."

연회 날 그가 다쳐서 정신을 잃은 이후 벌어진 일들을 듣는 리하르트의 표정이 점차 굳어졌다.

"황후님은 구금 중이시고, 칼론 황태자님도 체포되셨으니 이제 아마……."

침울한 엘번의 목소리를 끊으며 리하르트가 낮게 물었다.

"그래서…… 내가 징계라고?"

"응. 서류 위조로 인한 벌금 및 징역, 직위 해제……."

엘번이 한숨을 쉬며 대답했다.

"의식을 차리면 바로 황궁 기사단에 출석하라는 황명이 있었어."

"……."

"곧 재무부 감사도 나올 거야. 그럼 나도 비슷한 처지가 되겠지."

그 말에 아베데스 후작이 이를 갈며 끼어들었다.

"아나벨 그 맹랑한 것이, 로버트 황자님께 어떻게든 선처를 바란다고 부탁드
려 달라고 내가 무릎까지 꿇었는데 매몰차게 쫓아내더구나."

그때만 생각하면 모멸스러워 견딜 수 없다는 듯이 그가 몸을 떨었다.

"마이에나가 그 꼴을 소식지에 실어 버려서 개망신까지 당했다."

엘번이 머리를 헤집으며 중얼거렸다.

"이럴 줄 알았다면 친자 검사 날, 더 많은 수의 자객을 동원해서 어떻게든 죽
였어야 했어. 더 많은 수를 데려왔다면 당했을 거라고 개가 제 입으로 직접 그
랬는데……."

그 말에 리하르트가 눈을 번득이며 그를 똑바로 바라보았다.

"뭐? 그게 무슨 소리지, 엘번? 자객들이라니?"

무언가 실마리를 잡았다는 듯이, 리하르트의 눈이 번득였다.

"친자 검사 날…… 아버지와 형은 아나벨을 가족으로 받아들여 이용하자고
했지만, 나는 그게 너무 싫었거든."

엘번이 시무룩한 목소리로 우물거리며 말했다.

"그래서 은퇴식까지만 잡아 둘 심산으로 몰래 자객들을 고용했어. 아론 레
인필드에게 모두 당했지만."

왜 시키지도 않은 짓을 했느냐고 불호령이 떨어질 것이라고 예상한 엘번이 어깨를 움츠렸다. 하지만 예상외로 리하르트는 곰곰이 생각에 잠겼다. 그 모습을 본 엘번과 아베데스 후작은 살짝 희망을 품기 시작했다. 그동안 리하르트는 언제나 아베데스의 두뇌 역할을 하며 묘수를 끌어내 왔기 때문이다.

"이제 칼론 황태자님은 가망이 없다고 봐야 한다. 황족이 흑마법을 사용하다니, 아마 폐위는 물론이고 무기징역을 면치 못할 거다."

엘번과 아베데스 후작은 마른침을 삼키며 리하르트를 바라보았다.

"아베데스 후작가가 이 일에서 빠져나와 멸문을 벗어나려면 흑마법과는 관련이 없었다고 바짝 엎드려야 해."

계산이 빠른 리하르트는 바로 칼론을 배신하겠다는 결정을 내렸다. 워낙에 신중한 사람이라 절대로 꼬투리 잡히지 않을 것이라고 생각했는데, 스마호 숲의 일은 그 누구도 예측하지 못한 일이었다. 그러므로 과거의 실책은 묻고 얼른 미래를 살펴봐야 했다.

"서류 조작은…… 그동안 황태자의 협박을 받아서 위조했다고 해야지."

"그걸 누가 믿어 줄까? 이 상황에서?"

"당연히 우리의 말은 아무도 믿지 않겠지. 그러니……."

리하르트는 깨질 것 같은 머리를 부여잡으며 말을 이었다.

"……지금 이 시점에서 우리를 살려 줄 수 있는 가문은 웨이드로스뿐이다."

그 말에 엘번도 아베데스 후작도 깜짝 놀라서 입을 벌리고 말았다.

"웨이드로스 공작이 우리에게 선처를 내려 달라고 부탁하면 거절할 수 있는 사람은 제국에 아무도 없으니까."

그건 맞는 말이었다. 웨이드로스 공작가는 대귀족 가문이기도 하거니와 이번 흑마법을 퇴치하는 데에 이안이 큰 공도 세웠다. 그렇게 로버트의 최측근으로 부상했으니 그들이 아베데스의 편을 들면 선처를 받을 수도 있었다. 하지만 웨이드로스가 미쳤다고 아베데스를 도와준단 말인가? 특히나 브레이든처럼 영악한 사람을 이용할 수 있을 리도 없었다.

"어차피 이판사판이야. 더 이상 물러날 곳이 없어. 이제는 극단적인 모험을 할 때다."

리하르트는 다시 한번 붕대로 감은 자신의 머리를 더듬으며 이를 갈았다.

"분명히 이건 아나벨 레인필드의 짓이겠지. 일부러 라기안의 실수를 유도한 거야. 일부러 내 빈자리를 만들어서 여기까지 몰아가려고."

"그, 그런 거야?"

"천한 평민이 감히 누구를 이용하려고……. 게다가 아버지의 부탁까지 거절했다니 기고만장하기 그지없군. 몇 배로 갚아 줘야지."

리하르트는 결단을 내렸다는 듯이 단호하게 말했다.

"제가 정신을 차렸다는 것은 절대로 비밀입니다. 대외적으로는 아직 의식을 잃은 것으로 하세요."

그러니까 몰래 저택에 남아서 이런저런 계략을 세우겠다는 뜻이었다.

"아버지, 지금 당장 동원할 수 있는 현금의 액수를 정확히 파악해 주세요. 그리고 엘번, 너는 지난번 기획했던 습격에 대해 자세히 말해라. 또 수도의 온갖 불법 조직들에 대해서 알아 와."

엘번과 아베데스 후작은 어쨌든 고개를 끄덕일 수밖에 없었다. 리하르트의 표정이 너무 무시무시했기 때문이다.

"이 상황에서 웨이드로스와 협상할 여지는 단 하나뿐이니까."

"그, 그게 뭔데, 형?"

"알고 보니 변태 또라이였던 이안이 아나벨을 좋아했다며. 그러니 우리에게 남은 패는……."

리하르트는 망설이지도 않고 대답했다.

"아나벨 레인필드의 생사."

피할 수 있는데도 그대로 엎어져 버렸다는 것을 들킨 나는 어설프게 웃을 수밖에 없었다. 서로를 너무 잘 알면 평범한 그림도 연출하기 어려운 법이었다.

이안이 살짝 웃으면서 천천히 말했다.

"이해해. 나도 두 번 다 그랬으니까."

그가 살짝 고개를 숙이자 그의 금빛 앞머리가 내 이마에 닿아 간질거렸다. 속눈썹마저도 헤아릴 수 있는 거리에서 그가 조심스럽게 말했다.

"난 그때 심장이 미친 듯이 뛰던데, 넌 이 자세로 있으니 어떤 것 같아?"

"뭐야, 네 인생의 모토가 언제부터 역지사지였다고."

나는 가까스로 툴툴대며 대답했지만 떨리는 목소리를 막을 수는 없었다.

"일단 나는 지금……."

그는 열기 어린 눈으로 웃으며 말을 이었다.

"자꾸만 네 입술만 보이기는 하지만……."

그 말을 들으니까 나 역시도 지척에 있는 그의 입술이 눈에 들어왔다. 황궁 연회 때 키스했던 기억이 밀려들며 얼굴이 달아오르기 시작했다.

이안은 욕망이 가득하여 잔뜩 잠기기까지 한 목소리로 말했다.

"근데 나 지금 키스 안 할 거야."

그 말에 나는 참지 못하고 반문했다.

"……대체 왜?"

그는 내가 귀여워 죽겠다는 듯이 입술을 꾹 깨물고 숨을 몰아쉰 뒤 천천히 대답했다.

"나 원래 아무 사이 아닌 여자한테 키스한다는 생각은 한 번도 해 본 적이 없어. 그날, 네가 예외였던 거야."

키스는 안 해도 이런 자세는 괜찮다는 거냐, 라고 반문하려다가 나는 입을 다물었다. 생각해 보니 원래 우리는 이 정도의 거리에서 검을 쥐고 뒹굴었을 때가 종종 있었던 것이다. 뭐, 굳이 대련까지 상기하지 않더라도…… 불법 마법 아이템인 책갈피 소동 때 내가 이미 그를 이렇게 덮친 적이 있었다.

"아나벨, 늦었지만 정식으로 고백할게."

드디어 우리 모범생 이안이 내 눈을 똑바로 바라보면서 말했다. 무언가를 잔뜩 참고 있는 듯한 얼굴이었지만 목소리만은 더없이 정갈하고 진지했다.

"네가 나를 괴롭히는 8년 동안 생각했어. 너를 처음 보고 한눈에 반했을 때까지만 좋았다고."

"어…… 음……."

"그리고 네가 노예 암시장에서 검술 대회 기권 운운할 때 생각했지. 차라리 지난 8년이 좋았다고."

"……."

"네가 연회 때 로버트 황자님과 춤을 출 때 생각했어. 더 이상 라이벌을 안 하겠다는 말을 들어도 그냥 둘이 있을 수 있었던 노예 암시장이나 카론다가 더 좋았다고."

문득 마음이 징, 하면서 울리는 것 같았다.

"또, 네가 나를 검술 대회장에 버려두고 떠났을 때…… 멀리서라도 널 볼 수 있었던 연회 때가 차라리 더 좋았다고 생각했어."

"……."

"지나고 나니 너와 함께한 모든 시간이 좋았어."

그가 열기를 억누른 나머지 떨리는 입가로 살짝 웃었다.

"네가 내 옆에만 있어 준다면 나는 앞으로 계속 좋아 죽을 것만 같은데……."

"……이안."

"뻔뻔하게 부탁할게. 정신 나간 놈으로 제국에 이름을 떨친 나지만, 그래도 받아 줄래?"

16장

사랑 앞에
상관없는 것들
II

이안은 벌겋게 달아오른 얼굴로 머쓱하게 덧붙였다.

"넌 몸으로 부딪치는 게 좋다며. 그래서 해 본 것뿐이야. 난 사실 이런 스타일 아니야."

좋아서 환장하겠다는 얼굴로 이런 스타일 아니라고 말하다니 이안도 거짓말을 할 줄 아는 모양이었다. 내 취향을 반영하여 몸으로 밀어붙였다는 이안에게, 나는 헛기침을 몇 번 하고 새침하게 대답했다.

"몸으로 한다는 게…… 그러니까 꼭 이런 것만을 뜻한 건 아니었는데, 너 은근히 과장에 소질 있구나."

젖어 있던 그의 눈동자에 열락이 깃드는 것이 선명히 보여서 이상하게 안심이 되었다. 나만 이렇게 몸을 맞대었다는 사실이 아찔할 정도로 달콤하여 몸이 움츠러드는 게 아닌 것 같았기 때문이다.

나는 터질 듯한 심장을 어쩌지 못하며 덧붙였다.

"물론 과장한다고 해서 그게 거짓인 건 아니지만."

솔직히 좋긴 좋아서 사실대로 말했더니 이안이 피식 웃었다.

"어쩌냐, 귀여워 죽겠다."

그가 손을 들어 잔뜩 달아오른 내 볼을 쓰다듬자 심장이 쿵쿵 뛰었다.

"네가 나를 좋아한다고 말할 때, 정말 이 이상 더 기분이 좋을 수가 없을 것 같다고 생각했는데…….”

그의 목소리가 나른하게 귓가에 달라붙었다.

“이렇게 붙어 있으니까 진짜 좋아서 미칠 것 같네…….”

나는 사실 키도 큰 편이었고 검을 잡을 때는 모두 다 움찔할 정도로 기가 센 편이었다. 말투도 딱히 애교 있는 편이 아니었고 말이다. 그런데도 불구하고 이안의 ‘귀엽다’라는 말에는 진심이 뚝뚝 떨어지고 있었다.

“대답해 줘, 얼른.”

그가 보채듯이 내 손목을 한 번 쓸었다.

“그 어느 때보다 엉망인 구설수에 올라 버린 나를 받아 주겠다고, 어서.”

이안은 언제나 옳았다. 아까는 이렇게 갑작스럽게 몰아쳐 놓고 왜 아무것도 안 한다고 하나 어이가 없었다. 하지만 그가 하는 말을 모두 듣고 나니 헤아릴 수 없는 감동이 밀려왔다.

“난 원래 남의 시선 신경 안 써. 알잖아.”

나는 떨리는 목소리로 대답했다.

“다들 내 연인보고 미쳤다고 해도 말이야.”

“하.”

이안이 내 이마에 자신의 이마를 대며 흐뭇한 듯 눈을 살짝 감았다.

“……너무 좋다. 연인이라니.”

그가 눈을 가늘게 뜨더니, 침대 위에 잡힌 손을 바라보며 헛웃음을 지었다.

“워프 반지는 없네.”

당연히 내 손에는 아무런 장신구도 끼워져 있지 않았다.

그가 넷째 손가락을 가만히 쓸며 말을 이었다.

“네가 날 대회장에 버리고 황자님께 혼자 가 버린 이후 결심한 것이 있지.”

사실은 사실인데 뭔가 살짝 날조된 것 같은 문장이었다. 내가 대체할 수 있는 말을 생각하고 있을 때 이안이 내 손을 고쳐 잡아 깍지를 끼며 속삭였다.

"이 손에, 절대로 다른 남자가 준 반지를 끼우면 안 되겠다고."

그가 깍지 낀 손을 천천히 들어 자신의 입술에 갖다 대었다.

"카론다에서부터 그 반지가 반짝이는 게 그렇게 거슬릴 수가 없었는데……. 결국 이렇게 나를 버리는 데 썼잖아."

손가락에 그의 숨결이 느껴져서 간질거렸다.

나는 살짝 민망해져서 화제를 돌렸다.

"그나저나 너 때문에 라기안하고 제대로 붙어 보지도 못했어. 이제 진짜 내 실력이 최대치를 찍었는데 말이야. 좀 시험해 보고 싶었는데……."

"후회하지는 않아. 네가 그놈한테 덤비는 것조차도 질투가 나서."

"……."

"미안해. 이따위라……."

이안은 정말 진심으로 사과했다.

"네 상대는 다 나만 하고 싶어. 그게 욕이든, 결투든, 검이든……. 〈미치지 마세요〉의 주인공을 욕할 때가 아니군."

"질투까지 성실한 거니까 뭐, 어쩔 수 없지. 그럼 나중에 둘이 있을 때, 꼭 한 번 상대해 줘. 연회 전에 훈련하던 때처럼."

"그래? 그럼 지금 일단 민첩성부터 한번 볼까?"

이안이 장난스럽게 웃었다.

"이제 키스할 건데, 싫으면 피해 봐. 나 안 봐줄 거야. 참느라 진짜 미치는 줄 알았거든."

그의 체온이 즉시 엉겨 붙었다. 나는 눈을 감으며 그의 목에 팔을 감았다.

"안 싫으면 못 보는 거야?"

나는 대답도 듣지 못했다. 아득한 입맞춤이 쏟아졌기 때문이다.

그리고 그날 밤, 이안은 진짜 미친 것 같았다.

"둘이서 이제 훈련은 못 하겠다. 검 말고 몸을 부딪치고 싶어질 것 같아."

그가 나를 꼭 끌어안고 속삭여서, 나는 내심 우리의 제대로 된 결투를 포기하고 말았다. 누가 판 깔아 주지 않는 이상 이제 진지하게 검을 맞부딪치기 어려울 것만 같았기 때문이다.

"잘해 줄게, 정말. 최선을 다할게."

이안은 내 머리카락을 연신 쓰다듬으며 속삭였다. 카론다의 반의반만큼만 해 줘도 모범 연인일 텐데 심지어 최선을 다한다니…….

"수도 도착하면 시작하는 게 어때."

나는 눈을 깜빡이며 씩 웃었다.

"실연당하신 로버트 황자님은 배려해 드려야지. 동행 길에서는 자제해."

다들 충격에 휩싸인 가운데, 웨이드로스 저택도 시상식 이후 계속 들썩이고 있었다.

"아, 맞다……. 작위, 작위는……."

시상식 때, 이안의 사랑 고백 때문에 모두가 황당해하는 와중에 황제가 뒤늦게 생각났다는 듯이 망연히 중얼거렸다. 어쨌든 시상식의 마지막은 작위 수여로 끝나야 하기 때문이다. 하지만 그것도 문제가 있었는데, 정식 참가자가 아니라 대리로 참가한 형제가 우승한 경우는 전례에 없었다.

"이게, 실질적인 우승자 아론 레인필드에게 수여해야 하는 건지 참가자로 등록한 아나벨 레인필드에게 수여해야 하는 건지……."

본부 직원은 난감한 듯 안경을 치켜올리며 눈을 굴렸다. 실제로 대리 참가자가 우승했을 경우에 대한 매뉴얼이 없었기 때문이다.

"그럼 이렇게 하는 것으로 하죠. 어차피 누님과 이안 님이 돌아오시면 친선 경기를 주선하실 것 아닙니까?"

그 상황에서 명쾌하게 대답한 사람은 아론이었다.

"그때까지 이 문제는 조금 미뤄 두도록 하는 게 어떨까요? 앞으로 계속될 검술 대회에 전례로 남을 테니 신중하게 결정하는 게 좋겠습니다."

정신을 차리기 시작한 오스칼을 부축하면서, 아론이 눈을 굴리며 덧붙였다.

"아무래도 급히 결정할 만한 사안은 아닌 것 같습니다. 일단 오늘은 저조차도 제 작위에 관심이 없어서요."

그래서 검술 대회 시상식은 작위 수여를 일단 미루면서 끝났다. 그렇게 아론과 메릴린, 그리고 뒤늦게 정신 차린 오스칼은 한숨을 쉬며 웨이드로스 공작저의 별채로 멍하니 돌아왔다.

"일단 한 명은 지금 아주 행복하겠군요."

아론은 팔짱을 끼고 한숨을 푹 쉬었다.

"감옥에 계신 마이에나 님 말입니다. 다음 소식지의 제목을 생각하시느라 흐뭇하시겠어요. '국민 모범생 이안 웨이드로스, 국민 또라이 된 사연은', 뭐 이런 것들을 조합하시고 계시겠죠."

자신이 연행해 온 죄인들을 황궁에 넘기고 온 닉 역시 뒤늦게 합류했다.

"남부에 있다 보니 그런 사연까지는 몰랐네. 역시 내 분석은 엄청나. 첫눈에 반했다는 얘기를 구구절절하게 하시는데 왠지 거짓말이 아닌 것 같더라니까."

"나중에 꼭 제게 한 마디 한 마디 다 전달해 주시길 바랍니다. 그 미친 행각이 정말 너무 궁금하군요."

"그나저나 진짜 미친놈은 따로 있던데. 그 연보랏빛 머리카락의 이상한 놈 말이다."

"아베데스 후작 말씀이신가요."

아론은 미간을 찌푸리며 말했다.

"슬프게도 누님은 그 사람을 친부라고 믿으며 22년을 살았습니다. 아마도 그동안 꽤 상처 입으셨을 텐데요."

"보니까 앞으로 더 상처 주고 싶다는 얼굴이었는데, 뭐. 그런데 후작이라고? 작위상 내가 밟아 주기는 좀 어렵겠군."

작위중심적인 사고를 가진 닉은 툴툴거리며 짜증을 내다가 눈을 번쩍 떴다.

"아나벨이 그 소공작의 마음을 받아 주기만 한다면…… 좀 애인 바보가 될 것 같은 여지가 많아 보이던데 어떻게 안 될까? 공작이 후작보다 높잖아."

"뭐, 공작님을 닮으셨다면 이안 님은 애인 바보가 아니라 애인 바보 멍청이 해삼 말미잘이 되실 예정이시지만……."

아론은 어깨를 으쓱하며 대답했다.

"누님은 아주 자기 주도적인 평민이셔서 아마 아무리 소공작인 애인이 있어도 복수를 맡기지는 않을 겁니다. 아무리 어렵고 돌아가는 길이라고 해도 자기가 어떻게든 하면 했죠."

메릴린과 오스칼은 사실 그런 얘기는 귀에 들어오지 않는 듯했다. 아론이 아무리 '이안 님과 누님이 함께 있어요. 무조건 무사하십니다'라고 안심을 시켜도 계속해서 아나벨의 안부를 걱정 중이었다. 그것은 부모라면 어쩔 수 없는 일이기도 했다. 물론 레슬리와 브레이든도 마찬가지로 반쯤은 정신을 놓고 공작저로 돌아왔다.

꽤 늦은 저녁, 황궁에서 시종이 직접 황제의 칙서를 들고 왔을 때야 조금이나마 마음이 진정되었다.

"흐음, 로버트 황자님의 비둘기가 도착했다고 하는군."

브레이든은 황제의 칙서를 읽고 안절부절하고 있는 레슬리에게 말했다.

"칼론 황태자와 그 호위를 체포했고, 지금 아나벨과 이안 모두 무사히 수도로 올라오고 있다는데."

"아아."

레슬리는 그제야 브레이든의 팔에 기대어 안도의 한숨을 쉬었다.

"둘 다 무사하다니 정말 다행이네……."

브레이든은 레슬리의 어깨에 손을 두르고는 즉시 설렁줄을 당겼다.

하인 하나가 재빠르게 들어오자 그는 진지하게 일렀다.

"지금 당장 별채에 가서, 아나벨과 이안 모두 무사히 오고 있다고 전해라."

"예, 알겠습니다."

"그리고 마음 추스르기에 시간이 걸릴 테니 오스칼과 아론에게 무한정 유급 휴가를 주겠다고 해."

"……예?"

"서쪽 별채가 좁지 않으냐고, 동쪽 별채도 이틀 후까지 비워 두겠다고 하면서 의사를 물어봐."

"도, 도, 동쪽 별채는 하지만……."

동쪽 별채는 가장 전망이 좋고 위치까지 저택의 중심이어서 브레이든의 집무실과 서재가 위치한 곳이었다.

"당연히 내가 옮겨야지. 시간 없으니 쓸데없는 질문은 하지 말고 얼른 가봐. 아나벨의 안부에 대해 얼마나 궁금해하고 있겠어."

"아, 예……. 알겠습니다."

"아! 그리고 하나 더."

브레이든은 다급히 하인을 불러 세웠다.

"당분간 저택 밖으로 나가지 않는 것이 좋겠다고도 전해. 왠지 예감이 좋지 않다고."

하인은 혼란스러운 얼굴로 방을 나갔다. 레슬리 역시 얼빠진 얼굴로 브레이든을 올려다보았다.

"……음, 자기? 지금 이게……."

"미리 포섭해 두는 거야. 아나벨 양은 가족이라면 끔찍한 것 같았거든."

브레이든은 레슬리를 향해 결연한 웃음을 보였다.

"이안 놈 장가는 보내야 할 것 아니야."

"글쎄, 잘해 봐. 나는 그건 그냥 이안의 의사에……."

"상대가 아나벨인데?"

"하지만 그것도 아나벨의 개인 의지가 중요……."

"아나벨이 당신의 며느리가 된다고. 잘 생각해 봐."

결국 레슬리는 흔들리는 시선을 어쩌지 못하다가 한숨을 쉬며 중얼거렸다.

"너무, 너무 좋아……."

그녀가 눈을 굴리며 굳세게 덧붙였다.

"……내가 내일 직접 메릴린에게 가서 티타임이라도 하고 올게. 간단한 선물이라도 사 가지고 말이야."

"황후에게도 하지 않았던 일이군, 레슬리."

브레이든은 피식 웃으며 레슬리의 머리카락을 한 번 쓰다듬었다. 그녀가 눈을 가늘게 뜨며 그 손길을 느끼다가 갑자기 생각났다는 듯 말했다.

"그런데 왜 웨이드로스 공작저 밖으로 나가지 말라고 한 거야?"

그 말에 브레이든의 표정이 살짝 어두워졌다.

"아베데스 후작의 표정이 심상치 않았거든. 뭐라도 하고 싶어 하는 얼굴이었는데……. 아무래도 궁지에 몰리면 극단적인 일을 할 수도 있으니 불안해서.”

“에이, 걱정 마.”

레슬리는 손을 내저으며 밝게 말했다.

“그 집안에서 과감하게 머리를 쓸 수 있는 사람이라고는 리하르트밖에 없는
데, 지금 의식이 없다고 하지 않았어? 신경 안 써도 될 것 같아.”

해맑은 레슬리의 말을 듣고, 브레이든은 진심으로 걱정하기 시작했다.

“형……. 시킨 대로 했어.”

리하르트는 방 안에서 엘번의 보고를 들으며 일일이 지시 중이었다. 대외적
으로 리하르트는 아직 의식을 잃은 상태였다. 그에게는 의식을 차리면 바로 황
궁에 출두해야 한다는 황명이 걸려 있었기 때문이다.

“그런데 형, 이런 말은 좀 그렇지만…… 꽤 대단해 보였어.”

엘번은 눈을 굴리며 조심스럽게 말을 꺼냈다.

“예전에 내가 직접 검사들을 동원했을 때, 뒤를 밟는 것은 물론 정확한 인원
까지 알아내더라니까.”

“그러니까 만반의 준비 중이잖아.”

리하르트가 엘번을 바라보지도 않은 채 짜증스럽게 대꾸했다.

“할 수 있는 건 다 해 보자고.”

“그건…… 그렇지…….”

리하르트는 엘번을 시켜서 각종 불법 약물과 마법 아이템을 알아보는 중이
었다. 그리고 그중에서 가장 효과가 좋은 것들만 추렸다. 아나벨을 납치하는
것이 리하르트의 생각이었는데, 워낙에 그녀의 실력이 뛰어나다고 하니 납치
전에 억지로라도 몸 상태를 안 좋게 만들어야 했기 때문이다. 레인필드 가족은

웨이드로스 공작저에서 꼼짝도 안 하고, 결국 인질로 써서 협상을 할 수 있는 상대는 아나벨뿐이었다.

"다 그 망할 평민 때문이야……. 평민 주제에 우리 가족이 되고 싶어서 날뛸 때부터 알아봤지."

리하르트는 이를 갈며 중얼거렸다. 자존심이 세고 자기애가 상당한 그는 칼론에게 줄을 서기로 한 자신의 판단이 틀렸다는 것을 인정하기가 어려웠다. 그러므로 그는 이 모든 실패의 이유를 만만한 아나벨에게 돌리는 중이었다. 자신의 머리를 다치게 한 상대라는 것까지 더해져서, 그의 비뚤어진 증오는 점점 더 커져만 갔다.

"절대로 몸 성하게 수도로 오지 못할 거다, 아나벨 레인필드."

우리는 인성이 아주 훌륭한 커플이었기 때문에 수도까지 오면서 남들 앞에서 애정 행각을 자제했다. 특히나 로버트의 앞에서는 더욱 조심했다. 그가 나를 진심으로 좋아했다는 건 나도 알고 이안도 알고 로버트도 아는 일이었다. 게다가 로버트와 이안은 오랜 친구 사이였다. 이안은 조금도 우정을 택할 생각이 없었지만 말이다.

그래도 우리는 길을 갈 때 나란히 붙어서 이런저런 대화를 나누곤 했다.

"수도에서는 다들 어떻게 생각하고 있을까."

"뭐, 별거 있나."

나는 걱정스럽게 중얼거렸고 이안이 어깨를 으쓱하며 대답했다.

"내가 눈이 뒤집혀서 네게 빌빌 긴 걸 누구나 알고 있겠지."

"……."

"너 진짜…… 괜찮아?"

"날조된 사실도 아닌데 괜찮고 말고가 어디 있어. 다 맞는 말인데."

이안은 정말로 아무렇지도 않아 보였다.

"다만 네 마음은 아무도 모를 테니 아버지가 전전긍긍하고 계시겠군."

내가 외계인이어도 괜찮다던 브레이든의 말이 떠올라 나는 혼자 끙, 하는 소리를 내었다. 응접실에 있었던 커다란 마정석만 생각하면 한숨이 나왔다. 자고로 응접실에는 그 가문의 가장 진귀한 것들을 전시해 놓는다고 했는데, 이제는 비어 있겠지…….

"어차피 최악의 상황이라고 해 봤자 내가 결혼 못 하는 것밖에 더 있나."

이안은 내 표정을 읽고 나서 무심한 표정으로 말했다.

"마음이 불편하면 네가 책임지면 될 일이야."

나 역시 새침한 얼굴로 대답했다.

"너는 참 그런 일을 무뚝뚝하게도 말하는구나. 귀엽고 매력 있게."

그때였다.

"담담한 애정 표현 중에 미안하다만 지금 폐하께 연락이 왔어."

로버트가 비둘기 한 마리와 함께 헛기침을 하며 다가왔다.

"둘 다 수도에 올라오면, 두 사람의 친선 경기를 주선하고 싶으시다는군."

나와 이안은 흠칫 놀라서 서로를 바라보았다.

"아무래도 둘 다 공익을 위해서 인생 마지막 검술 대회에 참가하지 못했으니까 말이야."

"어, 하지만 그러면 912회 우승자가……."

"아론 레인필드는 대찬성했다는군. 어차피 대리 참가자라 작위 문제도 애매하고 해서."

"아."

이안마저 기권했으므로 아론이 우승할 수도 있겠다는 생각은 했었다. 그렇다면 912회 우승자의 눈치를 볼 일도 없었다. 아론은 얼떨결에 참가했을 뿐이었고 심지어 이 기세라면 913회 우승자가 될 확률도 높았기 때문이다.

"훈장도 이미 받아서 괜찮을 거야. 제 애인에게 바쳤다고는 하지만."

나는 묘한 기분이 들어서 눈을 굴렸다. 결국 세시안느는 912회 검술 대회 우승자의 훈장을 받게 된 셈이었다.

"어떻게 생각해? 그런데 이 상태라면 이안이 아나벨에게 제대로 된 공격을 할 수 있을지 모르겠군."

"이 상태가 뭔데요?"

"아나벨 양에게 정신 나간 상태. 지금 표정이라면 머리카락 한 올도 못 벨 것 같은데."

이안은 정색을 하며 대답했다.

"대련은 또 다릅니다. 검사가 검을 들 때에는 전력을 다하는 것이 상대에 대한 예의니까요."

그가 눈썹을 치켜올리며 덧붙였다.

"그리고 이번에는 정말로 아나벨에게 질 수도 있습니다. 제가 그렇게 여유 부릴 입장이 아닙니다."

"음…… 그래. 물론 사람들이 그 대회의 결과를 어떻게 받아들일지는……."

로버트는 살짝 말을 흐렸다. 나는 단숨에 그의 묘한 말의 뉘앙스를 알아차렸다. 그러니까 로버트를 포함해서 거의 모든 사람들이 내가 이안에게 질 것이라고 생각하고 있었다. 이안 말대로 내가 이긴다면, 다들 나한테 정신 나간 이안이 나를 봐주는 것이라고 여길 터였다. 하지만 그게 억울해도 어쩔 수 없었다.

"어쨌든 저는 좋아요."

그래도 다시 한번 정식으로 이안과 붙어 볼 수 있다는 건 은근히 마음에 드는 일이었다. 아무래도 마지막 검술 대회를 그냥 넘기는 것이 착잡했었기 때문이다. 그건 작위 때문도 아니고, 남의 시선 때문도 아니고, 다만 8년 동안 기다려 온 이안과의 승부가 무산된 것에 대한 아쉬움이었다.

'오죽 기다렸으면 범죄까지 기획했을까……. 하아.'

내가 좋다고 하니 이안도 흔쾌히 고개를 끄덕였다. 로버트가 그럼 진행하라는 답신을 보낸다며 돌아서려는 찰나였다.

"그런데요."

문득 무엇인가가 생각난 나는 불쑥 로버트를 불러 세웠다.

"리하르트는 혹시 구금되었대요?"

리하르트는 혐의가 확실하긴 하지만 의식이 없는 관계로 아베데스 후작저에서 의사의 보살핌을 받는 중이었다. 아직 심문을 하지 못했고 도주 위험이 없다고 판단하여 즉시 체포하지 않았던 것이다. 정신이 들면 황궁에 직접 출두하여 조사를 받으라는 황명만 내린 상태였다.

"안 그래도 물어봤는데, 아직 의식을 차리지 못했다더군."

"……그렇군요."

나는 더 이상 묻지 않고 고개를 끄덕였다.

'이상하다. 지금쯤 의식을 차릴 때가 됐는데.'

내가 의사는 아니어도 과거에 여러모로 이안을 괴롭히려고 연구해 온 이력이 있었다. 깃대나 기둥 같은 것을 무너뜨려서 머리를 다치게 하는 것 역시 꽤 많이 시도해 본 일이었다. 이안이 어떻게든 대회에 참가하지 못하도록 날짜를 계산해야 했기 때문에, 대충 회복 기간까지 의사들의 자문을 미리 받아 놓았었다. 그때의 정보에 의하면, 리하르트가 약골이라는 것까지 고려해도 이미 정신을 차리고도 남았어야 했다.

'혹시 일부러 의식을 잃은 척하면서 시간을 끌고 있는 건가? 근데 그게 의미가 없을 텐데.'

아베데스 후작저에서 그럼 평생 잠적하면서 살아야 한다는 이야기인데, 차라리 몇 년 징역 살고 나오는 편이 나을 것이었다.

'아니면…… 혹시…… 다른 계략이라도 세우고 있나.'

절대로 포기하지 않는 음침 계략남 리하르트라면 그럴 가능성이 더 높았다.

'지금 할 수 있는 건 납치, 감금, 공격, 뭐 이런 것밖에 없을 텐데.'

가족들이 아직 웨이드로스 공작저에 머물고 있는 것은 참 다행이었다. 일단 가족들만은 절대로 못 건드릴 것이다. 웨이드로스 공작저에는 황궁 기사단 못지않은 실력의 기사들이 진을 치고 있었기 때문이다. 후환이 두려워서 황자인 로버트나 소공작인 이안을 건드릴 수 있을 리도 없었다.

'잠깐만. 바꿔서 생각하면…….'

나는 불현듯 스치는 생각에 마른침을 삼켰다.

'건드릴 수 있는 사람은 나밖에 없잖아?'

일단 건드려도 정치적인 복수를 할 수 없는 평민에다가, 이동 중이어서 접근하기 쉬운 상대는 나뿐이었다. 물론 내 하찮은 배경과는 별개로 이안의 애정을 받고 있는 상대기도 했다.

'그러니까 나는 지금, 완전 가성비 좋은 인질감이잖아.'

나는 진지하게 생각에 잠겼다.

'아무래도 나를 가지고 뭔가 협상을 하려나 본데…….'

분명히 흑마법 관련해서는 발을 빼려고 할 텐데, 리하르트와 엘번은 그 징계조차도 받는 게 싫은 모양이었다.

'만약 그렇다면 잘됐지, 뭐.'

지은 죄는 물론이고 내게 했던 짓들에 비해서 지나치게 적은 형량이라고 생각했는데, 이렇게 일을 쳐 준다면 이쪽에서야 더 아쉽지 않고 좋았다.

'칼론하고 같이 무기징역이나 받아라.'

쥐가 궁지에 몰려 고양이를 물어 봤자 잡아먹히는 건 결국 쥐니까 말이다.

내 예상은 틀리지 않았다.

"혹시 아나벨 레인필드 언니?"

수도에 도착하기 전 한 여관에 들어서자마자, 어떤 아이가 책을 읽고 있다가 나를 발견하곤 생글생글 웃으면서 다가왔다.

"완전 팬이에요! 저도 검사가 되고 싶거든요!"

"내…… 팬이야? 이안이 아니고?"

"네, 언니 팬이에요!"

이안에게는 눈길도 주지 않고 곧장 다가온 아이는 내 옆에 찰싹 달라붙었다.

"언니는 전설의 검사 비앙카를 닮았어요!"

"……전설의 검사 비앙카?"

"몰라요?"

아이가 눈을 깜빡이며 옆구리에 끼고 있던 책을 내밀었다.

"여기 나오는 주인공인데 이 책 언니 줄게요. 꼭 읽어 봐요."

"어? 그러지 않아도 되는데…… 내가 사서 볼게."

"아니에요, 선물이에요!"

아이는 내게 책을 안기다시피 한 뒤 팔랑팔랑 뛰어서 사라졌다. 이안과는 달리 단 한 번도 어린이의 우상이 되어 본 적이 없었던 나는 살짝 기분이 붕 떠서 〈전설의 검사 비앙카〉라는 제목의 동화책을 가만히 내려다보았다. 그리고 쓱 책을 펼쳐 본 나는 나도 모르게 미간을 찌푸리고 말았다.

"……어?"

정확히는 그 책 속에 있는 책갈피를 보고 난 뒤였다.

"나 참."

헛웃음을 지을 수밖에 없었다. 이 책갈피를 모를 수가 없었기 때문이다. 예전에 이안을 해치려고 했을 때, 누구보다도 열심히 분석한 사람이 나와 리어드였다. 정확히 말하자면 검술과 외모에는 소질이 없지만, 어디 못된 불법 조직에 기웃대는 것에는 탁월한 재능이 있던 리어드가 기획하고 나는 동의한 것뿐이지만 말이다.

"저기, 여러분."

나는 막 도착하여 어수선한 사람들 사이에서 어색하게 말했다.

"저는 피곤해서 먼저 들어가서 쉴게요."

가장 먼저 방을 배정받은 나는 터덜터덜 들어와 책을 편 다음 책갈피를 테이블 저 멀리 구석에 두었다. 어차피 이 책을 전해 준 여자아이는 수소문해 봤자 찾기 어려울 것이 뻔했다. 애초에 이곳에 머무는 아이가 아닐 확률도 높았고. 이 책갈피는 처음 보는 것이 아니었다. 리어드가 이안이 신청한 책에 이 책갈피를 꽂아 두기 전, 자랑스럽게 내게 보여 준 적이 있었기 때문이다.

"와, 리어드. 이런 것도 있어? 대체 이런 걸 어떻게 구했어? 완전 딱인데? 검사한테 해롭기로는 마치 절대 잡히지 않는 모기 같아!"

"크흠, 내가 널 이 정도로 생각한다고. 그러니까 이건 정확히 어떤 원리냐 하면……."

문제는 리어드가 꽤 뽐내기 좋아하는 성격이었다는 것이다. 그의 계략 하나하나에 내가 감탄할 때마다 리어드는 질리도록 자신이 구한 아이템들에 대해 설명하곤 했다. 테러 같은 거대한 일에 돈을 좀 많이 아끼기는 했지만, 리어드는 불법 약물이나 아이템만큼은 귀신같이 잘 선별해 냈다. 남에게 잘 알려지지 않으면서도 효과가 괜찮은 것들로 말이다.

특히 이 책갈피는 서서히 시력을 약화시키는 아주 악질적인 마법 아이템이었다. '상대를 정말로 싫어하는 이성의 피'가 필요하지만 말이다.

'이건 뭐…… 너무 명백하게 아베데스 후작가 남자들 중 하나인데.'

이 책갈피는 상대가 책을 보기 시작한 후 얼마 지나지 않아 터지도록 설계가 되어 있었다.

'즉…… 지금쯤 터져야겠지.'

그리고 딱 내가 예상한 시점쯤에 퍽 소리와 함께 책갈피가 터졌다.

'어쩜 좋냐.'

너덜너덜해진 꽃 모양 책갈피를 챙기면서 나는 혼자 혀를 끌끌 찼다.

'원작에서는 이걸로 내가 잡혀 들어갔는데…… 이제 아베데스 후작가 남자들이 잡혀 들어가게 생겼네.'

엘번이나 아베데스 후작에게 이런 추진력이 있을 리 없고, 분명 아직 정신을 못 차렸다며 칩거 중인 리하르트의 머릿속에서 나온 계략일 것이다. 문제는 이미 다 나와 리어드가 한 차례 써 봤던 계략이라는 것이지만 말이다. 하긴 뛰어난 검술을 지닌 자를 비열하게 해치기 위한 방도라면 다 거기서 거기였다.

'첫 번째가 이거란 말이지……. 그럼 다음은 아마…….'

내가 책갈피를 이리저리 뒤집어 보고 있을 때였다.

"아나벨."

노크 소리와 함께 이안의 목소리가 들렸다.

"들어가도 될까?"

"아, 응."

내 흔쾌한 대답에 즉시 들어온 이안은 걱정스러운 얼굴로 머그잔 하나를 들고 있었다.

"쉬고 싶다면서 일찍 들어갔잖아. 어디 아파? 왜 안 누워 있고 거기 앉아 있어? 침구가 불편해?"

"어? 그래서 온 거야?"

그러니까 내가 방에 들어오려고 대충 피곤하다며 둘러댄 핑계가 마음이 쓰여서 득달같이 쫓아온 듯했다.

"일단 기분 좀 좋아지고 잠 잘 자라고, 이거."

그가 내민 머그잔에는 진한 핫초코가 들어 있었다. 딱히 피곤해서 들어온 건 아니었지만 따뜻하고 달큼한 맛이 입 안에 퍼지자 온몸이 나른해졌다.

"보니까 목욕은 아직이군. 목욕물 받아 줄 테니 침구 봐 줄 동안 씻고 와. 그리고 공기가 이게 뭐야. 환기도 해야겠어."

나는 너무나 자연스럽게 나의 휴식 환경을 챙기는 이안을 보며 피식 웃고 말았다. 그 와중에도 무표정을 유지하며 무뚝뚝한 어조로 말하는 것이 재미있었기 때문이다.

흥미롭다는 내 얼굴을 보며 이안이 여전히 무심한 어조로 말을 이었다.

"좀 이상해도 참아. 난 연인을 둘러싼 환경이 최고가 아니면 마음이 불편한 병에 걸렸으니까."

"무슨 병이 그래? 완전 바람직하게."

그것도 칭찬이라고 이안은 귀가 벌게져서 헛기침을 몇 번 하더니 진짜로 목욕물을 받으러 가 버렸다.

이안의 성의를 무시할 수 없어서 결국 나는 딱 적당한 온도의 목욕물에서 목욕까지 하고, 그사이 그의 손길이 닿아 완벽해진 침대에 걸터앉았다.

"입욕제 향기 진짜 좋다. 이동 중인데 어디서 구했어?"

"네가 민트 향을 좋아하는 것 같아서 풀이랑 화장품 몇 개 조합했어."

그는 창문을 닫으며 담담하게 말했고, 나는 한숨을 쉬며 무심하게 대답했다.

"뭘 그렇게까지 하고 그래. 진짜 좋아 죽겠네."

"피곤한데 그런 말 함부로 하면 안 돼."

이안은 창가에 기대어 침대에 앉아 있는 나를 바라보며 낮게 경고했다.

"내가 못 참고 더 피곤하게 만들 수도 있거든."

"음, 사실 피곤하다는 건 핑계였고…… 일이 좀 있어서. 거기 책갈피 보여?"

나는 테이블 쪽에 올려놓았던 책갈피를 가리키며 말했다.

"혹시 기억나? 내가 예전에 네게 기획했던 범죄인데…… 이제 누군가가 나를 해치려고 하네?"

이안이 미간을 찌푸리더니 성큼성큼 테이블로 다가가 꽃 모양 책갈피를 바라보았다.

"이건……."

그러더니 순간 날카로워진 눈빛으로 중얼거렸다.

"네가 나를 처음으로 덮치던 날 폭발했던……."

"……단어 선택이 별로 좋지 않은 것 같은데."

"어떤 간 큰 놈이 너를 대상으로 이런 찢어 죽일 범죄를 기획한 거지?"

"……찢어 죽일 범죄……. 음…… 그렇지……."

찢어 죽일 범죄를 저지르려던 과거가 있는 내 말에 이안의 동공이 순간적으로 흔들렸다. 그리고 급히 덧붙였다.

"아, 아냐. 별거 아냐. 다들 이 정도의 일들은 하고 사는 거지."

"……."

"물론 나는 안 하지만."

"……."

사실 내가 진짜 못된 짓을 했던 것은 맞았기에 나는 더 이상 이안을 모순에 빠트리지 않기로 했다.

"뭐, 리하르트나 엘번 짓이지 않을까? 너는 모르겠지만 거기에는 상대를 혐오하는 이성의 피가 필요하거든……. 그걸로 수도에 가면 밝혀낼 수 있을 거야. 웨이드로스 공작가의 도움을 좀 받을 수 있을까?"

원작에서도 웨이드로스 공작가에서 본격적으로 조사한 뒤 배후를 밝혀냈으니 이번에도 밝혀낼 수 있을 것이었다.

"당연하지. 내가 직접 지시해서 추적해야겠군."

"어우, 믿음직스럽다."

나는 한결 편안해진 침대 위에서 몸을 들썩들썩하며 웃었다.

"이불이 엄청 바스락바스락해졌네? 진짜 마법 같아. 고마워, 이안."

아무리 생각해도 이안에게 모든 일을 사실대로 털어놓은 것은 옳은 선택이었다. 만일 내가 '예전의 범죄고 아무도 모르니까 그냥 입 씻고 숨긴 채로 연인으로 살아야겠다'라고 결정했다면 이런 일들이 벌어졌을 때 그에게 숨겨야 했을 테니까 말이다. 그리고 숨기는 일들이 하나둘씩 늘어 가면서 얼마나 속으로 죄책감이 들었을까. 그에게 아무것도 걸릴 것이 없어서 너무 좋았다. 역시 어머니의 말이 옳았다. 진심으로 대하고 싶은 상대에게는 찝찝하게 숨기는 것이 없어야 장기적으로 좋은 것이었다.

'그래, 이렇게 살면 되지. 잘못을 모두 인정하고 뉘우친 뒤 선량하게……'

정말이지 교화된 악당이나 할 법한 생각이었지만, 사실 내가 잘못한 사람은 이안밖에 없었다. 그것이 아주 묘한 지점이었다. 나를 악당이라고 욕할 수 있는 유일한 사람이 지금 내 연인이라니.

"이건 내가 직접 가져갈게. 최대한 빠르고 신속하게 해결해야겠어."

일단 한 번 폭발한 것이니 위험 요소가 없다고 판단한 이안이 천천히 책갈피를 내려놓으며 말했다. 내가 위험에 처할 수도 있다는 생각을 하는 것만 해도 끔찍한 듯이 그의 표정이 한층 어두워져 있었다.

"당장 수도에 연락해서 리하르트가 정신을 차린 것 같으니 구금하라고……"

"아냐."

나는 이안의 말을 잘랐다.

"일단 그대로 둬."

그냥 두라는 내 말에 이안이 망설이다가 마음에 안 든다는 듯 대답했다.

"……그럼 계속 너를 해치려는 시도를 할 것 아냐."

"그건……"

이안이 걱정할까 봐 앞으로의 계획을 말하려던 나는 문득 베개까지 바뀐 것을 눈치채고 눈을 깜빡였다.

"잠깐만, 이안. 언제 베개까지 바꿔 왔어? 안 그래도 아까 건 좀 높다고 생각했는데."

"……일단 누워 봐. 베개 높이는 잘 맞는지."

"딱 맞겠지, 뭐."

나는 벌러덩 드러누우면서 편안하게 말했다. 막 씻어서 개운한 몸에 깨끗한 침구가 감기니 기분이 단번에 좋아졌다.

"역시 딱 좋다."

이안의 손길이 한번 스쳤을 뿐인데 방의 쾌적함이 놀랍도록 달라졌다. 나는 눈을 가늘게 뜨며 그를 바라보았다.

"너 이렇게 나를 길들이려는 거야? 매일 밤 네가 없으면 뭔가 불편하게?"

"뭐, 그런 의도가 없다면 거짓말이지. 네가 이런 게 좋다며."

이안은 천천히 다가와 살짝 젖은 내 머리카락을 쓸었다.

"방금 생각났는데…….."

그는 미간을 찌푸리며 말했다.

"사실 나는 검사라서 이 정도 수발은 더 잘하는 전문적인 하녀들이 있을 것 같거든. 그러니까 장기적으로 보면 다른 방법이 좋겠어."

그 표정이 세상 진지해서 마치 나랏일이라도 논하는 것 같았다. 나는 그가 은근슬쩍 내 옆에 모로 기대어 누워 다가오는 것을 모른 척하며 물었다.

"그게 뭔데?"

사실 이안은 계략을 짜는 데에는 큰 소질이 없었다. 워낙에 곧은 데다가 정직한 성품이었기 때문이다.

나는 얼마나 상식적이고 평범한 말이 나올까 기대하며 열기가 어리기 시작한 그의 붉은 눈을 바라보았다. 그리고 나의 기대는 첫 문장부터 배신당했다.

"옛날처럼 상대를 마구잡이로 공격하는 취미가 생기면 어떨까. 네 공격을 받아 줄 수 있는 상대는 이 세상에 나밖에 없으니 그게 더 괜찮을 것 같아."

"……어?"

"차라리 엉망으로 굴고 막, 좋아하는 상대를 망쳐 버리고 싶은 욕망을 키워 보는 것이 어때. 그럼 진짜 다른 사람에게 못 갈 텐데."

심지어 말이 이어지면 이어질수록 점점 더 배신당하고 있었다. 이안의 얼굴이 그 어느 때보다 심각한 것을 보고 나는 더 심각해졌다.

"이안, 음…… 애정 표현을 할 거면 상식적인 선에서 하는 게 어떨까? 네 특기잖아. 상식적으로 행동하고 말하기."

"……근데 내가 상식적인 선보다 너를 훨씬 더 사랑하는 것 같아."

"그건 그래."

나는 피식 웃으면서 그의 팔에 내 머리를 기대어 비비적거렸다.

"어쩌겠어. 애인이 좀 이상해졌어도 사랑의 힘으로 극복해야지."

"……너 안 피곤하댔지?"

이안은 내 허리를 잡아당기며 속삭였고, 서로의 살결이 부드럽게 스쳤다.

"너 말이야."

나는 거의 확신을 담아 중얼거렸다.

"이러려고 내 침구에 공들이는 것 아니야?"

"역시 나는 계략에는 소질이 없나."

이안이 열기로 들뜬 입술을 내 목덜미에 묻으며 말했다.

"다 들키네."

그리고 나는 머지않아 곧 피곤해지고 말았다. 나 역시 튼튼하기로는 누구에게 뒤지지 않는다고 생각했는데, 이안보다는 기초 체력이 떨어지는 듯했다.

"너를 해치려고 하는 사람들은 내가 다 가만두지 않을 거야."

깊은 밤, 이안은 나를 꼭 안은 채로 가만히 중얼거렸다. 하기야 라기안에게 당할지도 모른다는 의문 때문에 가보인 마정석까지 깨트리고 달려온 그의 말이라면 충분히 신뢰도가 높았다.

나는 그의 품에서 꼼지락거리다가 어렵게 말을 꺼냈다.

"앞으로도 비슷한 테러가 계속될 것 같아. 수도에 도착하기까지 얼마 안 남았으니까. 아마도 아베데스 후작가에서 내게 이런 짓을 하기 시작한 건……."

이안은 어둠 속에서 숨을 몰아쉬었다.

"……네 생사를 두고 웨이드로스 공작가와 협상할 생각인가 보군."

바로 대답이 나오는 것으로 보아 이안 역시 계속해서 그 생각을 하고 있는 듯했다.

"네 머리카락 한 올 다치는 것도 끔찍한 내가 옆에 있는데……."

그가 낮은 목소리로 섬뜩하게 덧붙였다.

"감히."

단 두 글자일 뿐이었는데도, 그리고 나를 향한 살기가 아닌데도 불구하고 문득 소름이 끼쳤다. 그리고 앞으로 수도까지 남은 여정 동안 그가 미친 듯이 불안해하며 나를 과보호할 것 같다는 아주 합리적인 예감이 들었다.

"그런데 도대체 왜 그냥 두자는 거야?"

이안이 낮은 목소리로 물어서 나는 잠시 아랫입술을 물고 생각에 잠겼다.

"그건……."

리하르트의 계략은 뻔했다. 이렇게 검사의 기본적인 실력을 떨어트리려고 하는 건, 무력으로 나를 납치하겠다는 것이었다.

'엘번도 나를 한 번 습격해 본 적이 있으니 이번에는 정말 체계적으로 내 손발을 무력화시킨 뒤 더없이 많은 자객을 붙이겠지.'

나는 그의 가슴에 얼굴을 파묻은 채로 중얼거렸다.

"이대로 리하르트가 황궁으로 끌려가 봤자 결국 문서 위조 징계로 끝이야. 그러기에는 너무 아까워서 차라리 명백한 죄목으로 아예 더 확실히 밟아 버리고 싶어."

그리고 결연하게 덧붙였다.

"……그러려면 더더욱 크게 일을 치게 만들어야지."

내 입으로 말하기 좀 그렇지마는, 어쨌든 나는 흑마법의 기원을 파괴한 영웅이었다. 그러니까 나를 공격하는 것 그 자체가 죄였다.

리하르트는 두 가지 사실을 간과했다. 첫 번째는 내가 검사에게 해로운 어지간한 약물이나 아이템을 다 알고 있다는 것이고, 두 번째는 내 실력이 예전과는 비교할 수조차 없이 높아졌다는 것이었다. 아마 지난번 엘번이 동원한 자객들의 두 배가 달려들어도 쉽게 처리할 수 있을 것 같았다.

"여하튼 너무 걱정하지 마. 수도에 도착하기 전에 다 끝나 있을 테니까. 너는 그 책갈피로 배후만 찾아내 주면 돼. 할 수 있을 거고."

나는 못마땅해 보이는 이안의 볼을 쓰다듬으며 말했다.

"그럼 모든 일이 끝나야. 칼론도, 아베데스 후작가 사람들도 다 감옥에 넣고 나면 우리 가족도 다시 레인필드 저택으로 돌아갈 수 있고……."

아무래도 나 때문에 가족들이 계속 웨이드로스 공작저에 있는 게 마음 쓰일 수밖에 없었다. 웨이드로스 공작저에 남아도는 것이 별채들이라지만 어쨌든 민폐이기도 하고 말이다. 그리고 그 말에 이안이 흠칫했다.

"……아."

전혀 생각하지 못했다는 어조였다.

"레인필드 저택으로…… 너도 돌아가나?"

"당연한 거 아냐?"

나는 씩 웃으면서 말을 이었다.

"모든 일이 끝나면 우리 데이트하자. 난 8년 내내 검술만 하고 살아서 못 해 본 게 많아. 카론다에 갔던 그때처럼, 시계탑 앞에서 만나는 거야. 그래서 야시장도 구경 가고 지역 축제도 가고 소풍도 가고……."

"다 좋아. 하나만 빼고."

이안은 심각한 얼굴로 말했다.

"그 하나가 뭔데? 혹시 소풍이 별로인가?"

"……시계탑 앞에서 만나는 거."

"그게 왜?"

내 질문에 이안은 딱히 대답하지 않았다.

다만 내 몸을 더 부드럽게 얽어 낼 뿐이었다.

'어휴.'

조각같이 생긴 그의 얼굴에 열기와 소유욕이 어른거렸다.

'내가 공작저를 나가는 게 싫은가 봐. 딱 봐도…….'

나는 속으로 혀를 차며 생각했다.

'당장 결혼하고 싶은데 내가 부담스러워할까 봐 참고 있는 모양이네.'

물론 나는 이안의 저 인내가 오래가지 않는다는 것을 경험상 알고 있었다. 분명히 갑자기 든 충동에 뒤이어 여러 가지 생각을 하고 있을 것이 뻔했다. 예를 들어 타이밍이라든가 방법이라든가.

"저기, 이안."

나는 정신없이 내 몸을 파고드는 그에게 문득 생각났다는 듯이 물었다.

"그 친선 경기 말인데…… 그러니까 진짜 내가 너를 이기면 어떨 것 같아?"

세 번째 흑마법의 기원을 없애면서 이제는 정말 내 실력은 직접 이안과 전력으로 맞붙어 보기 전에는 승패를 짐작하기 어려운 수준이 되었다. 거의 모든 사람들이 이안의 승리를 점치고 있어도, 우리 둘은 서로가 지금 상황을 정확하게 알고 있다는 소리였다.

"음…… 솔직히 말하면…….'

이안은 달뜬 입술을 내 어깨에 꾹 누르며 천천히 대답했다.

"정말 모르겠어. 아예 기억도 잘 나지 않는 어린 시절 외에는 져 본 적이 없어서 그 기분을 몰라. 상상도 못 하겠고."

"그, 그래…….'

생각해 보니 나도 이안을 이기면 어떤 기분일지 상상이 잘 가지 않았다. 한 번도 이겨 본 적이 없었기 때문이다.

"8년 전 처음 느꼈던 긴장감에 네게 반했듯이, 새로운 감정을 마주하게 해 준 네게 또 반하지 않을까? 네게 진다니…… 네 검 앞에 무릎 꿇게 된다니…….”

이안이 진지하게 덧붙였다.

“……생각만 해도 짜릿하군.”

왠지 사람이 좀 이상하게 된 것 같고, 은근슬쩍 그에게 밟히면서 황홀한 표정을 지어 보였던 라기안이 겹치기는 했지만 일단 모른 척하기로 했다.

호송 중인 칼론은 어둠 속에서 고요히 눈을 번득이며 생각에 잠겨 있었다. 자신이 했던 모든 말들이 수도로 고스란히 전해졌다는 사실을 알게 되고, 로버트에게 연행되면서부터 그는 완전히 입을 다물고 있었다. 이런 시기에 충동적으로 무슨 말을 하는 것은 무조건 손해가 된다. 제대로 된 계략을 세우고 나서 움직여야 했다.

‘아베데스 후작가는 분명히 빠져나가려고 하겠지. 하지만 어떻게든 놔둬야 한다.’

아무리 측근이라고 해도 그 누구도 믿지 않았던 칼론은 냉정하게 생각했다.

‘어차피 아베데스 후작가는 아나벨과 원한이 깊어서 한 하늘 아래 살기가 힘들다. 게다가 마이에나가 그 난리를 피워 놨으니.’

마이에나는 일찍이 평민 소식지에 ‘아베데스 후작, 레인필드가에 무릎 꿇다’라는 자극적인 제목으로 소식지를 발행한 적이 있었다. 게다가 아나벨은 지금 웨이드로스 공작가와 하나로 묶어서 생각해야 했다.

‘계속해서 대립하고 일이 커져야 해. 아베데스 후작이 아나벨만 잘 요리해 주면 차별주의자들의 구심점이 될 수도 있는 일이야. 그 와중에 기회가 생길지도 모르지.’

어차피 황태자의 신분이므로 바로 사형을 당할 일은 없을 것이다. 그는 신중하게 생각을 이어 갔다.

'리하르트가 깨어나면 어떻게든 계략을 짜겠지. 그게 성공하면 아베데스 후 작가가 멸문을 막으면서 갈등이 깊어질 것이고, 만일 실패한다면……'

칼론은 초조하게 손톱을 물어뜯었다.

'……정말로 끝나는데.'

912회 검술 대회는 끝났지만, 시간이 남는 사람들은 아직 모두 수도에 머물고 있는 상태였다. 특히나 검술에 관심이 많은 자들이라면 없는 시간을 쥐어짜서라도 남아 있었다. 왜냐하면 이안 웨이드로스와 아나벨 레인필드의 친선 경기가 예정되어 있기 때문이었다.

황제의 전폭적인 지지에 힘입어 성사된 두 사람의 경기를 관객들은 손꼽아 고대하고 있었다. 로버트의 비둘기는 두 사람 역시 찬성하였다는 내용을 담고 있었고, 경기 일자는 이안과 아나벨의 도착 예정일 이틀 뒤로 잡혔다.

"솔직히 아나벨 레인필드는 비운의 천재라고 봐야지. 이안 웨이드로스만 동시대에 없었더라면 범접할 수 없는 1위였을 텐데."

"아무리 두 번 다 이안 님의 압승으로 패했다지만 경기 자체의 내용은 나쁘지 않았어. 이번에도 결과는 정해져 있다마는 볼 만은 할 거야."

"아나벨 레인필드에게 어릴 때 제대로 된 선생만 붙었어도 더 볼 만했을 텐데. 타고난 재능은 엄청난데 의외로 기초가 좀 부실하다는 평가를 봤어."

아무리 아나벨에 대한 평가가 호의적으로 변했어도, 기본적으로 바뀌지 않는 여론이 있었다. 바로 이안 웨이드로스의 승리를 확신하는 분위기였다. 그 분위기가 적나라하게 드러나는 곳이 바로 도박장이었다. 이안 웨이드로스와 아나벨 레인필드의 친선 경기는 도박의 가치조차 지니지 못했다. 왜냐하면 누구나 이안의 승리에 돈을 걸 것이 분명했기 때문이다.

그럼에도 불구하고 친선 경기 때문에 수도는 나름 활력을 띠고 있었다. 황후와 황태자의 흑마법 배후설에 대해서도 나름 진실이 명명백백하게 밝혀질 것이라는 희망찬 분위기였다. 황제는 로버트가 칼론을 연행하여 오면 본격적으로 심문하여 죄를 밝히겠다고 발표했기 때문이다. 게다가 공식 석상에서 황실을 모독한 죄로 구금된 마이에나는 간단한 보석형으로 풀려났지만, 황후는 여전히 감옥에 갇혀 있는 상태였다. 황제가 아직 공식적인 선고는 내리지 않았지만, 내심 어느 방향을 생각하고 있는지 시사하는 결정이었다.

그리고 그 와중에 벌어진 재무부 감사로 인해 엘번 아베데스가 또다시 징역 선고를 받았다. 장남인 리하르트 아베데스는 연회 때 정신을 잃은 이후 아직 깨어나지 못해 여전히 후작저에서 보살핌을 받는 중이었기에 사람들은 '아베데스 후작가도 이제 망했네'라며 혀를 차곤 했다.

물론 리하르트는 그 오해 속에서 방 안에 틀어박혀 여러 가지 일을 지시하는 중이었다.

"그래서…… 그 책갈피는 무사히 전달되었다고 해. 파열음까지 확인했다는데. 그리고 다음 날, 아나벨이 안대를 하고 나타났다는 보고까지 들었다."

아베데스 후작의 말에 리하르트는 흡족하게 고개를 끄덕였다.

"그 이후도 모두 잘 진행 중이겠지요?"

"그래. 그 검기를 흐트러뜨리는 약도 무사히 투입했고, 수도로 오는 길에 있는 마지막 여관에 테러도 계획해 놓았다. 이안과 아나벨은 언제나 가장 입구 쪽의 테이블에 앉는다고 하더군."

"좋습니다."

온갖 약물을 모두 조사해 보았지만, 검기를 흐트러뜨리는 약만큼 효과적인 것이 없었다. 무색무취에 무증상이어서 투입하기가 가장 쉬웠던 것이다. 해독제를 구하기 쉽다는 단점이 있지만 애초에 아나벨은 이런 약물이 있다는 것도 모를 테니 문제 될 것이 없었다.

"그렇게 검을 제대로 쓸 수 없는 상황으로 만들고 나서 혼자 있을 때를 노리면 됩니다. 이안과 24시간 붙어 있지는 않겠지요."

리하르트는 음산하게 말을 이었다.

"그때 어떻게든 납치하면 됩니다. 인력은 충분히 확보했습니까?"

"족히 50명은 넘게 고용했다. 전문가들의 비밀 자문도 받아 보았어. 충분하다고 하더군. 심지어 검을 제대로 못 쓰는 상태라면 더더욱 쉬울 것이다."

"아주 좋습니다."

수도에 도착하기 전, 아나벨만 납치하고 나면 그다음 일은 별로 어렵지 않았다. 아나벨은 친선 경기에 참가하지 못할 것이며, 리하르트는 몰래 사람들을 심어 '아나벨이 지는 모습을 보여 주기 싫어서 도망갔다'라는 소문을 퍼트릴 예정이었다.

애초에 스마호 숲에 간 것도 이안과의 대결을 피하려고 한 것일 뿐 대의를 위하는 순수한 의도라고 볼 수 없다는 의견을 은근슬쩍 흘리면……. 친선 경기를 기대하며 일정을 무리하게 미뤄서 수도에 머물고 있는 관객들의 불만을 살 수 있을 것이다. 그리고 그 틈을 타 '역시 평민들은 믿을 수 없는 존재들'이라며 '아베데스의 피가 아니라 레인필드의 핏줄이라 이렇게 일관적으로 진상이었던 것'이라는 여론을 퍼트릴 예정이었다. 동시에 움츠러들어 있던 차별주의자들의 결집을 유도할 참이었다.

'아나벨 레인필드를 두고 웨이드로스 공작가와 협상하면 된다. 나와 엘번의 징계를 없던 일로 하고 칼론 황태자와 선을 그으면 아베데스 후작가는 일단 이 폭풍에서 살아남겠지.'

물론 아나벨을 고이 돌려보낼 생각은 없었다. 다시는 검을 쓸 수 없게 만들어 줄 예정이었다.

'처음부터 마음에 안 들었지. 천한 평민 주제에 아베데스의 성을 가져 보겠다고 안달하던 그 인생사부터가 짜증 났는데, 결국 모든 걸 다 망쳐 버렸어.'

건드릴 수 없는 이안이나 로버트에게 쏟아질 분노조차 만만한 아나벨에게 모두 쏠린 참이었다. 망가트린 아나벨을 돌려보내고 나면 웨이드로스 공작가와의 사이는 최악이 되겠지만, 어쨌든 이미 차별주의자들의 결집이 이루어진 상태라면 꽤 괜찮은 대립 구도를 만들 수도 있는 일이었다. 그렇게 로버트의 반대 세력이 커지면 먼 훗날 칼론의 복귀를 생각할 수도 있었고 말이다.

"그런데 말이다, 리하르트."

리하르트가 희망적인 미래를 필사적으로 그리고 있는데, 아베데스 후작이 조심스럽게 말했다.

"혹시나 아나벨의 납치에 실패하면 어쩌지? 괜히 꼬투리만 잡혀서 더 경을 치는 건 아닐지……."

"그럴 리가 있겠습니까?"

리하르트는 코웃음을 치며 말했다.

"제대로 검을 쓸 수 없게 망가트린 다음, 전문가들도 혀를 내두를 정도로 많은 사람을 동원했는데요. 아나벨은 이안 웨이드로스 같은 괴물이 아닙니다."

장담하는 아들의 말에 후작은 불안하게 고개를 끄덕일 수밖에 없었다.

"아나벨, 뭘 그렇게 계속 마시는 거야?"

"아, 물이요. 요새 목이 자꾸 마르네요."

로버트의 질문에 나는 물통의 물을 들이켜며 대답했다. 분명 리하르트의 수족들이 내 음식이나 물에 검기를 흐트러트리는 약을 쓰고 있을 것 같았기 때문이다. 오페라 때 리어드가 이안에게 투입한 그 약물은 무색무취에 무증상이라 비밀리에 먹이기 딱 좋았다. 평상시에는 검기를 쓸 일이 없으니 아무것도 모르고 있다가 전력으로 검을 휘두를 때 검기를 흐트러트리니 검사에게는 치명적인 것이다.

하지만 그 약에도 엄청난 약점이 있었으니, 바로 해독제를 구하기가 몹시 쉽다는 것이었다. 그래서 나도 오페라 공연 때 해독제를 쉽게 구해서 이안에게 먹일 수 있었다.

수도로 이동 중이었고 모든 여관과 식당의 음식을 확인할 수 없었기에 나는 시도 때도 없이 해독제를 마시는 것을 선택했다. 맨 처음 책갈피를 받을 때도 수도에서 아주 먼 거리는 아니었기 때문에 우리는 매우 빠르게 수도와 가까워지고 있었다.

"내일이면 도착하겠어."

로버트는 눈을 가늘게 뜨며 길게 이어진 길을 바라보았다.

"오늘 밤만 외지에서 고생하면 되겠군."

"네, 황자님. 그런 의미에서 오늘 저녁은 저희 테이블에서 같이 드실래요?"

"이안과 합의된 사안이라면. 사랑도 잃었는데 친구까지 잃고 싶진 않아서."

책갈피를 보여 준 이후, 이안은 수도로 오는 여정 내내 내 곁에 달라붙어 엄청난 과보호를 해 댔다. 분명히 이안 때문에 하지 못한 몇 개의 공격이 있을 것이 뻔했다. 예를 들어 독침을 날린다거나 사고를 가장하여 마을 사람이 공격한다거나 하는 것들 말이다.

이안이 잠시 기사 몇 명을 데리고 순찰을 돌 동안 드디어 틈이 생긴 나는 로버트와 대화를 나누었다.

"합의됐어요. 하지만 정말 친구를 잃는 것이 싫으시다면 이안 앞에서는 사랑은 운운하지 않으시는 게 좋겠어요."

이안과 나는 그동안 머무는 여관에서 저녁 식사를 할 때마다 일부러 일관적으로 문 쪽의 테이블에 앉았다.

'사고를 위장한 마지막 테리를 하려고 하지 않을까. 수도로 향하는 마지막 길목의 여관은 하나뿐이니까.'

리어드가 생각해 낸 방법이었으므로 리하르트도 비슷하게 생각할 것 같았다. 사실 그렇게 생각하라고 지금까지 함정을 파기도 했고 말이다.

"아나벨의 말이 맞습니다."

그때 순찰을 끝낸 이안이 귀신같이 다가와 내 어깨를 감싸 안았다.

"굳이 두 사람의 아무것도 없는 실패한 연애사를 듣고 싶지는 않으니까요."

정말 이안의 인성에 대해 다시 생각해 봐야 하는 시점이 온 것 같았다.

어쨌든 우리는 여관에서 처음으로 셋이 같은 테이블에 앉았다. 늘 버릇처럼 문에서 가장 가까운 테이블에 앉은 것은 물론이었다.

"형님이 입을 계속 다물고 있는 게 마음에 걸리는군."

로버트는 음식을 기다리며 천천히 말을 꺼냈다.

"욕조차 하지 않는 것이 더 불안해. 왠지 희망을 잃지 않은 것 같아서."

"뭐, 희망을 잃지 않는다고 해서 다 원하는 대로 되는 건 아니니까요."

나는 어깨를 으쓱하며 대답했다.

"하늘이 무너지면 솟아날 구멍을 찾아보다가 결국 깔려 죽는 게 인생의 법칙 아니었나요."

"아나벨."

이안이 옆에서 조용히 주의를 주었다.

"너무 현명한 말은 하지 마. 뭔가를 표현하고 싶어지니까."

"역시 애정 표현 하지 않으려고 노력하는 상태였군. 짐작은 했지만……."

로버트가 질린 목소리로 대답했을 때였다.

커다란 파열음과 함께 우리 테이블 옆에 있던 벽이 순식간에 무너져 내리기 시작했다.

17장

네 라이벌을
그만두고 난 뒤

"황자님!"

무너진 벽 쪽에 앉아 있던 사람은 우리뿐이었다.

파열음이 들리자마자 기사들이 깜짝 놀라 몰려들었다.

"나는 괜찮다."

물론 로버트는 멀쩡했다. 이안이 그를 안고 도약하여 안전한 곳으로 바로 착지했기 때문이다. 사실 로버트나 이안 역시 예상하고 있던 테러였다. 함께 저녁을 먹자고 남들 앞에서 물어보기 전부터 내가 귀띔했던 것이다.

"오늘 저녁, 저를 겨냥한 테러가 있을 것 같아요. 혹시 이안을 믿으신다면 함께 미끼가 되어 주실 수 있을까요? 아주 잠시만 공포를 참으시면 되는데……."

로버트는 당연히 흔쾌하게 동의했다.

"아나벨 양의 부탁이라면 뭐든 다 들어줄 수 있지. 여기까지 오는 데 아나벨 양의 공이 말도 못 했는데."

하지만 다소 불안한 눈빛으로 이안을 힐끔거리는 것은 감추지 못했다.

"그런데 아나벨 양이 아니라 이안이 나를 구할 거라고? 흠…… 그동안 친구로 지내 왔던 이안의 인성을 믿어도 되겠지?"

그 말에 이안은 무뚝뚝하게 대답했었다.

"아무리 패배한 연적이었다고 해도 차마 아나벨이 구하게 하지는 못하겠더군요. 하지만 그 외에는 제 인성을 믿으십시오."
"굳이 패배한 연적이라고 짚어 두는 인성 역시 참고할게."

어쨌든 로버트가 아주 잠시 의심한 것과는 달리 이안은 무너지는 벽 속에서 로버트를 상처 하나 없이 구해 냈다. 어지간한 테러도 순간적으로 피할 수 있는 반사 신경이 있는데, 심지어 예상하고 있었던 테러라면 말할 필요도 없었다. 그리고 그건 나도 마찬가지였다. 나는 무너지는 벽의 파편들 속에서 재빠르게 구르면서 한숨을 쉬며 생각했다.

'참, 사람 생각하는 거 거기서 거기네. 리어드나 리하르트나.'

항상 같은 자리에 앉는 사람을 대상으로 하고 싶은 테러는 누구나 똑같은 모양이었다. 기사들에 둘러싸인 로버트가 여전히 구른 채로 널브러져 있는 나를 보며 걱정스럽게 말했다.

"하지만 아나벨이 좀 다친 것 같군."
"발목이 좀 이상하네요. 이따 기사단 소속 군의관님을 뵈어야겠어요."

나는 발목을 짚으며 비척비척 일어났다.

"그래도 적당히 이동할 만은 해요. 괜히 저 때문에 이동 속도 조절하지 마세요. 이 정도는 며칠 무리하지 않으면 괜찮아져요."

물론 거짓말이었다. 나 역시 하나도 다치지 않았다. 하지만 리하르트에게 보란 듯 장단을 맞춰 주기 위해 부상당한 척을 한 것이었다.

'그래, 너 하고 싶은 대로 막 날뛰어 봐라. 그리고 넌…….'

나는 속으로 클클 웃으며 생각했다.

'이제 황족 시해죄까지 확정이다.'

그러니까 원작에서 나의 감옥 엔딩이 그대로 리하르트에게 닥치는 셈이었다. 하지만 알면서도 당하는 기분이 썩 좋지는 않았다. 사람에 대한 악의가 생생하게 느껴지는, 검사에게는 치명적인 함정들이었으니까.

'나도 이렇게 역지사지를 해 보나…….'

내가 다 이안에게 하려던 짓이라는 걸 생각했을 때 은근히 인과응보 결말이었다. 남을 해하려던 그 방법 그대로 내가 당하고 있었으니까 말이다.

"아나벨, 진짜 괜찮은 것 맞지?"

나는 그 사건 이후 계속 발을 절뚝이는 척을 했고, 이안은 안절부절못하며 연신 내 옆을 떠나지 못했다.

"진짜 괜찮아. 그렇게 걱정되면 오늘 밤 둘이 있을 때 확인해 보든가."

이안의 귀가 화르륵 붉어지고, 나는 속으로 절레절레 고개를 저었다. 나는 그냥 아무 뜻 없이 보는 눈이 없을 때 발목을 확인하라는 거였는데, '둘이 있는 밤'에 꽂힌 것 같았다.

그날 밤, 그래서 나는 정말로 내 방을 찾은 이안에게 다시 한번 물었다.

"이안, 있잖아."

"왜?"

"진짜 괜찮아? 이거 다 내가 너한테 하려던 짓이라니까?"

내 진지한 질문에 이안은 한 치의 망설임도 없이 대답했다.

"잘못은 누구나 할 수 있잖아. 그 잘못을 솔직하게 말할 수 있는 용기가 나는 더 멋있다고 생각해. 사실 그때 한 번 더 반했어."

"넌 그런 잘못 안 하잖아."

"그건 그렇지. 덮을 수도 있는 잘못을 굳이 털어놓는 일도 못 하고 말이야."

이안은 다치지 않은 내 발목을 연신 쓸었다. 그러고는 피식 웃으며 말했다.

"알잖아. 나는 거짓말에 재능이 없어."

"그건 그래."

"별로 하고 싶지도 않고."

"그렇겠지."

"내가 하는 말은 다 진실이야. 그런 의미에서……."

그가 짙게 웃으며 눈을 휘었다.

"사랑해, 아나벨."

몇 번이고 듣는 말이었지만 들을 때마다 좋은 말이었다. 나는 결국 더 이상 불안한 질문 같은 것은 앞으로도 하지 않기로 했다. 내가 조용히 웃자, 그가 내 발목을 쓸던 손을 천천히 올려 내 볼을 쓰다듬었다.

"너를 만나지 못했더라면 내 감정은 아주 좁은 범위에만 머물러 있었을 거야."

그의 붉은 눈에 내가 가득 담겨 있었다.

"너로 인해서 극한의 짜증에서부터 환희까지 모두 알게 되었지. 네가 아니었으면 평생 동안 몰랐을 감정들이 속속들이 튀어나올 때마다 나는 항상 어쩔 줄 몰랐어."

별달리 미사여구도 없고 크게 달콤한 말도 아니었지만 그의 진심이 느껴지는 터라, 나는 먼저 그에게 가볍게 입을 맞추었다. 물론 가벼운 입맞춤은 언제나 그렇듯이 내가 지칠 때까지 이어졌다.

다가오는 친선 경기의 승패는 우리 둘 다 확신하지 못하고 있었지만, 일단 하나는 확실했다. 내가 침대에서 체력으로 그를 이길 날은 없을 것 같았다.

로버트의 일행이 수도에 곧 도착할 무렵이었다. 수도에 이상한 소문이 퍼지기 시작했다.

"소문 들었어? 아나벨 레인필드는 사실 친선 경기를 하고 싶어 하지 않는대."

"아, 나도 비슷한 얘기 들었어. 스마호 숲도 일부러 검술 대회 맞춰서 간 거라는데?"

"세 번 다 지는 건 싫었나 봐. 그래서 이안 님을 유혹했다는 말도 있더라."

그 소문은 사실 차별주의자들로 유명한 귀족가에서 더 열렬히 돌고 있었다.

"저는 그럴 줄 알았어요. 웨이드로스 소공작이 그 계략에 넘어간 거죠, 뭐."

"웨이드로스 남자들은 다 평민한테 홀리는 게 유전인가 봐요. 하기야 웨이드로스 공작님도 평민을 짝으로 맞지 않았나요?"

"그래서 그런 거죠, 뭐. 아무리 대단해도 제대로 된 조언을 못 받고 컸을 것 아니에요."

"그러니까 참…… 평민들의 피는 어쩔 수 없다니까요. 소공작도 반절은 평민의 피를 받았으니."

안 그래도 황후의 구금과 황태자의 체포 때문에 차별주의 귀족들은 모두 다 의기소침해 있는 상태였다. 게다가 마이에나가 보석금을 내고 풀려난 이후 더더욱 힘이 빠져 있었다. 그 와중에 아나벨에 대한 안 좋은 소문이라니 이보다 더 결집에 좋은 먹잇감은 없었다.

"아 참, 저는 그 소식도 들었어요."

"뭔데요?"

"사실 아나벨 레인필드가 친선 경기를 앞두고 도망갈 계획이라는 거요."

"아니…… 정말요? 대체 왜요?"

"그게 평민이죠, 뭐. 자기 말에 책임 못 지고 질 것 같으니까 일단 도망가고 보는 거."

누군가가 은근슬쩍 흘린 말이지만, 워낙에 8년간 평판이 좋지 않던 아나벨이기에 순식간에 퍼졌다. 아무리 흑마법을 퇴치한 공로로 황제에게 술을 하사받았다고 해도 그동안 이안에게 진상을 부렸던 기간이 너무 길었다. '평민이 변하긴 뭘 변해' 같은 차별주의자들의 말이 붙기에 딱 좋은 위치였다.

"그 말에 책임질 수 있으세요?"

그 소문에 당당히 맞서는 사람도 있었다. 바로 세시안느였다.

"아나벨 님이 도망간다는 말에 책임질 수 있냐고요. 남을 욕할 땐 자기 자신도 돌아보고 해야죠."

그녀는 신전에 기부를 하러 온 귀족 무리들이 비슷한 이야기로 떠들고 있으면 거침없이 다가가서 입바른 말을 했다.

"신의 가르침이 멀리 있지 않아요. 상대의 선의를 믿고 마음을 곱게 쓰는 데 있다고요."

하지만 세시안느가 아무리 신의 가르침을 운운하며 여론에 맞서려고 해도 한계가 있었다. 옳은 말은 듣기 싫고 남의 치부는 듣고 싶은 것이 사람의 본성이기 때문이었다.

물론 어떤 소문이 돌든 신경 쓰지 않는 사람들도 있었다.

"어떤 소문이 돌아도 좋으니 무사히만 돌아왔으면 좋겠는데. 얼굴 볼 때까지는 마음이 안 놓일 것 같구나."

오스칼은 아나벨이 무사하다는 소문을 들었어도 매일같이 걱정하며 동서남북으로 기도하고 있었다. 기도할 때 정성 들인 음식을 바친다며 주방에 있는 시간도 길었는데, 그는 눈물이 그렁한 채 칼을 자유자재로 휘두르며 중얼거렸다.

"그깟 경기 하기 싫다고 도망가면 어때. 사지 멀쩡하게 살아 돌아오면 된다."

칼을 잡고 아나벨의 무사 귀환만 기다리는 사람이 오스칼 외에도 있었다. 바로 메릴린이었다.

"내 딸, 돌아오기만 해 봐라. 세 시간에 한 번씩 옷을 갈아입게 해 줘야지."

그녀는 방에 틀어박혀서 온갖 옷감을 직접 손질하며 중얼거렸다.

"22년간 딸 옷도 못 지어 주고, 남의 옷만 한 세월 만들었는데 의상실 문 닫은

김에 아나벨 옷이나 실컷 만들어야겠다. 무슨 소문이 돌든, 누가 뭐라고 욕하든 무사히만 돌아와 주면······."

어쨌든 그 와중에 아나벨을 조롱하는 소문이 점점 더 부풀고 있었고, 그 여론을 조성하는 데에 전력을 다한 사람이 바로 아베데스 후작가에 칩거해 있는 리하르트였다. 엘번이 구금된 이후, 리하르트는 여전히 정신을 잃은 척하면서 일을 벌이고 있는 중이었다.

'이제 아나벨 레인필드를 납치하는 데 성공하기만 하면······.'

리하르트는 후작저에 틀어박혀 수족들의 보고를 들으며 씩 웃었다.

'차별주의자 귀족들이 다시 여론을 잡을 수 있을 거다.'

모든 것이 잘되고 있었다. 아나벨에게 준 책갈피는 폭발했고 검기를 흐트러트릴 약물도 무사히 먹였다고 했다. 그 와중에 막 도착한 보고는 그의 마음을 더 흐뭇하게 했다. 바로 여관의 벽을 무너트린 테러 이후, 아나벨이 확연히 발을 절뚝거리는 것 같다는 것이었다.

"자, 이제······."

리하르트는 아베데스 후작에게 의기양양하게 말했다.

"수도에 오는 길목에서 아나벨 레인필드를 납치하면 되겠군요. 그때 말한 만큼의 자객들은 모두 동원하셨으지요."

"그래. 엘번이 말한 숫자의 몇 배나 되는 자객들을 고용했다."

아베데스 후작은 시원스러운 대답과는 반대로 걱정스럽게 한숨을 쉬었다.

"하지만 리하르트, 이번 일로 후작가 예산을 정말 많이 썼어. 어음을 막지 못하면 광산이 모두 다 헐값에 넘어가 버릴 텐데······."

"아나벨 레인필드 몸값으로 웨이드로스 공작가에 요구하면 되는 돈입니다."

리하르트는 눈썹을 치켜올리며 별것 아니라는 듯이 대답했다.

"지금은 모든 것을 걸어야 할 때입니다. 다행히 지금 아나벨 레인필드는 몸상태가 굉장히 안 좋을 테니 납치는 어렵지 않을 겁니다."

그가 지도상에서 한 오솔길을 가리키며 말했다.

"여기서 매복하다가 납치하라고 하세요. 자세한 계획은 다음과 같습니다."

가문의 미래가 달려 있는 길이었다. 게다가 엘번은 이미 황궁의 감옥에 구금되어 있었다. 아베데스 후작은 리하르트의 말에 따를 수밖에 없었다.

"무조건 성공하라고 하세요. 무슨 일이 있어도, 어떻게든."

"하, 하지만 혹시라도 뭔가 우리의 예상을 벗어날 가능성을 염두에 두고 지시를……."

"지금 저희에게 리스크 관리는 사치입니다. 게다가 돈으로 고용한 자들을 어떻게 믿습니까. 최선을 다하지 않고 변수가 있었다며 물러설 수도 있습니다."

리하르트는 눈을 번득이며 단언했다.

"그 어떤 상황에서라도 납치에 최선을 다하라고 하세요."

마지막 여관까지 지나치고 나니 정말로 수도가 코앞에 다가왔다. 나는 여전히 발목을 다친 척하면서 조심스럽게 말을 모는 중이었다. 심지어 기사단에 소속되어 함께 따라온 군의관에게 말해서 붕대까지 감아 놓은 상태였다. 그러므로 누가 봐도 나는 다리를 다친 사람이었다.

"조금만 참으시면 돼요. 곧 수도니까요."

내가 얼마나 연기를 잘했는지, 이런 사정을 잘 모르는 기사 하나가 안쓰럽다는 듯이 말을 걸 정도였다. 게다가 나는 부상당한 연기 경험자였다. 예전에 이안에게 진상 부릴 때, 대련 중에 크게 다친 척하면서 그가 돌아서게 만들었다가 뒤에서 습격하는 전략도 꽤 써먹었기 때문이다.

'다시 생각해도 이안에게 미안하네.'

그런 걸 생각하면 진짜 이안과 이런 사이가 된 건 염치가 없는 일이었다. 하지만 뭐, 이안은 나와 연인이 되기 위해서라면 정신 나간 놈이 되어도 괜찮다는데, 나도 그냥 염치없는 애로 살기로 했다.

"그러네요. 곧 수도네요."

나는 내게 말을 걸어 준 기사에게 예의 바르게 대답했다. 그동안 황실 기사단 사람들과 내내 동행했으나 그들은 딱히 나를 가까이하지 않았다. 나는 황실 기사단 소속이 아니었으니 어찌 보면 당연했다. 뭐 그렇다고 해도 외롭거나 하지는 않았다.

'열네 살부터 이안 웨이드로스 말고는 타인에게 별 관심이 없었으니까.'

혼자는 원래부터 익숙한 일이었다.

'훈련 아니더라도 뭐…… 친해질 기회도 없었고.'

스마호 숲으로 가는 길에는 긴장했기 때문에 남들이 눈에 안 들어왔고, 지금 수도로 돌아가는 길에는 별일 없으면 언제나 이안이 내 옆에 붙어 있었다.

"저기…… 아나벨 님."

적당히 걱정하는 말을 던져 주고 떠날 줄 알았던 그 기사는 우물쭈물하다가 큰 용기를 낸다는 듯이 조금 더 다가왔다.

그녀의 결연한 표정을 보고 나는 설레서 생각했다.

'호, 혹시 나랑 친해지고 싶나?'

"이안 님은 어디 계세요?"

'그럼 그렇지……. 이안 팬이구나. 검사들이 다 그렇지, 뭐.'

나는 설레발을 곱게 접고 대답했다.

"아, 지난 식사의 양을 고려해 봤을 때 제가 배고플 때가 되었다며, 간식을 가져온다고…… 그런데 다른 건 몰라도 제 간식의 질은 자기가 꼭 확인해야 한다면서……."

생각해 보니 너무 구구절절 쓸데없는 정보까지 자랑하는 것처럼 말한 듯해서 나는 말꼬리를 뒤늦게 흐렸다.

"크흠, 큼. 곧 올 거긴 한데……."

"제, 제 이름은 유이나 케를린입니다!"

"예?"

"그, 그게……."

갑자기 이름을 말하다니, 나는 잠시 당황해서 뭐라고 대답해야 할지 몰라 얼빠진 표정으로 반문했다. 유이나는 내가 당황한 것을 눈치챘는지 눈을 잠시 굴리다가 황급히 말을 덧붙였다.

"혹시 라, 라기안 소식은 들으셨어요?"

라기안이 이안의 잘못된 추종자라는 진실이 밝혀지고 나서 나는 이미 그에게 신경을 끈 상태였다. 하지만 소식이 있다는 소리를 들으니 궁금해졌다.

"라기안한테요? 무슨 일 있나요?"

"그게, 약물 부작용이 나타났다고 해요."

내가 관심을 보이자 유이나가 신나서 설명을 시작했다.

"지금 라기안이 소리를 지르고 난리를 쳐서 군의관이 진찰하러 갔거든요. 그런데 그…… 불법 약물의 부작용이 나타난 듯해요. 균형 감각이 굉장히 떨어지게 되어서 이제 검술을 제대로 할 수 없을 거라던데요."

"네? 부작용이 그렇게 심하다고요?"

나는 놀라서 물었다. 원작에서는 부작용이 그렇게 심하다고는 하지 않았던 것이다. 불법 약물은 마탑에서 정식으로 검증하지 않았기 때문에 어떤 식으로든 부작용이 있기 마련이어서 원래 큰 요행을 바라는 자들이 아니라면 먹지 않았다. 하지만 내 기억으로는 이 불법 약물에 대한 부작용은 단순히 기초 체력이 저하되는 것이었다.

"그게, 에딜런 공국에서 통용되는 불법 약물에 이미 오랫동안 중독되어 있는 몸이래요. 근육을 크게 하는 약이라나?"

그의 엄청난 근육 역시 약물의 힘이었다니 충격적이었다. 다른 건 몰라도 근육에만은 진심인 줄 알았는데…….

"그래서 부작용이 더 크게 나타났다고 하더라고요, 군의관이."

"아아, 그랬군요."

외국인인 데다가 칼론의 고용인이라고 해서 어찌어찌 선처를 받는다고 해도, 라기안의 검사 생명은 그대로 날아간 셈이었다. 이안을 그렇게 동경한 걸 보면 검을 진정으로 사랑한 사람 같던데, 좀 안타깝……지는 않고 그냥 약으로 흥한 자 약으로 망한다는 생각이 들었다.

"저기, 아나벨 님."

내가 생각에 빠져 있는데 유이나가 볼을 붉히며 말했다.

"말 섞어 주셔서 감사해요. 사, 사실 치, 친해지고 싶었는데……."

"네? 저랑요?"

"네. 아무래도 검도 너무 잘 쓰시고, 훈련도 엄청나게 꾸준히 하는 모습이 인상적이어서……."

나는 어안이 벙벙해서 눈을 깜빡이고 말았다. 아까 나와 친하게 지내고 싶어서 말을 거나 싶었던 내 기대가 맞아떨어진 것이다. 사실 나는 그동안 또래 친구가 없었다. 검을 쓰는 사람이라면 더더욱 나와 말을 잘 섞지 않았다. 다들 나를 기사도 없는 만년 2등, 이안에게만 집착하는 비겁한 또라이라고 여겼기 때문이다.

"가까이서 지켜보다 보니 왜 이안 님이 반하셨는지 알 것 같더라고요. 어쨌든 정말 열심히 노력하는 사람은 멋있잖아요."

요즈음은 부상당한 척을 하느라 훈련을 안 하고 있었지만, 수도에서 출발하던 때부터 며칠 전까지 평소 하던 내로 매일 훈련을 하던 것은 사실이었다.

"그렇게까지 열심히 하시는 줄은 몰랐어요……. 저희 다 뒤에서 막, 스스로를 반성하고 그랬어요."

나의 일상적인 훈련은 레슬리 님이 혀를 내두를 만큼 양이 많긴 했다. 그래도 레슬리 님에게 인정받는 것과 또래의 검사에게 좋은 말을 듣는 건 좀 느낌이 달랐다.

"그, 그랬나요?"

이런 칭찬에 익숙하지 않은 나는 귀까지 벌게지고 말았다.

내가 눈에 띄게 수줍어하자 그녀가 빙긋 웃으면서 덧붙였다.

"그동안 이런저런 이유로 다가가기 어려워했지만, 저 말고도 다들 아나벨 님과 얘기하고 싶어 해요. 검술 이야기도 나누고 싶어 하고요."

"아니이, 그럼 말을 하시지……."

안 그래도 친구라고는 없었는데 굉장히 설레는 접근이었다. 게다가 그동안 내게 다가오기 힘들어 했다니, 심지어 아론처럼 이상한 취향도 아니라 다들 정상인이었다.

"저 엄청 쉬운 사람인데 왜 이제야 말을 거셨어요?"

"스마호 숲 이후로 이안 님이 항상 붙어 계셔서 차마 말을 못 걸었어요. 이안 님은 좀…… 아무래도 저희한테는 눈 마주치기도 어려운 존재라서."

'그렇다면 아까 이안은 어디 있냐고 물어본 이유가!'

이안의 팬이어서가 아니라 나와 친해지고 싶어서라니 가슴이 두근거렸다.

'지금 나한테 친구하자는 말 맞지? 내 인생 이제 진짜 좀 평범해지려나 봐.'

유이나가 쑥스러운 듯 길가에 나타난 이정표를 가리키며 말했다.

"그런데 수도에 다 와서야 이렇게 말을 걸게 되네요."

나는 이정표를 바라보며 마른침을 삼켰다. 이 길의 끝에 수도가 있었고, 내 그리운 가족들을 드디어 볼 수 있었다. 이제 정말 커다란 일은 다 해냈다. 가족들과 다시 레인필드 저택으로 돌아가서 평범한 일상을 보낼 수 있었다.

더 이상 머리 쓸 일도 없고, 거대한 적도 없고, 꼭 이뤄야 하는 일도 없고. 그리고 어쩌면 이제 친구라는 것도 생길지도 몰랐다. 내게 다가오는 또래가 있다니 환상적일 지경이었다. 그동안 '남의 일'이라고만 생각했던 소소한 행복들이 눈앞에 있었다.

'그리고…… 수도에 들어서기 전에 리하르트는 일을 치겠지.'

수도는 항상 사람들로 북적였다. 다시 말하면 나를 납치하기 위해서는 이제 시간이 얼마 안 남았다는 뜻이었다.

'이쯤이 좀 외진 것 같은데…….'

과연 얼마 지나지 않아 한 소녀가 허겁지겁 달려왔다. 소녀는 완전히 무해한 인상이었으며 허름한 몰골에 버섯이 든 바구니를 옆구리에 끼고 있었다.

"도와주세요! 저기 마물이 나타나서 저희 언니를 잡아먹으려고 해요!"

"마물?"

가장 먼저 반응한 사람은 가까이 있던 남자 기사였다.

"수도 근처에 마물이 나타났단 말인가? 당장 안내를…….'

"그, 그게……."

남자 기사가 나서자 눈물이 그렁그렁한 소녀가 난감하다는 듯이 말했다.

"언니가…… 냇가에서 목욕을 하다가 잡혀가는 바람에 지금 알몸인데……
여자분만 오시면 안 될까요?"

그 말에 유이나가 곁에서 기웃대던 친구들 몇 명을 챙기면서 나섰다.

"저희가 다녀오겠습니다. 일단 황자님께 보고를 하고……."

"그, 그런데 마물이 엄청 커요!"

소녀는 두 팔을 쭉 뻗어 보이며 말했다.

그러더니 내 얼굴을 보며 눈을 크게 떴다.

"아나벨 레인필드 님 아니세요? 검술 대회 때 뵈었는데!"

그녀는 내게 송종종 달려와서 눈을 깜빡였다.

"안 그래도 언니가 아나벨 님 팬이에요. 같이 가서 저희 언니를 구해 주시면 언니가 너무 좋아할 거에요! 네?"

정말 투명한 함정이었다.

'진짜 리하르트는 나랑 친하지는 않았어도 나를 잘 알긴 아는구나. 한결같이 내가 약할 수밖에 없는 것들만 들이대고 있어.'

나를 우상으로 삼는 검사 꿈나무 소녀라든지, 아니면 검술 대회를 보고 나서도 이안이 아닌 내 팬이라고 공언하는 사람이라든지. 모두 다 자존감 낮은 검사의 취향을 저격하는 함정이었다.

'나보다 치밀하고 못된 악당인 거, 인정한다.'

아직 이안은 오지 않은 상태였다. 물론 그가 필요하지는 않았다.

나는 유이나를 보면서 한 번 더 확인했다.

"여기서 수도는 전력으로 달리면 이제 한 시간도 안 걸리지 않나요?"

"그렇지요. 이 길을 따라 서쪽으로만 죽 가면 되니까요."

나는 씩 웃으며 검을 한 번 툭 쳤다. 이게 리하르트가 준비한 마지막 함정인 것 같은데, 드디어 다 뒤집어 줄 시간인 듯했다. 버섯 바구니를 꼭 잡고 있는 소녀의 얼굴을 흘끗 본 뒤, 나는 유이나를 보며 말했다.

"저는 마물 잡고 바로 수도 쪽으로 갈게요. 굳이 다른 사람들에게 말하지는 마시고 수도로 직진하세요. 수도에서 만나요."

"하, 하지만 다리 부상이……."

"상관없어요. 마물 한 마리 정도는 잡을 수 있어요. 그리고 로버트 황자님과 이안에게는 곧 합류할 테니 부디 걱정 말라고, 그냥 수도에서 만나자고 전해 주세요."

유이나는 난감한 표정이었다. 나는 황실 기사단 소속이 아니기 때문에 뭐라고 명령할 수조차 없는 사이였다.

"저는 제 팬을 처음 만나 봐요. 보답의 의미로 칭찬을 충분히 오래, 잔뜩 하라고 할 거니까 아무도 오지 마세요. 서로 민망하잖아요."

애초에 기사단을 많이 동원해서 꽤 긴 행렬이었으므로 로버트도 이안도 상당히 멀리 있는 상태였다.

유이나는 눈을 굴리다가 어쩔 수 없다는 듯이 고개를 끄덕였다.

"네…… 알겠어요."

"고마워요, 유이나 님."

"제, 제 이름을 불러 주시다니!"

"수도에서는 티타임도 가져요. 제가 레인필드 저택으로 초대할게요."

유이나는 열렬하게 고개를 끄덕였고, 나는 아무렇지도 않게 말고삐를 당겼다. 그리고 인내심 있게 우리를 기다리고 있던 소녀를 내려다보며 말했다.

"자, 안내하렴. 내가 널 태울 정도로는 승마 실력이 좋지 않아서……. 네가 뛰어가면 뒤따라갈게."

"네! 감사합니다!"

이윽고 나는 무리에서 떨어져 소녀를 따라가기 시작했다. 곧 돌아올 이안이 나의 이탈을 알고 놀랄 것 같기는 했지만, 그 역시 내 실력을 알고 있기 때문에 불안해할 것 같지는 않았다. 이런 일이 있을지도 모른다고 살짝 언급하기도 했고 말이다.

'그래서 이안이 내내 내 곁을 떠나지 않았던 건데…… 레슬리 님 닮아서 내가 출출해하는 꼴은 절대 못 보는 바람에…… 또 나한테 맛없는 건 절대 못 먹이겠다면서 직접 움직이는 바람에…….'

물론 나는 소녀가 안내하는 길에 무엇이 기다릴지 잘 알고 있었다.

'차라리 이안이 없었던 게 잘됐어. 이안이 따라오면 오히려 일을 망칠 수도 있으니까.'

리하르트를 엿 먹이기 위해서는 이 일의 마무리를 내가 직접 해야 했다. 나중에 여론을 크게 뒤집기 위해서는 평민인 나를 공격했다는 프레임을 씌워야 했다. 여기에 이안까지 끼어들면 그냥 로버트의 무리를 습격한 셈이 되었다.

'어차피 수도에서 차별주의자들 중심으로 판을 짜서 여론 형성을 하고 있을 텐데, 제 꾀에 제가 당해 보라지.'

나는 속으로 씩 웃으며 조용히 소녀의 뒷모습을 쫓아갔다.

소녀를 따라 큰길에서 꽤 멀어져 깊은 숲속으로 들어왔을 무렵이었다.

'역시.'

커브가 급한 오솔길을 돌고 나니 어느새 소녀의 뒷모습이 보이지 않았다. 동시에 여기저기서 자객들의 기척이 느껴지기 시작했다.

'이제 시작인가 보네.'

나는 여유롭게 씩 웃었다. 이안과의 경기 전에 제대로 몸을 풀 기회였다.

"어라? 누가 나를 노리는 것 같네……."

오만 군데에 느껴지는 기척을 보아하니 실력자들을 많이도 고용한 것 같았다. 나는 말고삐를 당겨 잡으며 일부러 크게 중얼거렸다.

"……몸 상태가 아직 안 좋은데……."

말이 끝남과 동시에 자객들이 날아올라 달려들었다. 나는 말 옆구리를 차고 도망치는 것처럼 서쪽으로 죽 달리기 시작했다. 잡힐 듯 잡힐 듯 아슬아슬하게 틈을 주는 것도 잊지 않았다. 곧이어 수많은 자객들이 내 뒤를 쫓아 따라왔다.

"메릴린, 마음이 싱숭생숭하지?"

레슬리는 별채에 가득 찬 드레스와 훈련복들을 보며 안쓰러운 듯이 메릴린을 향해 웃었다. 그녀는 지금 메릴린과 티타임을 가지겠다고 별채로 찾아온 참이었다.

"너무 걱정하지 마. 흑마법에 미친 황태자는 붙잡혔고, 아나벨한테 미친 이안도 옆에 있잖아."

"글쎄요. 그게 잘 안 되네요. 어젯밤도 한숨도 못 잤답니다."

메릴린은 불안한 마음을 어쩌지 못하고 손으로 재단용 칼을 연신 돌리며 중얼거렸다.

"아마 한 번 잃어버린 적이 있어서 그런가 봐요. 막 세상에 태어난 아이를 지켜 주지 못했다는 죄책감 때문에, 정말 다시는 떨어지고 싶지 않아서…….."

레슬리는 안쓰럽다는 듯이 고개를 끄덕였다. 그것은 아이를 잃어버린 적 없는 그녀가 평생 이해할 수 없는 불안함일 것이다.

"그때 온 서신에 따르면 오늘쯤 도착하겠지요?"

"아마 늦어도 오후에는 도착할 것 같은데. 좀 서두르면 한 시간 정도 뒤쯤?"

레슬리가 굳이 별채에 찾아온 이유는 오늘이 바로 로버트 일행의 도착 예정일이었기 때문이다.

"마중 나가고 싶은 마음은 이해하지만 조금만 참아. 아직 칼론 황태자의 측근들이 모두 잡히지 않았으니 여기서 나가지 않는 편이 좋을 거야. 아무래도 여론도 이상하고 말이야."

차분하게 말하는 레슬리도 초조함을 감추고 있는 것은 마찬가지였다. 그녀는 다른 때와 달리 화려한 티 푸드에 손도 대지 않았는데 그것은 아주 드문 일이었다.

"조금만 참아. 아나벨도 이런 가족들의 마음을 알고 서두르고 있을……."

레슬리는 더 이상 말을 이을 수 없었다. 아론이 종자 하나를 끌고 헐레벌떡 들이닥친 것이다.

"어머니! 지금 누님이…… 앗, 마님도 계셨네요!"

아론의 얼굴이 심상치 않아서 메릴린은 벌떡 일어났다.

"뭔데? 무슨 일이야? 아나벨이 뭐?"

"수, 수도에 도착하셨다고 합니다!"

레슬리 역시 황급히 일어나서 아론을 바라보았다.

"로버트 황자님 일행이 도착했다고? 이렇게 빨리? 다들 무사해?"

"그, 그게……."

아론이 눈을 굴리며 말했다.

"로버트 황자님 일행 중에서는 혼자 오셨고…… 지금 50명도 넘는 자객을 달고 오셨는데, 거침없이 후려치고 계시는 중이라고……. 그래서 저는 지금 기사단 사람들을 동원해서 도우러 갑니다. 의미가 있을지는 모르겠지만요."

메릴린은 '후려치고 계시는 중'이라는 말보다는 '자객'이라는 단어에 꽂혀서 입술을 바들바들 떨기 시작했다. 그리고 마음의 안정을 위해 돌리고 있던 재단용 칼을 꽉 쥐었다.

"나도 가야겠다. 내 딸이 위험할지도 모르는데 여기서 어떻게 가만있니!"

"하지만 어머니, 어머니는 자객을 상대할 전투 능력이 없으십니다. 괜히 가셨다가 누님께 민폐가……."

아론의 난감하다는 말에 메릴린의 손을 잡아끈 사람은 레슬리였다.

"가자, 메릴린."

그녀가 아론이 끌고 온 종자의 검을 자연스럽게 빼앗으며 말했다.

"내가 아무리 다리 부상 때문에 예전 같지 않더라도, 두어 명 정도는 알아서 지킬 수 있어. 걱정하고 있는 딸이 수도에 돌아왔는데 얼른 만나러 가야지. 오스칼도 불러."

레슬리는 유려하게 검을 한번 휘둘러 보더니 결연한 표정으로 외쳤다.

"안내해, 아론!"

나는 외진 숲길에서 나를 공격하려던 자객들을 수도까지 모두 끌고 왔다. 물론 중간에 상당한 연기가 필요했다. 그들이 나를 포기하지 않도록 아슬아슬하게 잡힐 듯 말 듯 속도 조절도 필요했고, 나를 말에서 떨어트리기만 하면 제압이 쉬울 것처럼 발목도 몇 번 만지며 얼굴도 찡그려 주었다.

'분명히 이판사판이라고 생각했을 거야. 수도에 도착하기 전까지 납치를 못할 경우 그만두라는 지시까지 내리지는 않았겠지.'

내가 아는 리하르트라면 자객들도 믿지 못해서 그만둬야 할 조건을 말해 주기보다는 '제대로 검을 쓸 수 없는 상태니 어떻게든 납치해라'라는 배수의 진을 쳤을 것이 분명했다. 그들이 내 실력을 알고 있었다면 절대로 이런 무모한 계획은 세우지 않았을 것이다. 그동안 리하르트의 계략에 넘어간 척을 하면서 실력을 숨겨 온 보람이 있었다.

수도가 가까워지며 사람들이 보이기 시작한 순간, 나는 말에서 훌쩍 뛰어내려 검을 뽑아 들었다. 이제 먼 미래를 바라보며 그려야 할 큰 그림도, 더 이상 치밀하게 생각해야 할 계략도 없었다. 드디어 사람들 앞에서 내 실력을 당당히 뽐낼 때가 온 것이다. 새삼 나를 쫓아온 자객들이 참 많다는 생각이 들었다.

'많이도 고용했네. 이제 아베데스 후작가 재산이 많다는 말도 못 하겠어.'

나 하나 잡는 데 이렇게 많은 사람을 쓰다니, 결과적으로 나는 내 상속권만큼의 돈을 아베데스 후작가에서 빼낸 셈이었다.

나는 하나하나 차근차근 덤벼드는 자객들을 처리하기 시작했고, 그 모습이 꽤 장관이었는지 사람들이 몰려오기 시작했다. 하기야 한 명이 이렇게 많은 사람들을 여유 있게 쓰러트리는 모습은 쉽게 볼 수 있는 광경이 아니었다.

"아, 아나벨 레인필드 아냐?"

"아니, 뭐야, 저 사람들은!"

"도와줘야 하는 것 아냐? 지금 몇 명이 달려드는 거야?"

"잠깐, 도와줄 필요가…… 없는 것 같은데?"

나는 서른여덟 번째와 서른아홉 번째의 자객을 한 번에 발로 차서 처리하며 경쾌하게 외쳤다.

"안 도와주셔도 돼요! 저 혼자 충분하니까요!"

이제 와서 공격을 멈출 수도 없던 자객들은 하나하나 내 손에 쓰러져서 길거리에 널브러지기 시작했다. 이 정도면 다 처치하는 데 얼마 시간도 안 걸릴 것 같았다.

'예상은 했지만 나 정말 많이 강해졌네.'

예전이라면 이 정도의 쪽수는 감당하기 어려웠을 것이다.

'하지만 내가 이렇게 강해졌을 줄은 몰랐겠지. 훌륭한 악역이지만 내 행보가 너무 사기였어.'

나는 속으로 리하르트를 인정해 주었다. 물론 승자의 여유였다. 내 말에 구경하던 사람들은 끼어들 생각도 하지 못하고 술렁이는 중이었다.

"저기, 저렇게 많은 상대를 혼자 쓰러트리는 게 가능해?"

"아니…… 저 정도면 이안 님도 쉽지 않을걸? 심지어 전력을 다하고 있는 것 같지도 않아."

"웨이드로스 공작 부인이 직접 검술을 가르치기 시작하면서 실력이 좀 늘었다던데, 좀 는 게 아닌데?"

계획대로였다. 나는 도망가는 자객들을 붙잡아서 내동댕이치며 씩 웃었다.

'이로써 많은 사람들 앞에서 나 혼자 공격받는 모습 보이는 것 성공.'

이제 리하르트가 어떻게든 아니라고 부정을 해도 증인이 너무 많아 빠져나가지 못할 것이다. 게다가 나 혼자 공격받는 모습을 보임으로써 차별주의자에 맞서는 세력들의 결집 효과까지 있었다.

'내가 계획한 거긴 하지만, 너무 많은 사람들이 보고 있네. 이렇게까지 관심받으니까…….'

골목길 하나 가득 내가 처리한 자객들로 쌓였다.

사람들이 웅성거리는 가운데 나는 눈을 깜빡이며 생각했다.

'엄청 좋다. 숨겨진 실력을 내보이면서 찬양받는 거 최고야. 짜릿해. 즐겁다.'

솔직히 지금까지 계속 실력을 숨겨 왔다. 마지막 함정을 위해 라기안마저도 제대로 상대하지 않았으니 말이다.

'더 많은 사람들이 내 실력을 봐 줬으면 좋겠다. 친선 경기 때 농담으로라도 이안이 날 봐줬다는 말 안 듣게.'

내가 마지막 한 놈까지 배를 차서 넘어트린 뒤 검집으로 후려쳐 내동댕이쳤을 때였다. 저 멀리 달려오고 있는 기사단들이 보였다.

'……웨이드로스 기사단?'

멀리서도 알아볼 수 있는 기사단복을 입은 사람들 사이로, 뒹굴고 있는 자객들을 넘어서며 뛰어오는 익숙한 사람이 보였다.

"누님!"

"아나벨!"

그리고 나는 뭐라고 대답할 틈도 없이 가족들의 품에 파묻히고 말았다.

아나벨이 수도에서 수많은 자객들을 너무나 쉽게 제압하는 모습은 많은 사람들의 인상에 강렬하게 남았다. 물론 아나벨은 그 반응을 제대로 볼 수 없었는데, 바로 달려온 가족들에게 둘러싸였기 때문이었다.

"어디 다친 데 없니? 이 흉악한 것들에게 대체 이게 무슨 꼴이니!"

"이게 무슨 일이야, 아나벨! 이제 안심해도 돼. 우리가 왔으니까."

메릴린과 레슬리, 오스칼은 쉴 새 없이 아나벨을 끌어안으며 소리쳤다.

"아마 흉악한 것들을 산뜻하게 패고 있던 꼴이신 것 같은데요."

아론은 차마 끼어들지 못하고 한 발짝 물러서서 유쾌하게 말했다. 그러면서도 진심으로 아나벨이 반가운지 연신 웃고 있었다.

"안심할 사람들은 기사단입니다. 검 한 번 안 쓰고 체포하면 되니까요."

그는 영리하게 기사단 사람들을 동원하여 자객들을 한 명도 빠짐없이 체포하고 있었다. 유능한 부관답게 재빨리 자신이 할 일을 알아챈 것이다.

"이 중 한 명은 배후에 대해 입을 열겠지요."

그리고 얼마 지나지 않아 도착한 사람이 있었다. 바로 이안이었다. 이안 역시 로버트 일행과 함께 오지 않았다. 아나벨이 이탈했다는 소리를 듣고는, 곧바로 그녀의 기척을 좇아 대열을 이탈해 혼자 말을 달려온 것이다.

"아나벨!"

물론 그가 도착했을 때는 모든 일이 끝나 있었다. 이미 웨이드로스 기사단이 자객들을 붙잡아 연행하고 있는 중이었다.

"하⋯⋯."

이안은 무사히 가족들의 품에서 웃고 있는 아나벨을 보며 심장을 쓸어내렸다. 그리고 그녀가 한 수상한 소녀를 좇아갔다는 말을 들었을 때부터 지금까지 온몸이 타들어 갈 정도로 걱정했다는 사실은 굳이 이야기하지 않기로 했다.

"큰일 났다."

다만 혼자서 조용히 중얼거렸다.

"이제 잠시라도 눈앞에 두지 않으면 내가 정말 미치겠군⋯⋯."

수도에 막 도착하여 아나벨에게 시선을 고정하고 있는 그의 옆에 아론이 다가왔다.

"이안 님, 무사히 돌아오셨군요."

그러고 보니 지금 아무도 이안에게 말을 걸지 않았다. 가족들부터 관중들까지, 방금 50명이 넘는 자객들을 한순간에 모두 쓰러트린 아나벨에게 정신이 팔려서 이안의 도착에 관심을 두지 않았던 것이다.

"다시 보면 꼭 묻고 싶은 것이 있었습니다."

아론은 조심스럽게 물었다.

"제가 좋아하는 음식이 무엇인지 아시는지요?"

"⋯⋯샐러드?"

"아, 모르시는 걸 보니 제정신은 맞으시군요. 죄송합니다. 이안 님께서 완전히 미쳐서 누님께 눈이 돌아간 게 아니라는 걸 확인하고 싶어 질문했습니다."

아론 역시도 이안의 귀환에 관심을 두기보다는 그의 정신 상태에 대해 궁금한 듯했다.

"참고로 저는 해산물을 좋아합니다. 특히 갑각류요."

그리고 그날, 수도의 도박장은 완전히 뒤집어졌다. 곧 예정된 이안과 아나벨의 친선 경기에서 거의 없다시피 하던 아나벨의 배당이 올라가기 시작한 것이다. 검술 대회 이후 그 둘의 친선 경기를 보기 위해 머물러 있는 관광객들이 많았으므로, 경기 일정은 이틀 뒤로 빠듯하게 잡혔다.

"그 많은 사람들을 순식간에 쉽게 제압하는 건 이안 님도 쉽지 않을 거라니까. 분명 공작 부인의 가르침에 뭐가 있었던 거야."

"웨이드로스 기사단 사람들의 말에 따르면 이안 님이 특별 훈련을 시켰다고 하던데. 그동안 딱히 제대로 된 가르침을 받지 못했으니 갑자기 생긴 스승에 실력이 확 늘어 버린 거지."

"여하튼 친선 경기에 겁먹고 도망갔다는 건 헛소문이군. 그런 실력을 가지고 누가 도망을 가?"

예전과는 다른 양상으로 수도 사람들은 친선 경기를 기대하기 시작했다. 그동안 이안이 아나벨에게 일부러 져 줄 거라고 주장하던 사람들의 의견도 쏙 들어갔다.

그날 오후, 칼론과 라기안을 연행한 로버트의 일행이 돌아왔다. 그들은 황궁으로 가는 길에 아베데스 후작저에 들러 리하르트까지 함께 체포했다. 리하르트에게는 정신이 돌아온 지 오래되었으나 자진 출두 하지 않았다는 죄목까지 덧씌워졌다.

"와."

아론은 나를 의식해서 너무 신나 하지 않으려고 애썼지만, 그래도 터져 나오는 감탄사를 어쩌지 못하는 모양이었다.

"드디어 집에 왔군요."

수도에 도착하고 나서 칼론은 바로 황궁 감옥에 구금되었다. 이미 갇혀 있던 황후와 나란히 말이다. 리하르트 역시 사이좋게 엘번의 옆 감옥으로 끌려갔다. 즉, 이제는 우리를 대놓고 음해할 세력이 없다는 뜻이었다. 칼론의 잔당이 있다고 하더라도 미치지 않은 이상 지금 이 상황에 움직일 리도 없었다. 그래서 우리는 다시 레인필드 저택으로 돌아온 것이다.

물론 손을 움찔거리며 아쉬움에 안절부절못하는 사람도 있었다.

바로 이안이었다.

"음…… 아…… 음."

가지 말라고 할 수도 없고, 그렇다고 잘 가라는 거짓말도 할 수 없는 이안은 그저 머뭇거리기만 했다. 이안은 수도로 오는 길 내내 로버트 때문에 애정 표현을 나름 자제했는데, 지금은 가족들 앞이라 또 말을 삼키고 있는 듯했다.

"그렇게 주인 잃은 강아지처럼 종종거리지 마라."

말 한 마디 못하고 끙끙거리는 그 모습이 어찌나 처량했던지, 우리를 배웅하면서 레슬리 님이 이안의 옆구리를 툭 쳤다.

"어차피 아나벨은 나를 보러 자주 올 거니까 말이야."

"당연하죠."

나는 씩 웃으며 대답했다.

"레슬리 님은 제 스승님이신걸요. 나아진 실력 보여 드리기 위해 당장 모레부터 웨이드로스 연무장으로 가겠습니다."

그때 브레이든은 공작저를 비우고 있었다. 왜냐하면 고위 귀족들이 가는 황실 재판에 참여해야 했기 때문이다. 그리고 그날 밤, 우리는 마이에나가 급히 발행한 호외 소식지를 보고 결과를 알 수 있었다.

"황후도 황태자도 폐위된다는군."

검술 대회 이후 레이필드 저택에 머물고 있던 큰아버지가 파이프를 물고 씩 웃었다.

"대체 언제 적 파이프야, 닉. 이거 20년도 더 된 거 아니야?"

어머니는 질렸다는 듯 혀를 찼고, 큰아버지는 미간을 찌푸리며 중얼거렸다.

"아껴야 잘 살지."

"그건 맞아요, 어머니."

나는 큰아버지의 편을 들며 씩 웃었다.

"정말 많이 아끼신 덕분에 라넬라의 마수에도 걸려들지 않았다고요."

물론 '라넬라'라는 이름이 나오자마자 내 농담에도 불구하고 분위기가 싸늘해졌다. 하지만 이제 가족끼리 모였으니 꼭 언급해야 하는 문제였다.

큰아버지는 다 낡은 파이프를 만지작거리며 툭 내뱉었다.

"라넬라는 언제든지 보러 갈 수 있게 처리해 놨다."

무심하게 말하는 목소리가 살짝 떨리는 걸 봐서, 이 이야기를 꺼내는 것만으로도 긴장하고 있는 듯했다.

"원래는 일반인 면회가 안 되지만, 내가 호송 책임자였으니 말해 놨지. 게다가 로버트 황자님도 라넬라에 관해서는 네 뜻대로 다 하라고 하던데."

당연히 내 뜻대로 다 할 예정이었다. 라넬라의 이름이 나오고 난 뒤, 부모님의 표정이 완전히 굳었다. 내 옷의 리본을 가다듬고 있던 어머니의 손이 부들부들 떨렸다. 아무리 생각해도 화가 나서 견딜 수 없는 모양이었다.

'조금 감정 정리를 할 시간을 드려야겠네.'

나는 눈을 한 번 굴리고 큰아버지에게 물었다.

"……일단 그 폐후하고 폐태자에게 내려지는 형벌은 뭐래요?"

"둘 다 마탑에서 종신 봉사…… 황족들에게 내려지는 가장 커다란 형벌이지, 아마?"

큰아버지가 다시 소식지를 확인하고 대답했다. 워낙 증거가 확실하다 보니 빠르게 결론이 난 것 같았다. 큰아버지가 호송 중 습격했던 황궁 기사단 사람들을 직접 넘기기도 했고, 라넬라와 레이번도 딱히 부정하지 않았다고 했다. 하기야 자기를 죽이려던 사람에게 좋은 증언을 해 줄 리가 없었다. 어떻게 해서든 옹호하려고 들었던 차별주의자 귀족들도 나로 인해 이미 한번 여론이 꺾였던 것을 봤으니 함부로 나설 수 없었을 테고 말이다.

"감히 흑마법을 이 세계로 끌고 오다니. 마법사들이 용서하지 않을걸. 어떻게든 살려 두고 온갖 실험은 다 할 거다."

나는 어머니가 오늘만 해도 세 번째로 가져온 옷을 입은 채로 말했다.

"자세히 말씀 안 해 주셔도 괜찮아요."

물론 아버지가 해 준 야식도 열심히 먹고 있었다.

"저는 잔인한 걸 싫어해서……."

실제로 나는 굉장한 검사였지만 사람을 죽여 본 적이 없었다. 아까 자객들을 처치할 때도 급소만 노려서 모두 기절시켰다. 아론이 재미있다는 듯이, 그리고 이 싸늘한 분위기를 환기해 보려는 듯이 대꾸했다.

"그럼요. 잔인한 걸 싫어하셔서 생채기 하나 나지 않는 이안 님만 죽어라고 노렸죠."

아론은 진지하게 박수를 쳤다.

"결국 그렇게 이안 님의 마음까지 노리시다니, 진정한 고수셨어요."

"……."

"제가 좀 궁금해서 그러는데, 대나무 숲을 모두 베신 뒤에 그 절절한 고백을 받아 주신 겁니까?"

"세시안느 성녀님에게 어떻게 고백했는지 줄줄 읊을 거 아니면 묻지 마라."

"예. 입 다물겠습니다."

그 화제에는 확실히 분위기를 반전시키는 힘이 있었다. 어머니와 아버지는 나를 두고 양옆에 앉아서 이것저것 입히고 먹이다가 난감하다는 눈빛을 주고받았다. 이안과 연인 사이가 될 줄은 꿈에도 몰랐다는 표정이었고 그래서 어떻게 반응할지 모르겠다는 얼굴이었다.

"차마 반대할 수는 없구나. 이안 님이 좀 이상하다는 것이 밝혀졌어도 그만한 남자는 찾기 힘들고 이미 네 의사가 확고하니⋯⋯."

아버지가 망설이듯 말했고, 어머니 역시 고개를 끄덕이며 천천히 동의했다.

"그리고⋯⋯ 네가 없는 동안 공작님이 우리에게 너무 잘해주시고 또 위험에서도 지켜주셔서⋯⋯ 양심상 도저히 반대할 수가 없구나."

'이런.'

나는 속으로 생각했다.

'여기까지 공작님이 판을 깔아 두셨군. 이미 계략에 넘어가셨어⋯⋯.'

아버지는 쓸쓸하게 덧붙였다.

"하지만 결혼은 좀 천천히 하면 안 될까? 만난 지 얼마 되지 않았잖아."

"결혼이라뇨!"

나는 아버지가 직접 마리네이드한 카프레제를 먹다가 화들짝 놀라 말했다.

"당연히 가족들과 충분한 시간을 보내다가 천천히 할 생각⋯⋯."

내 말에 큰아버지가 끼어들었다.

"오스칼이 이렇게 무르다. 난 그 소공작이 네게 집적거릴까 봐 그날 밤 술까지 부어 놨는데."

"⋯⋯."

그 술을 부어서 이렇게 된 것이라고는 생각하지 않는 듯했다.

"어쨌든 간에."

큰아버지는 이미 상상 속에서 내 결혼식을 치르는지 눈물이 그렁그렁한 아버지를 한심하다는 듯이 슬쩍 본 후 화제를 돌렸다.

"라넬라도 사형 선고를 받긴 받을 거야. 그게 최고형이니까."

마음의 준비가 다 되었으면 다시 이 중요한 화제로 돌아가자는 의도였다.

"사람들을 이용한 흑마법에 연루된 자들이잖아. 카론다의 영주인 내가 직접 피해 호소문을 작성했으니까."

역시 큰아버지는 정말 이런 면에서는 굉장히 유능했다.

잠시 심호흡을 하던 아버지가 드디어 떨림이 없는 목소리로 대답했다.

"난 조용히 그 사형 날짜 기다리는 걸로는 성에 안 차."

그 말에 어머니 역시 교양 있게 거들었다.

"심지어 그건 그냥 그 XX한 X이 XX 이 세상에 잘못해서 그런 거지, 우리 가족을 XX 파괴한 대가로 받는 XXX한 벌은 아니잖아."

드디어 조금 차분하게 대화할 수 있는 준비가 된 것 같았다. 하기야 칼론이나 황후 때문에 내가 가족들을 지키려 이렇게 개고생한 건 맞지만 사실 그들과는 개인적으로 아는 사이가 아니었다. 그래서 그들이 합당한 벌을 받는다는 소문을 들었을 때, 죗값을 치렀으니 '다행이다'라는 생각이 들었지 크게 감정적 동요가 느껴지지는 않았다.

하지만 라넬라는 달랐다. 멀쩡하게 잘 태어난 나를 케이틀린 같은 사람에게 넘겨 버리고, 슬픔에 빠진 부모님을 위로한 다음 아무렇지도 않게 어머니의 드레스를 지어 입은 철면피였다. 우리 가족에게는 어쩌면 칼론이나 황후보다도 더 소름 끼치는 여자였다. 심지어 케이틀린이 죽은 지금, 이 세상에 남아 있는 단 하나의 원수이기도 했다.

"다들 참느라 고생하셨어요."

나는 부모님의 손을 잡으며 싱긋 웃었다.

"그러면 우리 모두, 사람 괴롭히는 일이라면 이미 익숙한 저랑 같이……."

라넬라만큼은 우리 모두 함께 보러 가고 싶었다. 애초에 하고 싶은 말이 많았으나 카론다에서 별말 없이 돌아선 이유이기도 했다.

"산뜻하게 면회 한번 갈까요?"

레인필드 일가가 자신의 집으로 돌아간 저녁, 이안은 남은 일을 처리하느라 바빴다.

"불법 마법 아이템인데 뒤를 잘 캐 봐."

한 수상쩍은 소녀가 아나벨에게 주었던 책갈피를 수족에게 건넨 그는 서늘하게 덧붙였다.

"아베데스 후작가가 배후에 있을 확률이 높으니 거길 중심으로 파 보고, 그게 맞다는 증거가 나오면 황실에 요청해서 처분권을 웨이드로스로 가져와."

"예? 웨이드로스 공작가로요?"

"그래. 내 사람을 해치려고 한 테러니까 웨이드로스에서 처리한다. 로버트 황자님께 부탁하면 그 정도는 해 주실 거다."

아베데스 후작가는 칼론과 한패거리였다는 죄목으로 황실에서도 나름 처분이 내려질 예정이었지만, 이안은 그것으로 만족할 수 없었다.

아나벨을 해하려고 한 자들이었으니 누구보다도 냉혹하게 죗값을 치르도록하고 싶었다. 그리고 웨이드로스의 지하 감옥은 황실 감옥보다도 더 끔찍하기로 유명했다.

"아무리 귀족 신분이라고 해도 어차피 황실에서도 죄가 확정되었으니 쉽게 넘겨줄 거다."

"예, 알겠습니다."

이런저런 지시를 받은 기사단 사람들이 사라지고 혼자 남은 이안은 천천히 검을 빼 들었다. 솔직히 말하면 지금 당장 아나벨이 보고 싶었지만 그렇다고 레인필드 저택에 달려가는 것은 너무나 민폐였다. 아나벨이 처음으로 가족들과 마음 편한 시간을 보내고 있을 텐데 방해하고 싶지 않았다.

그래서 그는 훈련을 시작했다.

'어차피 친선 경기도 이틀 뒤니…….'

'질 수도 있다'라는 예감이 드는 건 이번이 처음이었다.

수도로 함께 오는 길, 아나벨은 평소와 똑같은 훈련의 양을 유지했다. 흑마법의 기원을 파괴해서 실력이 늘었는데도 불구하고 조금도 게을리하지 않았다. 얼핏 본 그녀의 움직임은 예전과는 비교도 할 수 없이 훌륭했다. 그녀를 꼭 이기고 싶은 건 아니었지만, 그렇다고 해서 일부러 져 주고 싶지도 않았다. 적어도 최선을 다할 그녀 앞에서 자신 역시 최선의 자세로 임하고 싶었다.

'이게…… 어머니가 말했던 라이벌의 의미군.'

처음 깨닫는 호승심이었다. 이안은 검을 휘두르며 숨을 몰아쉬었다. 정작 아나벨은 라이벌을 그만두었다고 공언했는데, 왠지 그녀와의 대결이 이제는 그가 더 간절해진 것 같았다.

그가 그렇게 한참 검을 휘두르고 있을 때였다.

"그건 좋은 자세다."

등 뒤에서 흐뭇한 목소리가 들렸다.

"최선을 다하는 사람은 아름다우니까. 그런 모습을 이제 너도 보여 줄 때가 되었지."

막 황궁에서 칼론과 황후의 처분을 결정짓고 돌아온 브레이든이었다.

"그러라고 내가 직접 주선한 친선 경기이고 말이다."

이안은 차분하게 검을 다시 검집에 꽂고 나서 조용히 물었다.

"친선 경기라니, 대체 왜 이런 쓸 데가 넘치는 제안을 하신 겁니까?"

"너희 둘이 혹시라도 잘되지 않으면 웨이드로스의 대가 끊길 것 같아서."

브레이든은 거침없이 대답했다.

"혹시라도 아나벨이 머뭇거리고 있다면 어떻게든 엮어 주려고 했지. 라이벌만큼이나 상대를 의식하는 관계는 없잖니? 어쨌든 둘 사이의 추억은 많으면 많을수록 좋은 거니까."

"……."

"황제 폐하께서 우승 훈장은 아니더라도 작은 마정석이 박힌 기념 훈장 정도는 하사하시겠다고 하셨단다. 물론 네가 이기면 말이다."

브레이든이 큰 가르침을 주듯 진중하게 말했다.

"아나벨한테 그 훈장을 주면서 그 바로 청혼해."

"……예?"

"밀어붙일 때 확실히 밀어붙여야 한다는 뜻이야. 당장 결혼하라는 얘기는 아니지만, 그래도 아나벨 양에게 그 정도 이벤트는 해 주란 말이다."

"……."

"멘트는 최대한 간단하게. 그래도 프러포즈인데 그것까지 내가 지어 주는 건 좀 아니잖니. 그렇다고 네가 센스 있는 소리를 할 리도 없고……. 최대한 간략하게 해야 중간은 간다."

"제가 질 수도 있지 않습니까."

이안은 아주 중요한 사실을 짚었으나 브레이든은 진지하게 대답했다.

"그 상상은 잘 되지 않는구나……. 너무 오랫동안 네가 져 본 적이 없어서."

"하긴 저도 지는 기분을 예상하기 어렵습니다."

"어쨌든 친선 경기 때 최선을 다해 꾸미고 가."

"예?"

"청혼할 때 꼴이 구리면 안 되잖아. 최대한 멋있는 상황에서 최대한 극적인 장면을 연출해야지."

브레이든은 친선 경기를 제안할 때부터 모든 청사진을 짜놓은 듯했다.

"날 믿어. 그 상황에서 받는 청혼은 정말 황홀하기 그지없을 거다. 정말 끝내줄 거라고."

그가 눈을 찡긋하며 이안의 어깨를 쳤다.

"성공만 하면 며느리를 맞이하기 위한 선물은 내가 준비하마. 내기 하나에 거하게 이기는 셈이니까 말이다."

라넬라는 이제 좁은 황궁 감옥에 갇혀 있었다.

'아……. 정말 너무 괴롭다.'

흑마법에 직접 관여되었으니 사형을 피할 수 없을 것이라는 간수의 말이 있었다. 심지어 카론다의 영주가 피해자들의 명단을 가득 담은 호소문까지 제출했다고 했다.

아무것도 할 수 없는데 정해진 끝을 바라보며 시간을 보낼 수밖에 없는 입장은 괴로웠다. 황궁 감옥 독방에 갇히고 나서는 더욱더 고통스러워졌다. 이동 중에는 밖의 풍경이라도 볼 수 있었는데, 사방이 막힌 이곳에서는 끔찍하게 시간이 가지 않았기 때문이다. 그 와중에도 배가 고파서 신경질이 났다. 그때 간수가 부루퉁하게 말하며 접시 하나를 내던졌다.

"자, 식사다."

간수가 던진 접시에는 곰팡이 핀 빵 한 덩이가 놓여 있었다. 하지만 그마저도 절실했던 라넬라는 허겁지겁 빵을 들어 정신없이 뜯었다. 그때였다.

"어머, 어머머."

"세상에…… 저 꼴 좀 봐."

"아…… 어머나…….'"

짐승처럼 빵을 뜯던 라넬라는 갑자기 들린 목소리에 기겁하며 놀랐다. 그리고 툭, 소리와 함께 손에 들고 있던 빵이 저절로 떨어졌다. 보육원에서 함께 자란 이들이 구름처럼 몰려 있었다.

"말도 안 돼…… 황궁 감옥에 이렇게 많은 사람이 들어올 수 있을 리가…….

카론다에서 잡힌 이후 갈아입지 않은 죄수복은 다 삭아 냄새가 났고, 씻을 물도 넉넉하지 않았기에 꼴도 엉망이었다. 라넬라는 죽음을 각오하고 있었는데도 불구하고 죽고 싶어졌다. 이런 식의 치욕은 상상조차 해본 적이 없었기 때문이다.

"우리 딸이 워낙에 인재다 보니까."

보육원 사람들 사이에서 메릴린이 걸어 나왔다. 윤기 나는 보라색 머리카락을 틀어 올린 그녀는 온갖 비싼 보석을 휘감고 화려하기 그지없는 드레스 차림으로 등장했다.

"황실에서 마음대로 하라더라고?"

메릴린의 옆에는 중년의 꽃미모를 뽐내는 오스칼이 경멸 어린 표정으로 그녀를 내려다보고 있었다. 그리고 그들의 뒤에 아론과 아나벨, 처음 보는 성녀 하나까지 서 있었다.

반짝반짝 빛이 나는 것 같은 레인필드 일가의 곁에서 보육원 친구들이 말을 보탰다.

"네가 그러고도 인간이니?"

"아이를 바꿔치기했다며? 그런 짓을 하고도 수도에 와서 메릴린에게 드레스까지 맞췄다고?"

"착한 라넬라라고, 우리가 얼마나 칭찬을 했는데……."

'착한 라넬라'.

그것은 보육원에서 라넬라를 이루고 있던 단 하나의 자존감이었다.

"성격 더러운 메릴린과는 비교가 안 되는 라넬라. 오스칼은 눈이 삐었지."

라넬라가 오스칼에게 차이고도 버틸 수 있었던 이유는 모두가 그녀를 메릴린보다는 낫다고 생각했기 때문이다. 그래서 메릴린이 자신보다 잘나가기 시작하는 기미가 보이자, 그 꼴이 보기 싫어서 어떻게든 메릴린을 더 불쌍하고 불행하게 만들었다. 그런데 지금 자신이 바닥보다 더 깊숙이 추락했을 때, 메릴린은 가장 빛나는 모습으로 모든 것을 갖추고 자신을 찾아왔다. 심지어 보육원에서 함께 자란 사람들을 이끌고 말이다.

"저, 저리 가! 아아아악! 가란 말이야!"

라넬라는 귀를 막고 소리를 질렀지만, 그 수많은 보육원 사람들의 눈을 피할 수는 없었다. 개중에서는 자식을 데려와서 '못되게 살면 저렇게 돼'라고 훈계하는 이도 있었다.

"가! 가라고! 가! 메릴린, 이 악독한 X, 나를 이렇게 비참하게 만드니 이제 속이 시원해? 어? 차라리 죽여! 빨리 죽이라고!"

그녀가 괴성을 지르며 욕을 퍼부었지만, 창살 밖의 사람들은 오히려 더 경멸의 눈빛으로 라넬라를 바라볼 뿐이었다.

"아직 속 안 시원해, 22년간 내 딸을 못 보고 살았는데 어떻게 속이 시원하겠어? 그리고 넌 쉽게 안 죽어. 사형 선고는 내려지겠지만 형은 최대한 늦출 거야. 왜인 줄 알아?"

메릴린은 서늘한 눈빛으로 속삭였다.

"웨이드로스 공작가에서 나서서 네 친부모를 찾아 주겠다고 했기 때문이야."

그 말에 라넬라가 흠칫 놀라 발작을 멈췄다.

메릴린이 씩 웃으며 덧붙였다.

"네가 친부모를 찾고 싶어 했다는 걸 알고 있어. 네 친부모는 너를 찾자마자 네가 이 모양 이 꼴이 된 걸 알게 될 거야. 너는 네 친부모 앞에서 차라리 죽었으면 좋겠다고 생각하게 될걸."

뒤에서 세시안느가 발랄하게 거들었다.

"친자 검사는 걱정하지 마세요. 제가 출장 와서 언제든지 해 드릴 테니까요."

그녀의 말에 옆에 있던 친구가 시원스럽게 웃었다.

"아이고, 며느릿감도 능력자로 잘 들였네!"

"그러게. 이제 르딘이 며느리 자랑 하는 것 더 이상 안 들어도 되겠어."

"뭐? 르딘 아들 결혼했어? 언제?"

오랜만에 만나는 친구들이어서 그런지 갑자기 그들끼리 근황 이야기를 하기 시작했다. 얼른 이 상황이 끝났으면 좋겠다고 생각한 라넬라에게는 끔찍한 일이었다.

"이거 먹으면서 얘기해, 먹으면서."

닉은 아예 오스칼이 만들어 온 호화로운 도시락을 돌리면서 말했다.

"천천히들 놀다가라고, 응?"

"어머, 뭘 이런 걸 다…… 근데 포장이 어쩜 이렇게 예쁘지? 레인필드 레스토랑 신메뉴야? 이제 도시락도 파는 거야?"

친구 한 명이 도시락을 살펴보며 묻자 닉이 씩 웃으면서 대답했다.

"아니, 내가 직접 포장한 거라 팔지는 않을걸."

"네가…… 직접 이걸 다?"

레인필드 레스토랑의 수많은 종업원들을 떠올린 친구가 미심쩍은 듯 물었으나, 닉은 씩씩하게 낡은 파이프를 물고 대답했다.

"당연하지. 인건비가 얼마인데."

"……너 어디 영주라고 하지 않았니?"

"그게 무슨 상관이야? 아껴야 잘 살지."

높아져 가는 중년 친구들의 행복한 웃음소리만큼, 라넬라는 극도로 비참하고 고통스러웠다.

나는 라넬라에게 가장 큰 벌은 '같은 보육원 출신 친구들 앞에서 어머니에게 망신당하기'라고 생각했다. 왜냐하면 큰아버지의 말을 들었을 때 라넬라는 어머니에게 열등감이 깊어 보였기 때문이다. 무엇보다 열등감을 자극하는 건 역시 남들의 시선이었다. 그래서 나는 사람들을 모아 놓고 어머니에게 그 '마지막에 멋지게 비난하는 역할'을 맡긴 것이다. 그리고 라넬라에게 또 어떤 형벌이 있을까 생각해 보다가 애인 집안의 대단함을 좀 이용해 보기로 했다. 능력 있는 웨이드로스의 수족들이라면 라넬라의 친부모를 찾아낼 수 있을 것 같았기 때문이다.

"병풍같이 있는 게 이렇게 후련할 줄은 몰랐습니다."

아론은 마차에서 내리면서 천연덕스럽게 말했다. 부모님은 오랜만에 만난 보육원 친구들과 회포를 풀러 간다며 레인필드 레스토랑에 간 참이었다.

"아줌마, 아저씨들의 수다도 너무 재미있었고요. 그런데 누님…… 집에 안 들어가세요?"

"응. 따로 들를 곳이 있어."

"아."

아론은 내 몸이 향한 곳을 보자마자 씩 웃었다.

"웨이드로스 공작저에 애인 보러 가시는군요."

그는 벌써부터 놀리고 싶어서 멘트를 준비 중인 얼굴이었다. 나는 그 함정에 걸리지 않기 위해서 어깨를 으쓱했다.

"아닌데? 레슬리 님 보러 가는 건데?"

나는 씩 웃으며 검을 흔들어 보였다.

"내일이 친선 경기잖아. 이안은 쉽게 이길 수 있는 상대가 아니야."

뭐 딱히 거짓말은 아니었다.

드디어 세 번째 흑마법의 기원까지 없애고 난 뒤 내 최고 실력을 시험해 볼 수 있었다. 어쩌면 이제 이 세상에서 전력을 다해서 내 경지를 시험해 볼 수 있는 사람은 이안이 유일할지도 모른다. 심지어 판까지 깔렸으므로 최선을 다하지 않을 이유가 없었다. 레슬리 님께도 이제 최종적으로 완성된 실력을 보여 드릴 수 있다는 생각에 마음이 설레었다.

"넌 오늘 휴가 아니야? 신전에나 가 보렴."

"아……."

여전히 아론은 나와 이안을 놀리고 싶어 죽을 것 같은 표정이었다. 하지만 아무리 아론이 좀 이상하다고 해도, 애인을 보러 가는 것보다 누나를 놀리기 위해 근무지를 갈 정도로 비상식적인 인간은 아니었다.

"흠, 알겠습니다."

그렇게 나는 아론과 헤어져서 혼자 웨이드로스 공작저로 향했다. 아론에게는 말하지 않았지만, 당연히 이안도 만날 생각이었다. 분명히 이안은 '거의 처음으로 마음 편하게 가족들과 보내고 있을 텐데 방해하면 안 되겠지'라는 마음으로 검이나 휘두르고 있을 게 뻔하니까 말이다.

"안녕하십니까, 아나벨 님."

"안녕하세요."

그동안 담벼락을 넘는 나를 쫓기에 바빴던 문지기의 인사도 이제는 익숙해졌다. 신나게 연무장으로 향하고 있을 때였다.

"아나벨 양, 오랜만이야."

연무장으로 향하는 길에 브레이든이 싱긋 웃으면서 서 있었다.

"고, 공작님?"

그때 내가 외계인이어도 며느릿감으로 좋다는 말을 듣고 나서 처음 보는 셈이었다. 나는 왠지 부끄러워서 아랫입술을 물고 말았다.

"아, 안녕하세요……."

브레이든은 내 인사를 흐뭇하게 받더니 부드럽게 물었다.

"잠시 나와 들를 데가 있는데 함께 가겠나?"

"하지만 저는 레슬리 님의 부르심을……."

"레슬리에게 가는 거야. 지금 레슬리는 연무장에 없거든."

뭐 그렇다는데 어쩔 수 없었다. 나는 쭈뼛대며 브레이든을 따라 걷기 시작했다. 그러면서도 경계를 늦추지 않았다. 왠지 어영부영 결혼식 날짜를 잡게 될 것 같다는 예감이 들어서였다.

"아나벨 양, 우리 이안이 어디 부족한 곳은 없는가?"

"전혀 없습니다. 아드님은 언제나 훌륭해요."

"뭐…… 맞는 거 좋아하는 미친놈이라는 별명이 돌고 있기는 하지만, 내가 여론 작업을 잘하고 있네."

"여론 작업이요?"

"아나벨에게만 처맞는 걸 좋아한다고."

이럴 수가. 브레이든의 표정을 보아하니 농담 같지가 않았다.

"……."

나는 황당함에 살짝 입을 다물었다가 화제를 돌리는 게 좋겠다고 생각했다.

"저희가 수도로 돌아오는 동안 저희 가족들에게 너무 잘해 주셨다고 들었어요. 감사합니다. 특히나 혹시 몰라서 웨이드로스 공작저에서 나가지 못하게 해 주신 점 정말 감사드립니다."

"응, 그 은혜는 결혼으로 갚으면 되네."

"……."

"아하하, 농담이야. 너무 부담되지? 사실은 그나마도 '제발 부탁이야'라는 말을 빼긴 했지만……."

브레이든과 걷는 길은 다행히 길지 않았다. 얼마 걷지 않았는데 고급스러운 창고 건물 하나가 나온 것이다. 역시 웨이드로스 공작저는 정말 넓었다. 그동안 뻔질나게 드나들었다고 생각했는데도 이런 곳이 있는 줄은 몰랐다.

"어떻게든 우리 집안에 대해 어필하고 싶은데, 맛있는 음식도 예쁜 의복도 의미가 없을 것 같은 거야."

브레이든은 허허 웃으며 말했다.

"레슬리는 공작 부인이 되면 맛있는 것을 많이 먹을 수 있다며 꼬셨는데 그건 어쨌든 안 통할 게 확실하니까."

제국에 웨이드로스 공작가의 명성을 모르는 사람이 없는데, '맛있는 것'으로 어필하다니 어떻게 보면 평민인 나를 몹시 배려하는 말이었다.

"음…… 그리고 왠지 이안의 연적이 로버트 황자님인 것 같아서 하나 더 어필하자면……."

그는 아주 진지한 얼굴로 말했다.

"곧 공작위를 물려주기는 하겠다만, 그래도 이안이 로버트 황자님보다는 한가할 거란다. 황실 재정이 나아지기는커녕 한층 더 힘들어질 예정이거든."

"예?"

제국의 국민 중 하나로서 그것 참 걱정되는 일이었다. 하지만 브레이든은 사람 좋게 웃어 보였다.

"그래도 뭐, 로버트 황자님은 능력이 되시니 괜찮겠지. 그거야 우리가 알 바 아니지 않나? 그것보다는 아나벨 양에게 어떻게 잘 보여야 할까, 어젯밤 우리 부부가 머리를 맞대고 의논했다네."

"어, 음……."

"그래서 결론은……."

브레이든은 창고의 문을 활짝 열었다.

나는 눈앞에 펼쳐진 광경을 보고 나도 모르게 마른침을 삼켰다.

"어…… 이건……."

그 안에는 온갖 종류의 검들이 전시되어 있었다. 딱 봐도 굉장히 고급스러운, 관리가 잘된 좋은 검들이었다.

"아나벨."

전시된 검들 사이에서 레슬리 님이 웃고 있었다.

"이안과 결혼해서 너무 재미가 없을 때는 여기로 찾아오렴. 없던 재미가 생기지 않겠니?"

이안이 그렇게까지 재미없는 것도 아닌데, 참 그 부모님들은 이안을 과소평가하고 있었다.

"네게 부담은 주고 싶지 않았지만…… 그래도 너무 불안해서 어쩔 수 없었단다. 내 자식이 이렇게 불안하게 느껴진 적이 처음이야."

레슬리 님은 한숨을 쉬며 말했다.

"그놈이 신사답게 굴답시고 머뭇거려서 남자로서의 매력을 전혀 못 느끼게 하는 건 아닌지……."

나는 레슬리 님의 감이 형편없다는 것을 다시 한번 깨닫고 말았다. 이안의 신사다운 행동은 이미 연회 날부터 실종된 상태였으니까 말이다.

"당장 결혼하라는 건 아닌데, 꼭 미래를 생각해 주기 바라. 재미없다고 버릴 생각만 하지 말아 줘. 우리가 아들을 네게 버리는 것을 허락해 준다면 그게 가장 좋겠구나."

브레이든은 진지하게 말하고 나서 씩 웃으며 뒷걸음질을 쳤다.

"자, 그럼 사제 간에 좋은 시간 되시길. 나는 이안에게 가 보겠어."

그가 레슬리 님께 하트 모양의 손짓을 한 번 하고 나서 덧붙였다.

"아나벨 양에게 진짜 이기고 싶은지 그 어느 때보다 열심히 하는 것 같으니까. 부모 중 하나는 아들의 편이 되어 줘야 하지 않겠어?"

그 말을 마지막으로 브레이든은 사라졌다. 레슬리 님과 단둘이 남겨진 나는 잔뜩 전시된 검들을 둘러보며 어색하게 웃었다.

"아하하, 공작님은 무슨 말을 그렇게 하시는지……. 당연히 레슬리 님도 이안을 응원하실 텐데요."

우리 부모님도 나를 응원하는데 남의 부모님까지 나눠 가질 필요는 없었다.

"사실 처음에는 그랬지."

하지만 레슬리 님은 싱긋 웃으면서 대답했다.

"처음에 널 가르친다고 했을 땐, 내 아들의 좋은 라이벌이 되어 주었으면 좋겠다는 생각이었어. 혼자 너무 자만하는 건 결국 스스로에게 독이니까. 사실 네 실력이 이렇게 상승할 줄 몰랐기도 하고."

레슬리 님의 어조가 너무나 진지해서 나는 뭐라고 대답할 말을 찾지 못했다.

"근데 지금은 정말로, 이안이 꼭 이겼으면 좋겠다는 생각은 없단다. 이건 진심이야."

"어…… 음……."

"그동안 검은 쳐다보기도 싫었고 마음 아파서 연무장에도 가지 않았는데, 너를 가르치면서 극복했단다. 너를 가르치다 보니 나도 모르게 나 자신도 치유가 되었던 모양이지."

실제로 이 창고에서 아무렇지도 않게 서 있는 걸 보면, 레슬리 님은 이제 검을 쳐다보는 것이 싫지 않은 것 같았다.

"그리고 사제지간을 떠나서…… 나는 평생을 공작 부인이라는 지위에서 회피하면서 살았단다. 평민 출신이라는 걸 부끄러워하지는 않았지만 제대로 맞서지도 못했어. 그런데 네 모습을 보니 이제 와서 부끄럽더구나."

그녀는 천천히 다가와서 나를 꼭 안더니 진심 어린 어조로 속삭였다.

"예전에 황후 무리들에게 망신을 당한 적이 많은데, 네가 처리해 줘서 내심 정말 기뻤단다. 그래서 나는 이안의 어머니이기 전에, 가진 것 없이 대어난 평민으로서 너를 응원할 것 같아."

나는 가슴이 벅차올라서 아무 말도 못 하고 레슬리 님께 안겨 있었다. 처음에는 동정이라도 좋아서 붙어 있었고, 맛있는 것을 먹여 줘서 좋다고 생각했던 사람이 내 가치를 누구보다도 인정해 주고 있었다.

"나는 네 실력이 흑마법의 기원 때문에 늘었다고 생각하지 않아. 원래 네가 가졌어야 할 실력을 주신 거라고 생각해. 네 연습량을 내가 알고 있지 않니?"

"레슬리 님."

나는 그녀와 친선 경기 전 마지막 훈련에 돌입하기 전에, 떨리는 목소리로 말했다.

"저 정말 최선을 다할게요. 먼저 저를 가르치겠다고 해 주신 레슬리 님께 부끄럽지 않게요."

"응. 만일 나의 응원에도 불구하고 결국 지게 되면……."

레슬리 님은 섬뜩하게 웃어 보이며 속삭였다.

"며느리가 되어서 갚아."

……이럴 수가. 부부는 닮아 간다더니.

나는 속으로 좀 좌절했다. 나도 재미없어지면 어떡하지.

이안은 창고 뒤의 정원에서 레슬리와 함께 검을 휘두르고 있는 아나벨의 뒷모습을 멀찍이서 지켜보고 있었다.

'아.'

얼핏 보기만 해도 예전과 또 달랐다. 대나무 숲을 모두 베어 버리고 나서 순간적으로 자취를 감추는 실력이 엄청나게 향상되었다.

'100년 동안 보고 있으라고 해도 볼 수 있을 것 같군.'

이안은 흩날리는 연보랏빛 머리카락을 바라보며 마른침을 삼켰다. 아나벨이 레인필드 저택으로 돌아간 건 어제 저녁이었지만 몇 년은 흐른 것 같았다.

'수도로 돌아올 땐 계속 붙어 있었는데.'

또 창문을 열어 놓고 잠이 들지는 않았는지, 귀찮다고 머리를 다 말리지 않고 묶은 건 아닌지, 궁금한 것이 한 두 개가 아니었다.

'내일이 친선 경기인데 오늘은 굳이 마주하고 싶지 않으려나.'

아나벨의 생각을 알 수 없으니 무작정 모습을 드러내기가 좀 그랬다. 아무리 그에게 기권 이야기를 한 적이 있더라도 아나벨은 8년간 그를 이기기 위해서 정말 뼈를 깎는 노력을 해 왔다. 곁에 두고 가까이서 보니 더더욱 훈련의 양이 놀라웠다.

'마주치면 친선 경기고 뭐고 일단 안고 싶을 것 같은데…….'

아나벨이 레인필드 저택으로 간 밤, 이안은 아나벨과 너무 오랫동안 같은 공간에서 지냈다는 것을 깨달았다. 다른 곳에서 굳이 약속을 잡아 만나는 것이 끔찍하게 마음 아플 정도로 말이다.

'부담 주지는 않되 일단 반지는 끼워야겠어.'

그녀의 손에서 로버트가 준 마법 아이템 반지가 반짝일 때마다 얼마나 속이 타들어 갔는가. 그때 생각만 하면 열 손가락 모두 반지를 끼워 주고 싶은 마음 뿐이었다. 그래서 아까 아나벨이 가족들과 함께 라넬라를 만나러 간 동안 이안은 반지를 직접 맞추었다. 보석상이 반지 사이즈를 물었을 때, 그는 종이에 '이 정도?'라고 원을 하나 그려 보일 만큼 반지 구매 절차에 대해서는 무지했으나 아나벨의 신체에 대해서는 정확히 알고 있었다.

'그렇다고 해서 아버지가 말한 방법을 시행하겠다는 건 아니고…….'

적어도 프러포즈만큼은 남의 말을 듣지 않고 자신의 뜻대로 하고 싶었다. 물론 브레이든이 제시한 방법보다야 재미도 없고 감동도 없겠다마는 그냥 그의 생각이 그랬다.

이안은 멀리서 아나벨을 지켜보며 피식 웃었다.

'만 하루도 안 지났는데 금단현상이 너무 심하군.'

생각해 보니 아나벨이 아직 아나벨 나디트였던 시절, 갑자기 그에게 발을 끊었을 때도 얼마 지나지 않아 허전함을 느꼈었던 것 같았다.

그는 이번 경기에서 자신도 최선을 다할 것이라고 한 번 더 다짐했다. 그것이 검사와 검술에 대한 예의이기도 했지만, 진심으로 이제는 아나벨과의 실력 차를 가늠할 수 없어졌기 때문이었다.

'이제 돌아가자. 더 보고 있으면 못 참고 뛰어가서 안을 것 같다.'

이안은 옅은 한숨을 삼키며 항상 아나벨과 함께 둘이서 훈련했던 호젓한 정원으로 향했다. 라기안과의 결투를 앞두고 전전긍긍하는 마음으로 매일같이 대련을 했었지만, 한편으로는 하루 종일 그녀와 함께 있을 수 있어서 설레어 미칠 것 같았던 그 정원이었다. 여전히 외진 정원에는 아무도 없었고, 그가 피식 웃으며 그 시간들을 회상할 때였다.

"여기 오랜만이네."

분명히 전혀 기척을 못 느꼈는데, 내내 그리웠던 목소리가 귓가에 닿았다.

"그런 의미에서……."

뒤에서 부드럽게 껴안으며 달라붙은 체온에 이안의 몸이 금세 달아올랐다.

"나, 내일 중요한 경기 있는데 훈련 좀 시켜 줄래?"

만나러 왔다는 말조차도 센스 있게 하는 그의 연인이었다.

"그러니까, 폐하……."

로버트는 이마를 짚고 싶은 충동을 간신히 참으며 말했다.

"웨이드로스 공작과 그런 내기를 하셨단 말씀이십니까?"

로버트에게 일전에 웨이드로스 공작과의 내기를 털어놓은 황제는 시무룩해져서 고개를 끄덕였다.

"……아니, 이안이 그렇게 조용히 미쳐 있을 줄 누가 알았겠느냐. 계속 가까이서 붙어 다닌 너도 모른 것 아니야?"

황제의 말에 로버트는 아무런 비난도 할 수 없게 되었다. 이미 로버트는 이 안에게 패배했다는 것을 속으로 인정하고 있는 상태였다. 마지막 검술대회의 우승을 내버리고 그 엄청난 마물들까지 학살하며 아나벨에게 달려간 진심은 말 그대로 대단한 것이었다.

아나벨을 위해 그 정도의 희생을 할 수 있는가 생각해 보면…… 로버트는 솔직히 자신이 없었다. 그래서 그는 씁쓸했지만 그저 좋은 황제가 되어 제국의 번영을 이끄는 것으로 아쉬움을 달래기로 했다. 다만 속으로 황실 재정을 진심으로 걱정하기 시작했다.

"그래도 얼마나 다행이냐. 마이에나가 약속한 자금 지원을 철회하지 않겠다고 했거든."

자금을 대어주는 대신 마이에나가 건 조건은 아나벨과 로버트의 결혼이었다. 하지만 아나벨의 마음이 로버트에게 없는 것을 알고 난 뒤에도 그녀는 딱히 별 이야기를 하지 않았다. 어차피 참정권 문제로 처음 타협이 시작된 것이었고, 결혼 문제야 일방적으로 마이에나가 아나벨에게 품은 오지랖 때문에 언급된 것이었기 때문이다.

"하지만 재무부에서 채워야 할 돈이 있으니……."

빠르게 계산을 끝낸 로버트가 걱정스럽게 말했다.

"그건 아베데스 후작가의 재산을 압류하면서 메우면 돼. 다 처분하면 어떻게 숫자는 맞춰질 거다."

"그래도 생활하기에 빠듯하실 텐데요."

"폐후와 폐태자의 품위 유지비가 남았으니…… 폐후의 사재도 다 처분하라 일렀다."

로버트는 왠지 무거운 책임감이 그의 어깨를 짓누르는 것을 느꼈다. 그토록 원하던 황태자 자리가 예정되어 있다고 해도, 생각보다 선대 황제가 쳐 놓은 사고가 너무 컸다. 이렇게 바로 재정난에 골머리를 썩게 되다니…….

그래도 어떻게 평민 의회의 자금을 끌어 쓸 수 있으니 꾸역꾸역 막아지겠다는 생각을 하고 있을 때였다.

"어쨌든 내일이 친선 경기구나."

"……그렇지요."

"그날, 황태자 임명식을 가볍게 하고 넘어가려고 한다. 괜찮지?"

"예, 당연하지요."

로버트는 황제의 뜻을 알아채고 고개를 끄덕였다.

불미스러운 일로 황태자가 바뀌는 상황이었다. 로버트에게 잘못은 없지만 황가의 권위가 떨어지는 사건이기도 했다. 그러므로 최대한 이목을 끌지 않고 부드럽게 넘어가는 것이 장기적으로는 좋은 일이었다. 아나벨과 이안의 친선 경기는 그렇게 치면 상당히 적절한 기회였다.

"흑마법 퇴치에 대한 공치사를 한 뒤 간단히 언급하시기만 하면 적절할 것 같습니다. 주인공들을 배려한다는 측면에서 그림도 꽤 괜찮고 말입니다."

"그래. 다들 친선 경기에 얼마나 관심이 많겠느냐."

눈이 반짝거리는 황제를 보면서, 로버트는 속으로 그 '다들'에 황제도 포함된다는 것을 눈치 챘다.

"그래서 말인데, 황후의 사재까지 처분하면 현금이 꽤 들어오거든."

황제가 크흠, 하고 헛기침을 하며 말했다.

"……너는 잠행을 많이 나가니까 잘 알지? 친선 경기에 그렇게 다들 도박…… 아니 내기를 건다며?"

"폐하."

로버트는 황제의 의도를 파악하고 난 뒤 한숨을 삼키며 말했다.

"방금 제게 실패한 내기의 결과를 말씀하셨는데, 또 내기라니요?"

"크흠."

황제는 잠시 눈을 굴리다가 지난번 아나벨에게 묶어 주었던 손수건을 만지작거리면서 말했다.

"그럼 말을 바꾸자. 내기가 아니라…… 내 명예를 위해 싸워 준 아나벨 레인필드에 대한 작은 신뢰의 표시?"

"……로 내기를 하시겠다고요."

"그래서 아나벨 레인필드의 배당은 얼마 정도 하지?"

로버트는 결국 한숨을 쉬었다.

사실 이안의 승리를 확신하는 사람들이 아직 더 많았기 때문에 아나벨의 배당은 높은 편이었다. 아베데스 후작가에서 보낸 자객들을 혼자 모두 처리하는 모습을 보여준 뒤, 지난 8년 동안의 배당보다는 훨씬 낮아졌지만 말이다.

황제에게 도박장의 배당을 알려준 로버트는 조심스럽게 덧붙였다.

"차라리 거시려면 이안 웨이드로스에게 거시는 편이 좋겠습니다. 스마호 숲의 마물들을 단번에 처리한 괴물입니다."

"그건 어차피 이겨도 돈이 안 되잖아. 크게 벌려면 모험을…….."

"……신뢰의 표시라고 하시지 않으셨습니까."

하지만 황제는 더 이상 로버트의 말을 듣지 않기로 결심한 것 같았다.

"어쨌든 내가 직접 갈 수는 없으니 네가 좀 잘 걸고 와라. 당장 내일이니 서둘러서 오늘 밤 다녀와."

아마 한때는 황후의 사재였을 현금을 건네며 황제가 단호하게 말했다.

"내가 그 수도의 납치 시도 사건을 밤새워 열심히 분석한 바로는 가능성이 꽤 높단 말이다. 웨이드로스 공작 부인이 생각보다 엄청 잘 가르쳤나 봐."

황제는 심지어 그 납치 시도 사건 때의 아나벨을 흉내 낸답시고 모형 검을 휘두르기 시작했다.

"그때, 후우, 성공한 기술로, 후우, 이런 것도 있다던데……."

"……."

그 안타까운 모습을 본 로버트는 결국 황제가 내민 현금을 들고 다시 로브를 뒤집어 쓴 채 거리로 나갈 수밖에 없었다.

"훈련이라니……."

이안이 몸을 돌려 나를 번쩍 들어 안으며 말했다.

"네가 다가오는지도 몰랐던 나한테 지금 뭘 부탁하는 거야."

"내가 일부러 기척을 숨기고 왔으니까 그렇지."

"그럼 예전에는 일부러 안 숨기고 뒤에서 기습했었나?"

원래는 아무리 기척을 숨기고 다가갔어도 이안이 귀신같이 눈치채고 단번에 피했었다. 아무도 없다고 안심하면서 이발사가 비밀을 외치기까지 했던 대나무숲의 축복까지 받고 나니 정말 이안에게도 기척을 숨길 수 있게 된 것이다.

"그게……."

나는 귓불과 목에 쏟아지는 그의 더운 숨 때문에 몸이 뒤틀려서 더 이상 대답할 수가 없었다.

"보고 싶었어, 아나벨."

다리가 공중에 떠 있어서 어디로 도망가지도 못한 채, 나는 그의 입술을 받아내야 했다. 물론 정말로 도망가지 못하는 건 아니었지만 말이다.

"헤어진 지 24시간도 안 됐는데?"

내가 키득거리면서 묻자 이안이 진지하게 대답했다.

"네가 마차에 타던 순간부터 보고 싶던걸."

이안은 과장하는 성격이 아니었기 때문에 그 말은 진심임에 틀림없었다.

"잘 때 이불은 잘 덮고 잤나, 오늘 아침 식사는 잘 했나, 아론에게 말싸움에서 밀리지는 않았나 하루 종일 네 걱정뿐이었지."

실컷 내게 입을 맞춘 뒤에야 이안은 나를 놓아주었다.

나는 걱정 말라는 듯이 웃으면서 대답했다.

"내일이 친선 경기인데 컨디션 관리를 엉망으로 하겠어? 다른 날은 몰라도 그때까지는 내 안부를 걱정하지 마."

"혹시 몰라서 하는 말인데……."

이안은 씩 웃으며 말했다.

"나 정말 최선을 다 할 거야. 연인이라고 해서 봐주지 않아. 네가 원하지 않는다는 걸 잘 아니까."

"누가 할 소리."

나는 그의 앞에서 검을 툭, 쳐 보이면서 대답했다.

"너를 이기겠다는 생각으로만 가득했던 내 8년을 무시하지 마."

정말이지 우리가 이렇게 웃으면서 마주하고 있다니 새삼 참 사람 일은 모른다는 생각이 들었다.

"그때처럼 집착해 주고 시도 때도 없이 찾아와 줬으면 좋겠는데."

"미안하지만 굳이 내 흑역사를 짚어 줄 필요는 없어."

"진심이야. 이제는 진짜 뒤에서 갑자기 기습하면 당할 수밖에 없겠어. 앞으로의 일정에 참고해. 난 언제든 환영이니."

"너도 굳이 이상해진 걸 티낼 필요는 없고."

나는 단호하게 말했다.

"우리 그냥 좋은 기억만 갖고 살면 안 될까? 예를 들어서 여기서…… 우리 꽤 좋았잖아."

이 정원은 황실 연회 전에, 라기안과의 결투를 앞두고 이안이 나를 직접 수발…… 아니 훈련시키던 곳이었다. 단둘이서, 며칠 동안. 그때 하루 종일 대련을 했던 생각이 나서 나는 쾌활하게 제안했다.

"우리 마지막으로 여기서 한 번 가볍게 대련해 볼래? 물론 경기 전 날이지만, 둘 다 서로를 배려해서 살짝 몸 풀기로."

"가볍게라면."

이안은 선선히 고개를 끄덕인 후 훌쩍 뛰어 나뭇가지 두 개를 꺾은 뒤 그 중 하나를 내게 주었다. 아무래도 내일이 경기이다 보니 굳이 진검을 쓰지 않는 게 좋다고 판단한 듯했다.

"자, 그럼……."

나는 평소처럼 먼저 덤벼들어 이안의 옆구리를 노렸고, 이안은 부드럽게 피하더니 그대로 나를 꽉 안아 버렸다.

"야, 대련이라니까."

내가 툴툴거리자 이안이 한숨을 쉬며 내 볼에 한 번 입술을 꾹 눌렀다.

"……미안. 일단 네가 품에 들어올 것 같으니 정신이 나가서……."

"이제 정신 차리고 잘 해. 아니다, 아예 네가 먼저 공격해."

다시 떨어진 우리는 서로 시선을 주고받았고, 이번에는 이안이 내 등 뒤로 달려들었다. 나는 빙글 돌아 피하며 바로 이안의 균형을 흔들어 잔디밭에 넘어트린 후 그의 몸에 그대로 엎어졌다.

"아나벨."

이안이 내 밑에서 어이없다는 듯이 피식 웃었다.

"대련이라며."

"어…… 미안."

겹쳐진 몸에서 이미 서로의 열기가 충분히 섞이고 있었다.

나는 그의 어깨에 짚은 양손을 놓지 않으며 마주 웃어버렸다.

"나도…… 일단 네가 안을 수 있는 거리에 들어오니 이성이 나가서……."

"난 애초에 이럴 것 같아서 훈련도 대련도 제안하지 않은 거야."

이안은 그대로 내 허리를 감싸 꾹 자신에게로 누르며 속삭였다.

"아무도 없는 곳에서 둘이 뒹굴다 보면 무슨 생각이 들지 뻔해서."

딱히 논란의 여지가 있는 단어가 없는데도 불구하고 상당히 외설적으로 들렸다. 아무래도 친선 경기가 없었다면 우리는 평생 진지한 승부를 볼 수 없었을 것이다.

"음…… 아."

손에 쥐고 있던 나뭇가지가 힘없이 바닥에 떨어졌다.

청량한 풀냄새와 부드럽게 부는 바람 사이로 짙은 숨소리가 흩어졌다.

"아나벨, 왜 이렇게 늦게 들어와?"

집에 들어갔을 때에는 이미 어둑해져 있는 상태였다.

현관에 들어서자마자 퉁명스러운 목소리가 들렸다.

"그, 그렇게 늦지도 않았는데……."

심지어 눈을 시퍼렇게 뜨고 현관에서 나를 기다리고 있던 사람은 우리 부모님도 아닌 큰아버지였다.

나는 눈을 굴리며 조심스럽게 말했다.

"오늘 친구 분들하고 회포 푸신다고 하시지 않으셨어요? 많이 늦으실 줄 알았는데……."

"내일이 네 친선대회인데 뭘 늦게까지 퍼마셔."

큰아버지는 툴툴대는 건지 아닌지 알 수 없는 어조로 나를 졸졸 따라오며 여기저기 지시하기에 바빴다.

"오스칼, 야식 만들어라. 너무 부담되지 않는 가벼운 음식으로. 어디 체하면 큰일 나니까. 아론, 너는 검 손질 좀 돕고. 메릴린, 아나벨 근육 좀 풀어주는 게 어때? 너 힘세잖아."

"갑자기 왜 유난이야? 그리고 너부터 그 구질구질한 파이프 갖다 버려."

어머니는 팔짱을 낀 채로 짜증스럽게 대답했다.

"아나벨 안구 건강에 좋지 않으니까. 예쁘고 좋은 것만 보여주고 싶거든."

"그렇게 소중한데 왜 이렇게 관리를 안 해? 이렇게 늦게 들어오는 게 당연하단 말이야?"

"뭐, 지금까지 웨이드로스 공작저에 있었겠지."

어머니의 말에 내가 고개를 끄덕이자 큰아버지의 눈이 휘둥그레졌다. 그러고는 헛기침을 몇 번 하며 바로 태세를 전환했다.

"공작저…… 오…… 크고 화려하겠지. 그것도 웨이드로스라면……."

역시 부와 명예에 약한 사람이었다.

큰아버지는 한숨을 쉬며 안타깝다는 듯 중얼거렸다.

"그래도 내 조카가 더 아깝긴 한데……."

부모님은 브레이든에게 너무 받은 것이 많아 차마 반대를 하지 못하는데, 큰아버지는 나름 심리적 빚이 없어서 그런지 영 탐탁치않은 모양이었다. 그래서 나는 조카 된 도리로서 그 번뇌를 얼른 끝내주기로 했다.

"그 검 되게 비싼 건데 레슬리 님이 주셨어요. 근데 웨이드로스 공작저에는 더 귀한 것들도 많더라고요."

"아무리 아까워도 물질로 보상받으면 어느 정도 마음이 채워지는 법이지."

빠르게 타협한 큰아버지는 내 컨디션을 과도하게 체크하기 시작했다. 내 야식 먹는 속도는 물론이고 내가 앉은 소파의 푹신함까지 걱정할 정도였다.

"큰아버지."

보다 못한 아론이 내 검집을 닦다가 한숨을 쉬며 은근슬쩍 말을 얹었다.

"그렇게 조카를 챙기고 싶으시면 저를 챙겨 보시는 게 어떻습니까? 무슨 꿍꿍이가 있는 사람처럼 대체 왜 그렇게 누님을……."

그리고 아론의 말에 눈에 띄게 당황한 큰아버지의 표정을 보며 우리 모두 바로 눈치챘다. 큰아버지에게 무슨 꿍꿍이가 있었다.

"얼른 말해."

아버지는 자신과 똑같이 생긴 큰아버지를 보며 나름 근엄하게 말했다.

"대체 왜 우리 아나벨을 못 챙겨서 안달인지."

아버지보다 훨씬 더 강단이 있는 큰아버지가 그 말에 밀릴 리가 없었다.

"아나벨은 내 생명의 은인이야. 이 정도 챙기는 건 당연한 것 아니야?"

물론 우리는 모두 다 똑같은 생각을 하고 있었다. 저렇게 과장된 몸짓과 흥분된 어조, 그리고 안절부절 못하는 태도라면…….

"뭔가 돈과 관련된 문제 같은데."

어머니는 미간을 찌푸리며 중얼거렸고 큰아버지는 화들짝 놀라더니 헛기침을 몇 번 하며 일어섰다.

"하여간, 아나벨."

그러나 퇴장하면서도 내 어깨를 툭툭 두드리는 것을 잊지 않았다.

"일찍 자고…… 크흠, 컨디션 관리 잘 해라."

"무슨 소리야."

어머니는 큰아버지의 등에 대고 부루퉁하게 투덜거렸다.

"왜 애한테 부담을 주고 그래."

그리고 나서는 나를 보며 편안하게 웃어 보였다.

"아나벨, 뭐든지 편안하게 해라. 우린 정말 네가 져도 상관없어."

"네, 어머니……. 그런데 이건 뭐죠?"

나는 거실 한 구석에 꽤 많이 쌓여 있는 응원 현수막을 가리키며 물었다. 거기에는 '아나벨 레인필드 최고!', '아나벨에게 우승을!' 같은 아주 편안하지 않은 문구들이 새겨져 있었다.

"그, 그건…… 검술 대회 때 네가 당연히 참석할 줄 알고, 응원하려고……."

아버지가 눈을 굴리며 재빨리 대답했다.

"버리면…… 아깝잖니? 그래서 이번에 재활용을…….."

결국 본질적으로 아버지와 큰아버지는 크게 다르지 않았다.

아론은 조용히 현수막에 다가가서 '아나벨에게 우승을!'이라는 현수막에게 다가가서 '우승'에 가위표를 치고 '승리'라고 바꿔 적었다.

"재활용을 하려면 이 정도는 하셔야죠, 아버지."

그 꼴을 보고 있던 나를 보며 아버지가 황급히 두 손을 저으며 소리쳤다.

"물론 부담 갖지 않아도 된다! 져도 돼! 아니, 사실 항상 그래 왔잖니?"

"……."

"그러니까 네게는 아무런 손해도 안 되는 경기…… 미안하다."

아버지는 수습을 위해 아무 말이나 내뱉다 결국 고개 숙여 사과하고 말았다.

"으이구, 다들 가관이야. 레인필드 남자들은 왜 하나같이 이 모양이라니?"

나는 어느새 내 옆에서 나를 꼭 끌어안은 어머니 품에 기대어 피식 웃었다.

"너라도 레인필드처럼 이상한 남자가 아니라 이안 님처럼 정상적인…… 아…… 미안. 이제 그것도 아니구나……."

"예, 어머니. 이제 그것도 아닙니다. 정상적인 걸로 치면 이제 레인필드가 더 나은 지경입니다."

아론은 성실하게 현수막의 문구를 점검하며 대답했다.

"죽어라고 달려들던 상대를 좋아하다니 제국에서 제일 정신 나간…… 죄송합니다, 누님. 누님을 욕할 생각은 없었습니다."

뭔가 엉망진창인 밤 같은데도 너무나 기분이 좋았다. 생각해 보니 지금까지 나는 검술 대회 전 날마다 언제나 케이틀린과 리어드의 눈치를 보며 밤늦게까지 훈련하곤 했다.

그러나 이제는 달랐다. 큰 대회를 앞두고, 몸이든 마음이든 어떻게든 편안하게 해 주려는 가족들을 보며 나는 그제야 처음으로 '져도 된다'라는 생각을 하게 되었다. 나를 둘러싼 모든 것이 바뀌었다. 조금은 이상하지만 어쨌든 따뜻한 가족과 다정한 애인이 있었다.

그날 밤, 처음으로 경기 전에 긴장하지 않고 편안히 잘 수 있었다.

그리고 이안을 이기는 꿈을 꿨다.

마음이 편안한 것과 호승심은 다른 문제였기 때문이다.

아나벨과 이안의 친선 경기가 열리는 날이었다. 아침부터 날씨가 아주 화창했다. 며칠 전 912회 검술 대회가 열렸던 경기장에는 그때만큼이나 수많은 관중들이 몰려들었다.

아나벨이 수도에서 50명이 넘는 자객들을 쉽게 쓰러트리고 나서부터 '이 승부 어찌 될지 모른다'라는 여론도 상당했다. 물론 아직은 대다수의 사람들이 이안의 승리를 점치고 있었다. 이안은 아주 어린 시절부터 모든 사람들이 인정했던 수재였기 때문이다.

"오오오, 나온다!"

거대한 북소리가 울리고, 경기장 중앙으로 나온 아나벨과 이안이 황제 앞에 나란히 섰다. 원래는 항상 낡아 빠진 회색 훈련복 차림으로 검술 대회에 나섰던 아나벨이었지만 오늘은 달랐다. 메릴린이 혼신을 다해 만든 옷을 입고 나타난 그녀는 수려한 외모와 완벽한 차림새의 이안에게 전혀 밀리지 않았다.

"평소보다 이안 님도 훨씬 멋지지 않아?"

"외모에 엄청 신경 쓰신 느낌인데? 연회 오신 줄……."

맨 앞의 특별 관중석에서 브레이든이 흐뭇한 듯 웃으며 고개를 끄덕였다. 무조건 잘생겨 보여야 한다고 몇 번이나 강조했는데 최선을 다한 듯했다.

"자기야, 진짜 질지도 몰라. 이건 진짜야."

레슬리는 브레이든의 옆에서 단단히 주의를 주었다.

"벌써부터 이안이 우승한 표정 좀 짓지 마. 너무 기대하지 말라고."

물론 브레이든은 이안의 우승을 기대하고 있는 것이 아니었다. 정확히 말하자면 그 뒤에 있을 이벤트를 기대하고 있었다. 아무리 생각해도 훈장을 전해주는 건 담백하면서도 의미 있는 프러포즈였기 때문이다.

'나도 레슬리에게 그렇게는 못 했는데…… 볼만하겠어.'

브레이든이 과거를 회상하고 있을 동안, 황제는 천천히 입을 열었다.

"자."

황제가 직접 주선한 친선 경기였기 때문에 보통 검술 대회와는 약간 진행이 달랐다. 그들을 앞에 두고 황제는 흑마법을 파괴하여 제국의 평안을 지킨 것을 직접 치하했다.

"알다시피 이안 웨이드로스와 아나벨 레인필드에게 제국은 큰 빚을 졌다."

모든 사람들 앞에서 한 번 더 그들의 공을 치켜세운 것이나 마찬가지였다.

"이에 황실에서는 두 사람에게 각각 '드래곤의 눈물'을 부상으로 내린다."

'드래곤의 눈물'이란 황실에서도 몇 개 갖고 있지 않은 진귀한 보물이었다.

"웨이드로스 공작가의 응접실 빈자리에 놓일 보석이 생겼군."

특별석에서 마탑주는 한숨을 쉬며 중얼거렸다.

"그 대단한 마정석을…… 고작 가속 마법에 쓰다니…… 이안 웨이드로스에 대한 원한은 내가 잊지 않았지."

공교롭게도 가족의 출전이라는 이유 때문에 특별 관중석에 배정받아 마탑주의 옆에 앉아 있던 아론이 진지하게 질문했다.

"원한…… 이요? 그걸 잊지 않으시면 대체 어떻게…….."

마탑주는 결연하게 대답했다.

"그래서 나는 도박장에서 아나벨 레인필드에게 돈을 걸었지."

"……아…….."

아론은 눈을 동그랗게 뜨며 고개를 끄덕였다.

"그것 참 굉장한 뒤끝이군요……. 그런 의미에서 이것을 드리겠습니다."

마탑주에게 아론이 건넨 것은 '아나벨에게 승리를!'이라는 응원 현수막이었다. 그렇게 마탑주마저 응원 현수막을 드는 동안, 황제의 말이 이어졌다.

"그리고 이 자리를 빌려, 이제 제국의 황태자는 로버트 네로도스 하이미르엔임을 선포한다."

굳이 좋은 날 폐후와 폐태자에 대한 말을 하지 않았다 뿐이지, 많은 의미를 내포한 선언이었다. 로버트는 이 자리의 주인공들을 방해하고 싶지 않은지 싱긋 웃으며 별말 없이 예만 표하고 자리에 앉았다.

"자, 그럼."

황제는 빛나는 햇살 아래, 그 어느 때보다도 행복한 표정으로 선언했다.

"두 사람의 친선 경기를 시작하도록 하겠다."

드디어 경기의 막이 올랐다. 잠깐의 환호성 뒤에 숨 막히는 정적이 찾아왔다. 이안은 눈앞의 아나벨을 보면서 잠시 숨을 골랐다.

태어났을 때부터 부족할 것 없었던 삶이었고 어릴 때부터 검술 신동이라고 추앙받았다.

"어허, 이 정도면 검술 대회 우승을 노려봐도 되겠는걸."

어린 이안을 직접 가르쳤던 브레이든은 흐뭇하게 말했었다.

"열네 살에 우승한 사람이 없지는 않습니다. 충분히 가능한 일일 겁니다."

물론 이안에게 붙은 스승이 브레이든만 있었던 것은 아니었다. 기사단장은 물론, 예전에 브레이든을 가르쳤던 스승까지 그에게는 최고급의 교수진들이 달라붙었다. 검술에 재능을 보인 모든 웨이드로스의 후계들이 그렇게 커 왔듯 말이다.

"이안 웨이드로스 소공작님과 검을 맞대다니, 정말 영광입니다."

"역시 다들 혀를 내두를 만하시군요. 좋은 가르침 주셔서 감사합니다."

그와 검을 맞댄 사람들은 패배하고 나서도 그에게 호의적이었다. 세상은 그에게 친절했고 특히나 검을 들 때면 모두가 감탄했다. 그런 그의 세상을 처음 깬 사람이 아나벨이었다. 검술 대회 결승에서 마주친 동갑내기 그녀의 투지가 너무 강했기에 그는 순간 가슴이 철렁했었다. 그리고 검을 한 번 부딪쳐 보고 나서야 깨달았다.

열네 살, 검밖에 모르던 풋풋한 소년은 그를 죽일 듯이 노려보던 소녀에게 두근거렸다. 그건 아마도 맨 처음으로 마주한 그녀의 적의에 그가 조금 주눅 들었기 때문일 것이다.

처음으로 브레이든을 이기던 날 이후, 그는 오랫동안 이런 감정을 기다려 왔음을 알았다. 진정으로 자신을 긴장하게 만드는 상대가 나타날 때 느껴지는 짜릿함 말이다. 물론 그의 실력에는 못 미쳤지만, 그녀는 그가 검술 대회에서 마주쳤던 그 어떤 상대보다 뛰어났다. 좋은 경기였다며, 혹시 웨이드로스 기사단에 들어올 생각이 없느냐며 물어보려고 했을 때…….

"꺼져, XX. 너한테나 XX 좋은 대련이었겠지."

검술 대회가 끝나고 웨이드로스 기사단에 들어온 건 아나벨이 아니라 아론이었다. 그동안 정말 많은 일이 있었고, 이제는 과거의 그 어떤 감정과도 상관없이 그녀가 좋았다. 그를 설레게 하고, 화나게 하고, 또 이렇게 안달복달하게 만드는 단 한 사람.

그리고 이렇게 수많은 관중들 앞에서 어쩌면 인생 마지막일지도 모르는 대련을 앞두고 그녀와 마주한 이안은 8년 전처럼 온몸이 긴장하는 것을 느꼈다.

질지도 모른다. 그러나 이기고 싶다. 그는 지는 기분을 모른다.

그 동안 셀 수 없이 많은 대련을 했지만 승리가 언제나 당연했었다.

이안은 검을 쥐고 먼저 아나벨에게 달려들었다.

아나벨은 눈앞에서 대치하고 있는 이안을 보며 마른침을 삼켰다.

아주 어릴 때부터 검을 잡았으나 기억에 남는 스승은 레슬리뿐이었다.

"이안을 이겨야지, 우리 딸? 그래야 우리 가족 모두 행복해져."

그녀는 어렸고 그래서 불행의 원인을 몰랐다. 정말로 그녀의 인생을 망치고 있던 사람들을 몰라본 채 엉뚱한 사람만 미워하면서 산 셈이었다.

"나는 너를 이기는 걸 절대로 포기하지 않아. 왜냐하면 검술은 내 삶의 전부니까."

이안에게 달려들고 처참하게 무시당하던 8년, 그녀는 언젠가 악에 받쳐서 이안에게 소리친 적이 있었다. 실제로 그녀는 남들이 다 웃더라도 포기하지 않았다. 말도 안 되는 연습량을 고수해 가면서도 이안을 이기기 위해 혈안이 되어 있었다. 전생을 떠올리고 나서야 겨우 이안에게는 절대 안 된다는 것을 깨닫고 이안과는 전혀 상관없는 삶을 살겠다고 다짐했으나…….

"그러니 나를 네 상대로 인정해! 그렇게 무시하는 눈으로 보지 말란 말이야!"

사실 정말로 검술이 좋지 않았다면 평생을 그렇게 사는 건 불가능했을 것이다. 그리고 검술에 인생을 바친 사람답게, 아나벨은 최고가 되고 싶었고 최강자인 이안을 꺾고 싶었다. 그것은 검사의 본능이었다. 아마 그래서 마지막 검술 대회 불참을 결정하고 나서 한동안 씁쓸함을 어쩔 수 없었던 것일 터였다.

아무리 라이벌을 그만둔다고 선언했지만 8년간 한 명을 이기기 위해 고군분투해 온 시간의 무게는 가볍지 않았다. 검을 잡고 이안을 노려보는 순간, 아나벨은 레슬리도 메릴린도 심지어는 자기 자신마저도 잊어버렸다. 여전히 태산같은 상대였다. 몇 번이고 붙어 보았기에 엄청난 상대라는 것을 알고 있다.

질지도 모른다. 그러나 이기고 싶다. 그를 이기는 기분을 모른다.

그 동안 셀 수 없이 많은 대련을 했지만 줄기차게 져 왔던 상대였다.

이안이 먼저 검을 들고 달려들었다. 항상 느긋하게 상대를 배려하며 선공을 양보하는 이안의 방식과 달랐다. 그 역시 아나벨과 똑같은 마음이라는 것을 알 수 있는 선공이었다. 그리고 이렇게 '같은 마음'으로 그와 붙을 수 있는 순간을 얼마나 기다려 왔던가.

아나벨은 그 어느 때보다도 흥분된 마음으로, 이안의 검을 맞받아쳤다.

희대의 명경기였다. 그 어느 때보다도 길었고 한순간도 눈을 뗄 수 없을 정도로 박진감이 넘쳤다. 912회 검술 대회 이후 모든 일정을 미루고 친선 경기 때까지 수도에 머문 검사들은 기다린 시간을 보상이라도 해 주는 듯한 멋진 경기에 열광했다.

얼마나 경기의 내용이 엄청난지, 황제는 감동받아서 훌쩍이기까지 했다.

그가 손수건을 꼭 쥐고 중얼거렸다.

"나는 이제 죽어도 여한이 없다."

로버트는 입 밖에 내지는 않았지만 아직은 안 된다고 말릴 뻔했다. 황실의 빚은 마이에나의 도움으로 어느 정도 메웠다고 해도, 여전히 혼자 감당하기에는 꽤 버거웠기 때문이다.

"와, 정말 912회 검술 대회와는 비교가 안 되는군요."

912회 검술 대회 우승자인 아론 역시 혀를 내두르며 고개를 저었다.

"온 제국의 검사들이 웨이드로스 공작님께 절하고 있을 겁니다. 살아생전 이런 경기를 보게 되다니요."

이안이야 언제나 완벽한 검술을 선보였지만, 아나벨의 약진이 엄청났다. 이안이 우세한 것 같으면 아나벨이 다시 역공을 시작하고, 아나벨의 공격이 먹힌다 싶으면 이안이 반격에 나섰다.

"어떡해……."

메릴린과 오스칼은 아나벨을 응원하는 플래카드를 하늘 높이 든 채로 중얼거렸다.

"내 딸이지만 너무 자랑스러워……."

닉은 이미 일어서서 최선을 다해 깃발을 흔들고 있었다.

"아나벨! 아나벨! 아나벨!"

저 멀리 관중석에 있던 보육원 친구들이 '뭔가 돈이 걸렸나 보군'이라고 숙덕거릴 정도였다.

"저는 검술은 잘 모르고 흥미도 없었지만."

마탑주 역시 '아나벨에게 승리를!'이라는 현수막을 들고 감동하여 말했다.

"둘이 움직이는 게 무슨 묘기 같아요! 눈을 못 떼겠군요. 흠, 여기서 검술에 조예가 없는 사람은 나뿐인가……."

"괜찮아요. 저도 있어요, 마탑주님!"

아론을 사이에 두고 앉아 있던 세시안느가 싱긋 웃으면서 밝게 대답했다. 그녀 역시 '아나벨 레인필드에게 축복을'이라는 문구의 플래카드를 들고 있었다.

"저도 뭐가 뭔지 모르겠지만 일단 재미있는 것 같아요. 빈민가에서 팔려갈 뻔한 서커스단의 공연 같기도 하고요! 어머, 옛날에 비하면 새삼 나 팔자 폈네."

경기 내용이 어찌나 엄청난지, 그 누구도 '이안이 아나벨을 좋아해서 봐주고 있다'라는 말은 꺼내지 못했다. 게다가 아나벨은 며칠 전 50명이 넘는 자객들을 물리치면서 모든 사람들 앞에서 실력을 뽐내지 않았던가. 그렇게 사람들의 손에 땀을 쥐게 하는 순간들이 이어지던 차였다.

"하압!"

엎치락뒤치락하며 만만치 않은 공격을 이안과 주고받던 아나벨이 순간 이안의 빈틈을 확인하고 그의 배를 차서 도약했다. 그리고 곧이어 다가온 이안의 검을 날래게 피한 뒤 공중에서 한 바퀴 돌았다. 이안이 그 틈을 놓치지 않고 그녀의 검을 쳐 냈다.

"아, 이렇게 끝나나요……."

아론이 순간적으로 서글픔을 참지 못하고 중얼거렸다. 아론뿐만이 아니라 검술에 조예가 있어서 눈이 빠른 사람들은 단번에 반응했다.

"이, 이럴 수가!"

황제는 손수건을 입에 물고 뒤로 넘어갈 듯 소리를 지르기까지 했다.

"안 돼! 내 1실러!"

닉 역시 처절하게 외쳤다. 깃대를 잡은 그의 손가락에 힘이 들어갔다.

"……1실러? 무슨 소리야, 그게?"

그 와중에도 메릴린은 어이가 없다는 듯이 반문했다. 1실러라면 평민들이 이용하는 평범한 식당의 한 끼 식사 값이었다.

그녀의 검이 허공에서 팽그르르 돌았고 그 순간 사람들은 이대로 이안의 승리라고 생각했다. 놓친 검을 주울 틈을 줄 이안이 아니었기 때문이다.

"이안."

하지만 얼마 지나지 않아, 이안은 귓가에 울리는 환희에 찬 목소리를 들을 수 있었다.

"……내가…… 결국 내가……."

이안이 쳐 낸 검을 재빠르게 공중에서 받아 든 아나벨이 그대로 그의 목에 검을 겨눈 것이다. 엄청난 반응 속도와 과감한 판단력, 정확한 움직임이 아니면 할 수 없는 마무리였다.

아까 이안이 아나벨의 검을 쳐낼 때에 제각각의 반응을 보이던 사람들은 일제히 입을 다물고 숨을 멈춘 채였다. 다들 너무나 빠르게 이어진 동작에 어안이 벙벙했기 때문이었다.

"……뭐죠? 전 아무 것도 못 본 것 같은데."

결정적인 장면을 모두 놓치고 마지막 상황만 파악한 세시안느가 고개를 갸웃했다.

"근데 저건…… 아나벨 님이 이긴 것 아닌가요?"

과연 아나벨의 검 끝은 이안의 목을 정확히 향해 있었고, 이안은 반격하지 못한 채 그대로 정지해 있었다. 그들은 그 상태에서 각자의 8년을 떠올리고 있는 중이었다. 지금 이 순간이 그들의 길고 길었던 지난 시간들 속에서 어떤 의미가 있는지. 연인 사이를 떠나 한 시대를 함께 사는 젊은 검사로서 서로에게 어떤 가치가 되는지.

시간이 조금 지나서야, 이안의 귓가에만 들리는 아주 작은 아나벨의 속삭임이 이어졌다.

"내가 이겼어."

말이 끝남과 동시에 엄청난 환호성이 어지럽게 경기장을 채웠다. 이안은 황제가 아나벨의 승리를 선언할 때까지 어안이 벙벙하여 숨을 놓아쉬었다. 검을 막 배우던 아주 어린 시절 이후 처음 겪어 보는 패배였다.

"아."

이안은 자신도 모르게 중얼거렸다.

"······이런 기분이군, 진다는 건."

목 뒤에서 느껴지는 검 끝이 서늘했다. 처음으로 느껴 본 제압당하는 기분이었다. 이런 기분이 들게 만드는 사람은 이 세상에서 아나벨이 유일하겠지.

그는 천천히 들고 있던 검을 내리고, 아나벨을 뒤돌아보았다. 볼이 잔뜩 달아오른 채 숨을 몰아쉬는 그녀가 너무 아름다워서 그는 문득 무릎을 꿇고 그녀의 손등에 입 맞추고 싶다는 충동을 느꼈다.

그와 눈이 마주친 아나벨은 그와 아주 비슷한 말을 했다.

"이런 기분이구나······."

그녀의 목소리가 감격에 떨렸다.

이안 역시 최선을 다했다는 건 그를 지난 8년간 상대해 온 그녀가 제일 잘 알았다. 이안을 이기기 위해서 기를 썼던 지난 세월들이 주마등처럼 스쳐 지나갔다. 눈물이 뚝뚝 떨어졌다.

"이안 웨이드로스를 이기는 건······."

이 벅찬 감격은 우승 때문도 작위 때문도 아니었다. 굳이 이유를 말한다면 8년 동안의 악바리 같았던 시간 때문이었다.

"내게 이천 번이 넘게 질 때도 한 번도 안 울더니 왜 울고 그래."

이안은 그녀의 눈물을 닦아 주며 속삭였다.

"여기서 안고 싶게."

경기장 위로 폭죽이 터졌다. 이안과 아나벨은 누가 먼저라고 할 것도 없이 예를 갖추어 마주 섰다.

아나벨은 이안에게 손을 내밀며 떨리는 목소리로 말했다.

"좋은 경기였어, 이안."

이안은 잠시 아나벨이 내민 손을 바라보다가 씩 웃으면서 꽉 잡았다.

"좋은 경기였어, 아나벨."

지난 두 번의 검술 대회 결승전에서는 나오지 않았던 훈훈한 그림이었다. 손을 맞잡은 두 사람의 머리 위로, 경기장에 다시 한 번 우레와 같은 환호성 소리가 울렸다. 물론 그중에는 남들보다 더 열심히 박수를 치는 사람들이 있었다.

"웨이드로스 공작에게 잃은 돈은 다 회수하겠군."

황제는 땀에 젖은 손수건을 꼭 쥔 채로 발까지 굴러가며 흥분하고 있었다.

"역시 투자는 이런 맛이지!"

무리하게 광산에 투자했던 선대 황제의 피가 아예 끊기지는 않은 모양이었다. 옆에서 지켜보던 로버트는 황실 재정을 더 빡빡하게 관리하기로 몰래 마음먹었다. 그리고 황제의 목숨 연명을 위해 그가 부디 아나벨의 공중돌기를 몰래 따라해 보지 않기를 바랄 뿐이었다.

"와, 결국 이렇게 됐군."

황제와는 다른 의미로 환희에 찬 사람이 있었다. 바로 닉이었다.

"역시…… 조카에게 무리해서 돈을 건 보람이 있었어."

아론이 혀를 차며 끼어들었다.

"역시 돈이 걸려 있었군요. 어제부터 정말 이상하셨습니다."

메릴린은 환호하며 기뻐하는 와중에도 퉁명스럽게 쏘아붙였다.

"아까 1실링 얘기하던데, 설마 1실링 걸었어?"

"그래. 아까는 꼼짝 없이 1실링 날리는 줄 알았다고."

그 모습을 본 오스칼 역시 플래카드를 흔들면서도 안타깝다는 듯이 말했다.

"1실링 그냥 내가 줄게……. 그 깃발 값도 그거보단 비싸."

"너희는 아무래도 나보다 잘 살긴 글렀다. 돈을 그렇게 쉽게 생각해서야."

닉은 혀를 차며 고개를 절레절레 저었다. 그리고 흐뭇하게 경기장을 내려다보며 중얼거렸다.

"돈 딴 걸로 아나벨한테 뭘 사 줄까……."

그 말에 메릴린과 오스칼은 더 이상 빈정대지 않았다. 그 한 마디로 닉의 조카 사랑이 대단하다는 것을 인정하게 되었기 때문이다.

"자, 그럼 시상을 시작하도록 하지."

다음 날 시상식과 축제를 겸하던 검술 대회와는 달리 친선 경기였기 때문에 시상은 바로 이루어졌다. 이안은 처음으로 관중석에 앉아서 시상대를 바라보았다. 그 어느 때보다도 반짝반짝 빛나는 모습의 아나벨이 벅찬 얼굴로 황제의 앞에 서 있었다.

"이번 특별 훈장은 작은 마정석을 박아 나의 재량으로 특별 제작했다."

황제는 검술 대회 훈장과 크기와 모양은 같지만 가운데 박힌 보석의 색깔이 다른 훈장을 들고 말했다.

"제국의 안녕을 위해 개인의 영예를 포기한 검사에게 친히 내리는 황실의 보답이라고 여겨 주게."

아마 이런 친선 경기가 벌어질 일은 두 번 다시 없을 테니, 세상에서 유일한 훈장이 될 것이었다.

"친선 경기 우승자, 아나벨 레인필드에게 이 훈장을 수여하도록 하겠다."

우레와 같은 박수 소리가 들렸다. 이안은 관중석에 앉아서 열심히 박수를 쳤다. 그러고는 참지 못하고 결국 자랑해 버리고 말았다.

"제 애인입니다. 정말 너무 멋있군요……."

그 자랑을 들은 상대는 바로 이안의 옆에 앉아 있던 레슬리였다. 그녀가 이안의 옆구리를 꾹 찌르며 말했다.

"내 제자야."

둘의 하는 양을 보고 있던 브레이든은 웬일로 끼어들지 않고 조용했다. 그가 세운 완벽한 프러포즈 계획이 시도도 못 하고 끝나 버린 것이다. 이안이 정말로 질 것이라고 생각하지 못한 그는 허탈하게 웃고 있었다. 이안이 이보다 더 센스 있는 순간을 만들 수 있을 것이라는 기대가 들지 않았기 때문이다.

훈장을 받은 아나벨 레인필드가 소감을 말하기 위해 돌아섰다. 쏟아지는 햇빛 아래 아나벨이 잠시 감격의 숨을 골랐다. 작위를 받아 케이틀린과 리어드에게 인정받기 위해 이 순간을 매일 꿈꿔 오던 밤도 있었다. 그때 상상하던 것보다 훨씬 더 끝내주는 기분이었다. 아마 케이틀린과 리어드가 아닌 자기 자신을 위한 승부였기 때문일 것이다.

"먼저 이 경기를 주선해 드린 황제 폐하께 감사드립니다."

첫마디는 그냥 의례적인 것이었으므로 수상 소감은 이제부터 시작이었다.

"부족한 저를 사랑으로 품어 주신 제 부모님, 고맙습니다. 많이 부끄럽게 해 드린 만큼 남들보다 더 자랑스러운 딸이 될게요."

오스칼은 물론 메릴린까지 눈물을 훔치고 있었다.

아나벨은 씩 웃으며 말을 이었다.

"그리고 제 인생에 처음으로 다가와 주신 스승님, 레슬리 님께도 헤아릴 수 없는 감사 인사를 표합니다."

레슬리는 승리했다는 듯이 이안을 보며 씩 웃어 보였다. 이안보다 먼저 언급된 것이 좋았기 때문이다. 이안은 여유 있게 레슬리에게 마주 웃어 보였다. 우여곡절 끝에 만난 부모님이 1순위인 것은 당연히 예상했고, 레슬리에게 밀리는 건 어쩔 수 없었다고 생각했다.

'그동안 쌓아 온 업보가 있으니까……'

아나벨의 평판이 바닥이고 아무도 의지할 이가 없을 때 먼저 손을 내민 사람이 레슬리 아니었나. 그동안 그는 아나벨이 신경 쓰인다는 사실조차 부정하려고 애썼고 말이다.

'그러니 세 번째 정도가 알맞지.'

저 위에서 낭랑한 아나벨의 말이 이어졌다.

"어쩌다가 주목도가 밀린 912회 우승자 아론에게는 살짝 미안하지만, 913회에서 온전한 우승을 모두 누릴 수 있을 것이라고 생각합니다. 그리고 세시안느

197

성녀님, 부디 저희 가족이 평생 은혜를 갚을 수 있는 기회를 주세요. 잘해 드리겠습니다."

이안의 얼굴이 살짝 굳어졌다. 4순위까지 밀려 버린지라 미소가 훨씬 옅어질 수밖에 없었으나 그는 억지로 스스로를 위로했다. 어쨌든 아론과 세시안느는 가족이니까……

"말이 나왔으니까 말인데 친자 검사를 허가해 주신 전 대신관님과 로버트 황자님, 아니 황태자님께도 감사 인사를 드립니다. 황태자님이 되신 것을 경하드려요."

하지만 오리안스와 로버트에게까지 밀리고 나니 더 이상 표정 관리가 되지 않았다.

"저희 가족을 온전히 지켜 주신 웨이드로스 공작님께도 감사드립니다. 저 때문에 오랜 시간 달리기하느라 고생하신 웨이드로스 저택의 문지기분께도요."

이안은 자신이 이렇게까지 유치한 사람인가 진지하게 자아 성찰을 해 보는 시간을 가졌다. 하지만 아무리 생각해도 문지기에게까지 밀린 건 너무했다.

"이안."

수상 소감에 자신이 들어갔다는 것만 해도 기분이 좋아진 브레이든이 희희낙락한 어조로 이안을 바라보며 한마디 했다.

"너 울겠다?"

이안은 그 말에 대답할 수조차 없을 정도로 입술을 꾹 다물고 있었다.

옆에서 레슬리가 어이없다는 듯 화를 냈다.

"에이, 자기야. 원래 가장 중요한 사람한테 마지막으로 고맙다고 하는 거야."

그 말에 이안은 마지막 남아 있던 실낱같은 희망마저도 버리고 말았다. 레슬리의 감이라면 무조건 틀릴 것이기 때문이다.

과연 아나벨은 산뜻하게 긴 수상 소감을 마무리했다.

"그럼 감사 인사는 여기까지 하겠습니다."

이안은 필사적으로 정신 승리를 하기 위해 과거의 업보를 떠올릴 수밖에 없었다. 자신이 그녀를 무시했던 8년, 숨 쉬듯 내뱉었던, 자기를 신경 쓰지 말고 네 삶을 살아 보라는 조언…….

그때였다.

"그리고 이 특별 훈장은 이안 웨이드로스에게 바치겠습니다."

아나벨은 긴말하지 않고 딱 한마디로 모든 상황을 정리했다. 경기장이 술렁이는 가운데, 그녀가 관중석으로 다가왔다. 정확히는 이안에게 오고 있었다.

이안은 숨이 막힐 것 같은 표정을 지은 채 경쾌하게 다가오는 아나벨을 바라보았다.

"자."

그토록 많은 사람들 속에서, 아나벨이 싱긋 웃으며 이안에게 특별 훈장을 달아 주었다. 이안은 순간 눈물이 왈칵 솟아오르는 것을 느꼈다. 그로서는 그조차 생소한 감각이었다. 이런 경험을 해 볼 것이라고 예상한 적이 없었다.

감격해서 차마 뭐라고 말하지도 못하는 이안에게 아나벨이 작게 속삭였다.

"결혼식장에도 달고 와."

이안은 그 자리에서 그녀를 꽉 끌어안고 말았다.

그 어떤 승리와도 비교되지 않는 달콤한 패배의 순간이었다.

역시 브레이든은 옳았다. 이런 장소, 이런 상황, 이런 기분에서 이런 선물을 받고 이런 말을 듣는 기분은…….

정말 뭐라고 표현할 수 없을 만큼 끝내주게 황홀했기 때문이다.

그날 밤, 이안과 나는 처음으로 자유롭게 만나 데이트를 즐겼다. 친선 경기가 끝난 뒤 감격한 관광객들을 대상으로 커다란 야시장이 열렸기 때문이다.

우리는 남들의 눈을 의식하지 않고 여기저기 구경을 다니며 먹고 싶은 것도 열심히 사 먹는 중이었다.

"자, 이제 먹기 불편할 테니까 이리 줘 봐."

나는 긴 고기꼬치를 먹고 있는 중이었는데, 윗부분을 다 먹어서 꼬치가 남게 되면 이안이 귀신같이 검으로 세심하게 잘라 주었다.

"고마워, 이안."

두 입 정도 먹으면 굳이 친절하게 검으로 재능 낭비를 해 주시는 이안의 모습이 신기한지 주변 사람들이 자꾸만 힐끔거렸다. 아니, 이렇게 참신한 방법으로 나를 지극히 사랑하며 챙겨 주는 것을 남들한테 다 보여 주면……. 사랑받지 못한 유년기를 보낸 나는 너무 좋아서 더욱더 이안이 사랑스러워졌다.

"여유 있고 진짜 좋다. 내가 꿈꿔 왔던 삶이야."

남의 시선이 쏟아진다는 것 외에는 정말 내가 바라던 일상이었다. 항상 검술에만 미쳐 있었던지라 남들 하는 걸 다 못 하고 살았다. 이제는 나와 우리 가족들을 괴롭혔던 악당들이 모두 감옥 엔딩을 맞았으므로 더 이상 적성도 아닌 뇌세포 굴릴 일도 없었다. 계속해서 검술은 하겠지만 이렇게 마음 편하게, 아무 생각 없이 사랑하는 사람들과 삶을 즐기면서 오늘 같은 일상을 살 예정이었다.

'내일은 유이나에게 편지도 보내 봐야지. 티타임을 갖자고.'

익숙하지는 않지만 친구도 사귀어 볼 생각이었다.

정말이지, 내가 간절히 바라던 대로.

"다른 평범한 연인들은 또 뭘 하지?"

이안은 진지하게 물었다. 그리고 주변을 둘러보며 연인들을 관찰하기 시작했다. 활기찬 야시장답게 곳곳에서 연인들이 이벤트를 즐기고 있었다.

"저기 풍선 다트에서 인형 뽑아 줄까?"

"이안."

나는 한숨을 쉬며 말했다.

"네가 등판하는 순간 저 상인 울걸……."

"아니면…… 저기 팔씨름 대회 나가서 상품 타 줄까?"

"양심적으로 이런 데에서 양민 학살 하지 말자."

내 말에 이안은 골치 아프다는 듯이 이마를 짚었다.

"아…… 네가 연회 때 평범한 남자가 좋다고 했었는데……."

그 대단했던 키스 이전의 대화를 떠올릴 수 있다니 이안의 기억력은 엄청났다. 난 그날 밤을 상기하면 어쩌다 키스했던 것밖에 기억나지 않는데 말이다.

"평범한 연인들이 하는 거라면 뭐든지 다 경험하게 해 주고 싶은데 그게 이렇게 어려울 줄이야……."

나는 그의 어깨를 툭툭 두들겨 주며 안심시켜 주었다.

"이미 내가 평범한 여자가 아닌걸. 그건 이번 생에 포기했어."

안 그래도 우리가 지나가면 이안뿐만이 아니라 나를 보면서도 사람들이 환호하며 이것저것 선물을 쥐여 주곤 했다. 아니, 오늘만큼은 이안보다 나를 황홀한 눈빛으로 보는 사람들이 훨씬 더 많았다. 그도 그럴 것이 시상식이 모두 끝나고 나서 작위 수여 문제가 불거졌을 때, 나는 모두가 예상하지 못한 답을 내놓았던 것이다.

"저는 지금 아나벨 레인필드로 사는 것이 너무 좋아요. 귀족이 되고 싶다는 생각을 조금도 하지 않고 있기 때문에, 작위 수여 문제는 없는 것으로 해도 될 것 같습니다."

사실 작위 수여 자체가 꽤 복잡한 상황이었다. 검술 대회 우승자는 어쨌든 아론이었지만 그는 내 대타였고, 그 와중에 친선 경기 우승자는 나였다. 그러므로 이런 전무후무한 상황에서 누구에게 어떻게 작위 수여를 해야 할지 모두가 헤매는 와중에 내가 '작위는 필요 없다'라고 못 박아 버린 것이다.

솔직히 작위를 가진다고 해서 대단한 일이 벌어지는 것도 아니었다. 내 인생에 더 이상 필요한 건 없었다. 그게 8년간 바라왔던 것일지라도.

'아니, 사실은 내가 아니라 케이틀린과 리어드가 바랐던 거겠지.'

나를 조건 없이 아껴 주는 가족과 진심으로 사랑해 주는 연인이 있으니 굳이 더 이상 바랄 것이 없었다. 이것은 사전에 아론과도 합의한 내용이었다. 아론의 작위야 913회 우승을 하면 주어지는 것이었기 때문이다.

"저는 평민 검사로서도 최강자로서 충분히 멋지게 살 수 있고요. 그러니까 애매한 상황에서 굳이 작위를 받을 필요는 없어요."

그 말에 마이에나는 감동받아 울었다고 했다. 다 끝난 뒤에는 예전에 로버트와 엮겠다며 오지랖 부린 것에 대해서 나를 찾아와 몇 번이고 사과까지 했다.

"삶의 궤적으로 보여 주신다더니 정말이었군요, 아나벨 양. 너무 감동받았어요. 제가 걸어가야 할 길에 대해서도 다시 한번 생각하게 되었어요. 그리고 예전에 황가와의 결혼을 멋대로 주선한 점은 정말 죄송……."

"그건 정말 죄송할 일이었지. 정말로."

그에 대한 대답은 이안이 했지만 말이다.

물론 부모님 역시 표현은 안 했지만 작위를 거절한 사실에 마음을 놓은 것 같았다. 부모님은 여전히 내가 귀족의 딸이 아니라 평민의 딸이라는 것에 실망했을까 봐 내심 걱정하고 있었기 때문이다. 그동안 아베데스 후작이 천한 평민 피 운운하며 속을 긁어 댔으므로 내가 더 걱정이었는데, 작위가 필요 없다고 공언한 덕분에 부모님의 오랜 걱정을 드디어 털어 낸 것 같아서 뿌듯했다.

"뭐, 오만 사람들 앞에서 서로에게 고백했으니 둘 다 안 평범한 데에는 우열을 다투기가 어려워. 그러니 이제 서로의 유일함만 생각하자고.”

드디어 고기꼬치를 다 먹은 내가 기운차게 말했다. 파란만장한 연애는 진짜 싫다고 여기저기 말하고 다녔는데 정신 차리고 보니 제국에서 가장 시끄럽게 알려진 연애를 하게 되었다. 하지만 뭐…… 원래 인생은 내 뜻대로 되는 게 아니니까 나는 쉽게 받아들였다.

“나는 그냥, 이렇게 네 손을 잡고 수도만 걸어도 좋은걸.”

“난 별로.”

이안은 어깨를 으쓱하며 대답했다.

“오늘 밤 각자 집으로 가면서 헤어져야 하잖아. 손 줘, 닦아 줄 테니까.”

그 와중에도 소스가 묻은 내 손을 닦아 주겠다며 그가 손수건을 꺼냈다. 다정하게 내 손을 닦아 주는 그를 보면서 나는 피식 웃었다.

‘역시 결혼식을 언급해 주길 잘했다. 나도 같은 마음이라는 걸 말해 주지 않았다면 이안 성격에 부담 주지 않겠다면서 마음 좀 졸였겠지.’

물론…… 그 마음 졸이는 것과는 별개로 결혼은 은근히 빠르게 진행됐겠지만. 분명히 거절하려고 했는데 정신 차리고 보니 이안과 키스하고 있었던 그 순간을 잊을 수 없었다. 그리고 훌륭한 검사라면 절대로 지난 실수를 반복하지 않는 법이었다.

‘이번에는 꼭 내가 주도하고 싶었단 말이야. 어차피 이제 어영부영 지내다 보면 결혼식 날짜 잡혀 있을 텐데, 웨이드로스 집안 남자들에게 프러포즈까지 휩쓸릴 수는 없었다고.’

시상식 때 훈장을 받아서 이안에게 주겠다는 생각은 친선 경기가 성사되었다는 소식을 듣자마자 떠올린 것이었다. 원래 원작에서 남주가 여주에게 주는 장면이 있었기 때문이다. 이안 웨이드로스, 원작이 완전히 틀어졌다고 할지라도 영원한 나의 남자 주인공. 그의 라이벌을 그만두고 얻은 이 행복한 정상의 자리에서 나는 이제 그의 손을 잡고 있었다.

'어차피 곧바로 결혼할 것도 아니지만, 그래도 확신은 줘야지.'

결혼은 천천히 했으면 좋겠다며 울먹이던 아버지를 생각하면 곧바로 날짜 잡는 건 안 될 일이었다. 사실 곧바로 결혼할 것 같은 커플은 따로 있었다.

'오늘 진짜 프러포즈하지 않을까?'

바로 아론과 세시안느였다. 야시장에 나가면서, 나는 혹시라도 아론과 동선이 겹칠까 봐 은근슬쩍 행선지를 물었었다.

"아, 절대 안 겹치니까 걱정하지 마십시오."

"네가 겹치는지 아닌지 어떻게 알아. 얼른 말해. 내 첫 데이트에 아론 레인필드 뿌리는 건 있을 수 없는 일이라고."

"피차 마찬가지 입장입니다. 저도 오늘만큼은 제 데이트에 누님을 뿌리지 않겠습니다."

아론은 어깨를 으쓱하며 말했다.

"세시안느 앞에서 제게 입만 산 인질 역할을 주시지 않았습니까. 누님만 엄청 멋있게 등장하고. 물론 제 적성에 딱 맞는 역할이기는 했습니다만."

그 말에 나는 빠르게 눈치챘다. '오늘만큼은'이라는 말이 붙은 걸 봐서 평소와 다른 데이트라는 뜻이었다. 게다가 훈장까지 준 마당에 다음 특별한 행사가 뭐가 있겠는가. 안 그래도 얼른 신전에서 데리고 나와서 좋은 곳에 재우고 좋은 것 먹이라면서 부모님의 성화가 대단했었다.

내가 곧 새로운 가족을 맞이할 생각에 들떠 있을 때였다.

손수건이 사라진 자리에 이물감이 들었다.

"어…… 이건?"

이안이 내 넷째 손가락에 반지를 끼워 주고 있었다.

때마침 밤하늘에 폭죽이 터지며 예쁜 불꽃들이 번쩍이기 시작했다.

"말했잖아. 꽤 오랫동안 네 손에 반지를 끼우고 싶었다고. 내가, 직접."

그가 빙긋 웃으며 내 눈을 바라보았다.

"어때? 이건 좀 평범한 연인 같은가?"

나는 내 손가락에 딱 맞는 반지를 살펴보다가 결국 깔깔 웃고 말았다. 반지에는 서로 맞댄 검이 정교하게 세공되어 있었다.

"내가 직접 디자인을 설명했어. 수도에서 가장 능력 있는 세공사를 찾아갔는데도 이런 건 처음 해 본다고 하더군."

이안은 진지하게 덧붙였다.

"왜 이런 걸 안 하지? 검이 얼마나 아름다운데."

"그러게 말이야."

그러고 보니 나 역시 사람들이 왜 장신구에 검을 안 새기는지 궁금했다.

"집에 가서 어머니한테 물어봐야겠다. 왜 검 모양 레이스는 안 뜨는지."

우리의 취향과는 별개로, 어쨌든 평범한 연인들이 낄 것 같지는 않은 디자인이었다. 하지만…….

"어쨌든 너무 좋아. 완전 마음에 들어!"

서로의 서사를 어딘가에 상징성 있게 담아내고 싶은 마음이야 모든 연인이 똑같지 않겠는가.

나는 이안의 손에 자리한 똑같은 모양의 반지를 보며 싱긋 웃었다. 더 이상 바라는 것도 없고 이루고 싶은 것도 없는, 그래서 편안한 밤이었다.

〈끝〉

에필로그

청명한 아침이었다. 웨이드로스 공작저는 아침부터 꽤 바빴다.

"자기야, 멀었어? 조금 일찍 가자. 급한 일 아니면 나중에 해."

화려하게 차려입은 레슬리가 응접실 앞을 서성이다 결국 문을 벌컥 열었다.

"다른 행사도 아니고 결혼식인데……."

황실에서 온 시종과 대화를 나누고 있던 브레이든은 레슬리의 말에 곧바로 일어났다.

"알겠어. 어차피 지금 막 끝났어."

브레이든이 황실 시종과 나누고 있던 대화는 사실 아베데스 후작가 사람들에 대한 처분이었다. 이안이 의뢰한 마법 아이템인 책갈피의 뒤를 쫓으니, '상대를 정말 싫어하는 이성의 피'가 필요하다는 결과가 나왔다. 그리고 구매 경로를 추적한 결과 아베데스 후작가가 나온 것이었다. 이것은 아나벨을 해하려고 했다는 너무 확실한 증거였다. 확실한 증거가 나오니 기사단에서 연행한 자객들 역시 진실을 털어놓았고 말이다.

"아베데스 삼부자의 처리 때문에……. 여관 벽 테러 때에는 황태자님까지 함께 계셨기 때문에 황족 시해죄까지 맞물려서 황실과 의논해야만 했거든."

브레이든은 아베데스 삼부자의 처분을 웨이드로스에 넘겨 달라고 부탁한 참이었다. 그리고 황실에서 드디어 답이 왔다. 황실 감옥의 무기징역 선고 이상의 형벌을 줄 때에만 허가하겠다는 답신이었다. 뭐 그거야 브레이든으로서는 자신 있었다. 오래된 기사 가문인 웨이드로스 공작가의 형벌은 황실보다 더하면 더했지 덜하지 않았기 때문이다.

"내 며느릿감을 해치려고 했는데 내가 직접 나서야지."

브레이든은 씩 웃으며 황실 시종에게 인사했다. 시종이 예를 표하고 나가려다가 참지 못하고 한마디 했다.

"그런데 저것은…… 혹시 친선 경기 훈장인가요?"

원래 거대한 마정석이 있던 응접실 입구에는 반짝이는 작은 마정석이 박힌 훈장이 자리하고 있었다. 당연히 황제가 이안에게 하사한, 제국의 엄청난 보물인 '드래곤의 눈물'이 있을 줄 알았던 시종은 살짝 황당해하는 중이었다.

"검술 대회 훈장과는 조금 다르고…… 저도 가까이서 보는 건 처음이군요."

"당연하지. 이건 전무후무한 훈장인데."

브레이든이 자랑스러움을 감추지 못하고 말했다.

"내 며느릿감이 무려 우리 아들에게 준 훈장이거든."

"……."

"대를 이어 지켜 갈 가보로 아주 충분하지."

시종은 어색하게 동의를 표한 뒤 재빨리 나갔다.

제국을 떠들썩하게 만들었던 친선 경기를 치른 지 어언 한 달이 지났다. 그동안 웨이드로스 공작저에는 몇 가지 변화가 있었다. 그중 응접실에 친선 경기 우승 훈장이 자리하게 된 것은 아주 사소한 일이었다.

그리고 웨이드로스 공작이 작위의 승계를 대대적으로 준비하고 있다는 것은 조금 큰 일이었다. 그는 예전부터 공언해 온 것처럼, 이안의 마지막 검술 대회가 끝나면 웨이드로스 공작위를 물려주고 레슬리와 세계 일주를 떠나겠다던 계획에 착수한 상태였다. 덕분에 연무장에서 살면서 기사단을 관리하던 이안은 요새 꽤 많은 시간 동안 집무실에 틀어박히게 되었다.

그리고 가장 큰 변화로는…….

"아나벨은 오늘 레인필드 저택에서 오겠지? 여기 들르지는 않겠지?"

"어휴, 말도 마. 이미 오늘 새벽에도 연무장에 나와서 기사들이랑 함께 훈련했다고 하더라고."

바로 아나벨이 웨이드로스 기사단장이 된 것이었다. 어차피 이안이 공작위를 물려받게 되면서 이안 대신 기사단을 통솔할 사람이 필요한 참이었다. 원래라면 부관인 아론이 기사단장으로 승급했어야 했지만, 아론은 '그런 부담스러운 직책은 싫다'라며 단칼에 거절했다.

그 와중에 실력으로 보나 열의로 보나 훨씬 더 훌륭한 기사단장감이 있었다. 바로 아나벨이었다. 심지어 함께 동고동락하지는 않았어도 8년간 웨이드로스 기사단과 매일같이 마주했기 때문에 연무장의 지리나 훈련 방식까지 이미 벌써 빠삭하게 꿰고 있었다.

"원래부터 제 꿈이었어요. 만일 케이틀린과 리어드 때문에 어린 날을 이안 웨이드로스에게 바치지 않았더라면 무조건 귀족가 기사단에 들어갔을걸요."

"어머, 그럼 웨이드로스 기사단에 들어왔을 수도 있겠구나."

"아마도요? 어쨌든 오래 돌아왔지만, 저는 기사단 관리하는 건 정말 좋아요. 딱 제가 하고 싶던 일이에요. 머리 안 써도 되고 말이에요."

아나벨은 이안과는 다른 방식으로 기사단에게 커다란 영감을 주었다. 그녀는 우승을 하고도 엄청난 훈련의 양을 줄이지 않았다. 기본적으로 노력파인 그녀를 보면서 기사단은 내심 그녀의 한결같은 근성을 존경하는 마음까지 갖게되었다.

그렇게 오랜 세월 이안에게 열심히 달려들다가 결국 그를 이겨 버린 아나벨에게 기사단 사람들은 바로 복종했다. 이미 꽤 친숙하기도 했고 말이다.

"그럼 지금은 레인필드 저택으로 돌아갔나? 우리랑 같이 가지는 않겠지?"

브레이든의 말에 레슬리가 곱게 눈을 흘겼다.

"당연하지. 다른 것도 아니고, 동생 결혼식에 가는 길에는 당연히 가족들과 함께 있어야지."

"이안은?"

"아, 아나벨 수발들라고 진작 보냈지. 치마라도 구겨지면 펴 주라고 했어."

오늘은 바로 아론과 세시안느의 결혼식이었다. 아무래도 아나벨은 가족들을 찾은 지 얼마 되지 않으니, 결혼을 할 거면 오랫동안 품 안에 끼고 키웠던 아론부터 하라는 오스칼의 주장이 먹힌 것이었다. 게다가 천애 고아인 세시안느에게 얼른 가족이 되어 주고 싶다는 아론의 강렬한 의지까지 반영되었다.

"자, 그럼 얼른 출발하자고. 미래 사돈댁의 결혼식 아니야."

레슬리와 브레이든은 싱긋 웃으며 서로 팔짱을 끼고 저택을 나섰다.

아론과 세시안느의 결혼식은 신전에서 열렸다. 예전에 대신관 후보까지 올라갔다가 알 수 없는 이유로 벨리녹에게 밀렸던 새로운 대신관이 직접 결혼식을 주관하기로 했다.

"와, 성녀님."

나는 대기실에서 우아한 흰 드레스 차림의 세시안느를 보며 탄성을 질렀다.

"진짜 아름다우세요."

"어머님께서 정말 너무 예쁜 드레스를 지어 주셔서…… 제 생애 이런 좋은 옷을 입을 것이라고 생각해 본 적이 없는데 너무 좋아요."

세시안느는 수줍어하면서 부케를 꼭 쥐었다.

"저는 알다시피 가족이 없어서 일찍 결혼하고 싶었거든요. 교제한 지 얼마 되지 않았는데, 이렇게 결혼을 허락해 주셔서 너무 감사해요."

"뭘요. 저희 가족은 성녀님께 평생 빚을 갚는 기분으로 살 건데요."

아주 난감할 때에 친자 검사도 해 주고, 아론까지 치료해 준 세시안느에게는 뭘 해 줘도 부족할 지경이었다.

세시안느는 싱긋 웃다가 문득 생각난 듯이 내 얼굴을 올려다보며 말했다.

"아, 그리고 어젯밤 꿈속에서 신탁을 받았어요."

"신탁이요?"

"예. 신께서 아나벨 님과 한 번 더 대화를 나누고 싶으신가 봐요. 혹시 지금 잠시 시간 되실까요?"

친자 검사 때처럼 직접 신탁을 받게 할 셈인 것 같았다. 내가 결혼식 날까지 무리하는 것 아니냐는 표정을 지어 보이자 세시안느가 환하게 웃으며 말했다.

"제 신력은 객관적으로 봤을 때 엄청나요, 아나벨 님. 너무 걱정 마세요."

결국 나는 세시안느의 말에 넘어가서 그녀의 손을 꼭 잡고 눈을 감았다. 그리고 그때처럼 몸이 붕 떠오르는 것을 느꼈다. 신이 반응한 것이다. 한 번 겪은 적 있는 것처럼, 웅장한 신의 목소리가 울리기 시작했다.

[아나벨, 내 세계를 지켜 준 데에 감사 인사를 전한다.]

'뭘요. 덕분에 저도 강해지고 좋았지요.'

[원래부터 아이가 바뀌지 않았더라면 네가 충분히 가질 수 있었던 것이지.]

신의 목소리에는 뿌듯함이 배어 있었다.

[나의 선물은 마음에 들었느냐?]

선물이라고 한다면 진정한 가족들을 찾은 나의 새로운 삶일 것이다.

나는 싱긋 웃으면서 열렬히 고개를 끄덕였다.

'네. 더할 나위 없어요.'

[그렇다면 이제 너와 나의 손익 계산은 끝이구나.]

신은 경쾌하게 말했고, 아무래도 세시안느를 통해서 내게 하고 싶은 말이 바로 그것이었던 듯했다.

[이제 너는 평범한 인간으로 돌아가 평범한 삶을 살거라. 나 역시 네 삶의 방관자로 다시 돌아갈 테니.]

막 태어났을 때 나의 불행을 방관했던 것처럼, 이제 내 삶에 더 이상 관여를 하지 않겠다는 뜻이었다. 그리고 나는 그 해방감이 좋았다. 오롯한 나의 삶을 개척해 나가는 것 같아서 말이다.

내가 감사하다는 인사를 하기도 전에 연결은 끊겼다.

"어머, 이번에는 정말 빨리 끊겼네요."

눈을 뜨고 마주한 세시안느의 얼굴이 잔뜩 상기된 것을 보아, 신은 결혼식 날까지 세시안느가 너무 무리하지 않게 빠르게 떠난 것 같았다.

"별 얘기 없어서요. 고생 많았어요. 얼른 숨 가다듬어요. 옷매무새 망가질라."

이제 더 이상 신도, 전생도, 흑마법도 관계가 없는 이 세계의 온전한 나는 세시안느의 옷매무새를 정돈해 주며 환히 웃었다.

신전의 결혼식이었기 때문에 일반인에게는 다소 지루한 절차들이 이어졌다. 그 와중에 자세가 흐트러지지 않는 사람이 있었는데, 바로 이안이었다.

"두 사람에게는 아주 의미 있는 순간일 것 아냐. 내가 지겹더라도 경건한 태도로 축하해 줘야지."

정작 친동생의 결혼식인데도 하품을 하던 나는 이안의 말에 속으로 고개를 절레절레 저었다. 아무리 나와 연인이 되었어도 모범생 피는 도저히 어쩔 수 없는 모양이었다.

"자, 머리카락 나왔으니까 고개 옆으로 해 보고. 그렇게 하면 옷 구겨져. 잠시 허리 들어 봐. 목마르지는 않아?"

물론 평상시처럼 열심히 수발을 들곤 했지만 말이다.

지루한 절차 가운데 몰래몰래 내게 오는 사람들도 꽤 많았다.

"아나벨 레인필드 님? 혹시 사인을 부탁해도 될까요?"

이제는 검사 지망생들이 이안보다 내게 사인을 요청하는 빈도가 늘었다. 그동안 팬이라고는 리하르트의 끄나풀들이 연기하는 것밖에 못 만나 본 나는 그럴 때마다 몹시 뿌듯했다. 그들은 내 옆의 이안을 흘긋 보고 '아…… 그 맞는 게 좋다던…….'이라는 혼잣말을 하다가 멀어지곤 했다.

어쨌든 그 지루하기 짝이 없는 결혼식도 끝이 보였고, 이제 부케를 던지는 마지막 절차만 남아 있었다. 행복해 보이기 그지없는 아론과 세시안느를 멍하니 바라보던 나는 이안에게 속삭였다.

"이안."

"응?"

"오랜만에 저주 하나만 하자."

"뭔데?"

"너한테 별별 쌍욕 다 하던 여자랑 꼭 결혼해."

이안은 잠시 놀란 표정을 짓더니 피식 웃었다. 그러고는 내 귓불을 깨물며 오히려 물었다.

"여기서 키스해도 돼? 키스하고 싶은데."

나는 그 말에 대답할 겨를이 없었다. 왜냐하면 세시안느가 룸메이트에게 던진, 방향 조절이 완전히 어긋난 부케가 이안의 품으로 날아왔기 때문이었다.

당황한 표정으로 꽃을 받아든 이안을 보며 나는 깔깔거리며 웃다가, 먼저 입을 맞추며 속삭였다.

"아무래도 이번 저주는 꼭 이루어질 모양이야."

우리 앞에 펼쳐질 미래처럼, 부케를 사이에 둔 입맞춤은 행복하고 달콤했다.

외전 1

부자의 주사

"그래서 이건 이런 방식으로 매년 처리하면 되는 거란다."

"그렇군요."

브레이든은 이안에게 공작위를 물려주기 위해 열심히 인수인계를 하는 중이었다. 엄청나게 많은 양이었지만, 이안은 별다른 불평불만 없이 모든 것을 빠르게 받아들였다.

"알겠습니다."

"이로써 이번 주에 계획한 분량만큼은 모두 다 알려 주었구나. 오늘 밤은 꼬박 새워야 할 줄 알았는데 역시 내가 참 잘 가르친다."

브레이든이 집무실에서 뿌듯하게 말하며 박수를 쳤다.

이안은 서류를 정리하며 무뚝뚝하게 대꾸했다.

"보통의 아버지들은 이럴 때 역시 우리 아들이 참 똑똑하다고 합니다."

"글쎄, 넌 그런 얘기 많이 들으니까 나까지 해 줄 필요는 없지 않을까?"

브레이든은 싱글벙글 웃으면서 이안의 어깨를 툭툭 쳤다.

"어쨌든 고생 많았다. 그런 의미에서……."

그러고는 집무실 안쪽에서 술 한 병을 꺼내며 제안했다.

"부자간에 한잔하지 않을래?"

"흠."

이안은 브레이든이 들고 있는 술병을 보며 미간을 찌푸렸다.

"도수가 상당해 보이는데요."

"당연하지."

브레이든은 껄껄 웃으면서 대답했다.

"레슬리가 보면 기겁할걸. 그래서 여기 몰래 숨겨 둔 거란다. 레슬리는 내가 취하는 걸 싫어해서…… 과거로 돌아가는 술버릇이 기괴하대."

"……기괴하긴 하지요."

이안은 한숨을 쉬며 말했다.

"저도 그걸 닮은 것 같고요."

"하지만 오늘은 좀 특별하지 않니. 일단 우리가 해야 할 일이 당초 계획보다 일찍 끝났고……."

브레이든은 씩 웃으며 설렁줄을 당겨 간단한 핑거 푸드와 술잔 두 개를 가져 오라고 명령했다.

"레슬리도 아나벨도 없잖아."

그 말에 이안은 군소리 없이 바로 앉아서 술잔을 받아 들었다.

오늘 레슬리와 아나벨은 함께 교외에서 열리는 경매장에 갔다. 그 경매에서 꽤 유명한 검이 나온다는 소문을 들었기 때문이다. 꽤 거리가 있었기 때문에 그곳에서 둘이 1박을 하고 아침에 다시 수도로 돌아올 예정이었다.

브레이든은 '너무 졸졸 쫓아다니면 질린다'라는 말로 어떻게든 따라가려고 용을 쓰는 이안을 공작저에 눌러앉혔다. 하루 정도는 떨어져 있는 시간이 있어 야 더 애틋해지고 다시 만날 때 반갑다는 논리까지 펼쳐 가면서. 그러면서도 레슬리가 절대로 2박 이상을 하고 오지 못하도록 다음 날 저녁 식사 때 오스칼 에게 특별 메뉴를 부탁하기까지 했다.

"그러니까 오늘 밤은 우리끼리 조금의 일탈을 해도 된다고. 내가 이걸 마시 기 위해 레슬리가 없는 날만을 기다렸다니까."

브레이든은 껄껄 웃으며 이안의 술잔에 술을 따랐다.

"말도 안 돼."

그 시각 수도의 경계에서는 레슬리와 아나벨이 탄 마차가 다시 공작저로 돌아오고 있었다.

"경매 직전에 취소를 하다니, 이건 또 무슨 경우야."

그들이 참가하기로 한 경매는 '관계자의 사정'으로 인해 경매 바로 직전에 취소 공지가 떴다. 말이 '관계자의 사정'이지 그냥 물건을 내놓은 사람의 변심이라는 뜻이었다.

"그럼 이미 출발한 사람들은 뭐가 되니? 대체 무슨 심리인지 모르겠네."

레슬리는 한숨을 쉬며 고개를 절레절레 흔들었고, 아나벨은 어깨를 으쓱하며 대답했다.

"평범한 진상의 심리죠. 원래 진상들은 자기 사정만 중요하거든요. 그냥 제과거에 비추어 생각해 보면 그래요."

"그, 그렇구나. 어휴, 기분도 찝찝하게 비도 오네."

설상가상으로 밖에는 비가 쏟아지고 있었다. 마차의 속도는 잘 나지 않았고, 아나벨과 레슬리는 어쩔 수 없다는 듯 동시에 한숨을 쉬었다.

"어쩔 수 없지. 우울할 땐 뭘 먹어야지."

레슬리는 옅은 한숨을 쉬며 마차 안에 있는 바구니를 뒤적거렸다. 그녀가 출발하기 전에 브레이든이 쥐여 준 간식 상자였다.

"네⋯⋯. 혹시 레몬마들렌 드실래요? 이안이 많이 챙겨 줬네요."

아나벨 역시 이안이 챙겨 준 간식 바구니를 열면서 말했다. 밖은 비가 쏟아지고 있는데 마차 안에서는 그들의 작은 간식 파티가 열렸다.

"오늘 공작저에서 자고 갈래?"

레슬리는 아나벨의 손을 덥석 잡으며 말했다.

"이대로 헤어지는 건 너무 아쉬워. 간만에 야식으로 가득 찬 밤을 보내나 했더니……."

아나벨은 결연하게 고개를 끄덕였다.

"네. 이런 밀가루 과자 다음엔 따끈하게 속을 눌러 주는 것을 먹어 줘야죠. 장소는 바뀌었지만 당초의 계획대로 가요."

아나벨 역시 먹는 것만큼은 레슬리와 함께 하는 것이 좋았다. 오스칼의 요리 실력에 익숙해진 가족들은 먹을 것에 대해 늘 시큰둥하게 반응했다. 그러나 아나벨은 22년간 맛없는 것들만 먹고 살았기 때문에 레슬리와 함께 진지한 태도로 먹을 것에 임하는 시간이 너무 좋았다.

"브레이든과 이안은 사실 먹을 것에 대해서 딱히 관심이 없거든. 어릴 때부터 너무 다 갖추고 살아서 그런가 봐. 그래서 같이 뭘 먹어도 재미가 없어."

"세상에, 어떻게 그럴 수가."

아나벨은 한숨을 쉬며 대답했다.

"그럼 좋아하는 음식이 하나도 없다는 거예요?"

레슬리는 아나벨의 질문에 곰곰이 생각해 보다가 말했다.

"아, 술은 좀 좋아해. 하지만 내가 브레이든의 주사를 좀 이상하다고 생각해서…… 술은 취할 때까지 절대 못 마시게 하거든."

"흠, 혹시 그 주사…… 과거로 돌아가는 거 아닌가요?"

"어머, 아나벨. 그걸 네가 어떻게 아니?"

아나벨이 카론다에서의 밤을 잊을 수 있을 리 없었다. 독주를 마신 뒤에 정신이 나가서 그녀를 '아나벨 나디트'라고 부르며 첫눈에 반했다는 말을 지껄인 그 밤 이후 그들 사이에 아주 이상한 기류가 흐르기 시작했으니 말이다.

"딱 그 주사야. 자기 혼자 몇 년 전으로 돌아가서는 막 헛소리를 한단다. 당하는 입장에서는 아주 황당해."

레슬리는 한숨을 쉬며 고개를 절레절레 저었다.

"본인도 자기 주사가 이상하다는 걸 아니까 나를 의식해서 취할 때까지는 안 마시지. 아, 종종 집무실에 도수 높은 술들을 숨겨 놓고 하염없이 바라보던 데, 그거 외에는 딱히 먹을 것에 관심을 보인 적이 없어."

"아. 그럼 혹시 오늘 밤에 드시고 계신 거 아니에요?"

아나벨은 재미있다는 듯이 물었다.

"오늘은 레슬리 님께서 오랜만에 외박하시겠다고 선언한 날이잖아요. 숨겨 놓았던 술을 마시기에는 딱 좋은 날인데……."

"에이, 설마."

레슬리는 손을 내저으며 웃었다.

"브레이든은 요새 이안에게 이것저것 알려 주느라 많이 바빠. 누굴 초대할 수 있는 상황도 아니고, 그렇다고 혼자 마시기야 하겠니. 다른 때라면 몰라도 일단 오늘 밤은 절대 아냐. 그나저나 비가 점점 더 많이 오네."

"그러게요."

공작저로 가까워질수록 빗줄기는 점차 더 굵어지고, 천둥 번개가 간간이 치기 시작했다.

"마차에서 내릴 때 조심해야겠다, 아나벨. 하필 흰 옷을 입어서…… 빗물이 튀면 지저분해질 텐데."

아나벨은 장식이 거의 없는, 그래서 실내복과 비슷한 디자인의 흰 실크 원피스를 입고 있었다.

"그러게요. 날씨가 이럴 줄은 예상하지 못 해서요. 아까까지만 해도 맑았는데 말이에요."

그들은 웨이드로스 공작저에 도착할 때까지 도란도란 이야기를 나누었다.

마침내 그들이 탄 마차가 공작저에 멈춰 섰다.

"응?"

레슬리는 공작저의 창문을 바라보며 고개를 갸웃했다.

"왜 집무실 불이 꺼져 있지? 벌써 다 끝났나? 오늘 밤새 가르쳐야 할 거라고 하던데."

"음……."

아나벨은 빠르게 이안의 방을 살피며 대답했다.

"이안의 방에 불이 켜져 있는데요? 다 끝났나 봐요."

"그런가 보네……."

레슬리는 싱긋 웃으며 아나벨의 손을 톡톡 두드렸다.

"그럼 주방도 준비할 시간을 줘야 하니, 각자의 남자들과 놀다가 한 시간쯤 뒤에 식당에서 만날까? 지금 잠깐 놀아 줘야 밤새도록 우리 노는 자리에 집적거리지 않지."

"네, 좋아요."

"이안의 방에서 놀고 있으렴. 그럼 이따 봐."

아나벨과 레슬리는 밤새도록 오붓하게 놀기 위해서 작전상 각자의 남자들에게 잠시 흩어지기로 했다. 마차에서 내려 저택으로 들어갈 때 머리카락이 빗물에 젖기는 했지만, 그래도 연인을 본다는 생각에 들뜬 아나벨은 콧노래를 부르며 익숙하게 이안의 방으로 향했다.

이안은 술에 잔뜩 취해서 간신히 방에 들어간 참이었다. 카론다의 그 밤 이후 이렇게 취한 적은 처음이었다. 뭔가 모종의 이유로 절대로 취하면 안 되겠다는 생각을 한 것 같은데 기억이 나지 않았다.

간신히 씻고 나왔을 때는 이미 꿈과 현실의 경계가 흐릿해져 있었다. 눈을 천천히 감았다 뜰 때마다 생각이 마구 뒤엉켰다. 설상가상으로 창밖에는 비가 쏟아지면서 천둥 번개가 치고 있었다. 그냥 이대로 푹 자고 일어나면 될 일이었다. 간신히 이성을 붙들어 맨 그는 가까스로 불을 끄고 난 뒤 침대에 비틀거리며 쓰러졌다.

그때 문밖에서 조심스러운 목소리가 들렸다.

"이안?"

열네 살부터 매일같이 마주해 온, 끔찍할 정도로 익숙한 목소리였다. 하지만 이 목소리의 주인공이 그의 방에 이렇게 다짜고짜 찾아올 리 없는데. 그녀가 문지기들을 따돌리고 출입할 수 있는 곳은 연무장뿐이었다. 이 밤중에 저택 내부까지 들어온다는 건 말도 안 되는 이야기였다.

"벌써 자는 거야?"

팔다리가 말을 잘 듣지 않는 와중에 이안은 초인적인 정신력으로 간신히 몸을 일으켰다.

문이 열리는 순간, 번쩍이는 번개로 인해 어두웠던 방이 일순간 환해졌다.

콰과광—. 얼마 지나지 않아 커다란 천둥소리가 사방을 뒤흔들었다.

동시에 이안은 눈앞에 펼쳐진 광경을 보고 너무 놀라 숨이 멎을 뻔했다. 길고 어두운 복도를 배경으로, 장식 없는 흰 원피스가 펄럭이며 휘날렸다. 축 늘어진 머리카락에서는 물이 뚝뚝 떨어지고 있었다.

이안은 자신도 모르게 시트를 꾹 쥐고 중얼거렸다.

"……유령?"

그는 게슴츠레한 눈으로 숨을 몰아쉬며 덧붙였다.

"모종의 사고로 세상을 떠난 아나벨 나디트가…… 나에 대한 집착 때문에 아직도 이승을 떠돌고 있는 것인가?"

그 와중에도 나름 합리적인 추론이었다.

'세상에.'

아나벨은 입을 떡 벌리고 이안을 가만히 바라보았다.

'……아나벨 나디트라니? 혹시…….'

여러 가지 정황상 그는 지금 취해 있는 것이 틀림없었다.

'레슬리 님께서 오늘 공작님이 절대로 술을 마실 리 없다고 했을 때부터 알아봤어야 했는데…….'

딱 봐도 브레이든과 함께 독주를 마셔서 이 모양 이 꼴이 된 것 같았다.

"……유령? 내가?"

아나벨은 어이가 없어 나직이 반문을 던지곤 한숨을 쉬며 그에게 다가갔다.

"이안, 나는……."

"역시."

완전히 취한 이안은 날카로운 눈으로 그녀를 훑어보며 자신의 추론에 힘을 보태고 있었다.

"살아 있을 때와는 비교도 안 되게 움직임이 날렵하군."

"…….."

걸음걸이 하나로 예전과 다르다는 것을 단번에 파악하다니, 역시 이안은 아나벨에 대해서 예전부터 너무나도 잘 알고 있었음이 틀림없었다.

아나벨이 너무 기가 막혀서 뭐라고 대꾸할 틈도 없이, 이안은 담대하게 그녀를 바라보며 말했다.

"쳐라."

"……뭐?"

취한 와중에도 가슴을 편 채로 침대에 꼿꼿하게 걸터앉아 있는 모습이 가관이었다. 이안은 더없이 진지하게 말을 이었다.

"네가 그래야만 편히 저승에 갈 수 있다면, 원 없이 때려도 돼."

"진짜?"

"그래. 어차피 넌 이번 생에는 백날 덤벼도 나를 이길 수 없을 실력이었다."

"……."

이미 친선 경기에서 져 놓고 나서 너무나 당당하게 그런 말을 하니 웃음이 나올 지경이었다.

"그러니 포기하라고 몇 번을 조언했는데 왜 듣지 않았지? 결국 네 짧은 인생에 남은 것이 나에 대한 집착밖에 없지 않나."

물론 웃음이 나오는 것은 1절까지만이었다. 그 이후에도 도덕책을 읽는 것 같은 훈계가 끊임없이 쏟아지자 아나벨의 눈이 슬슬 가늘어졌다.

"하지만 죽어서도 여기에 찾아올 집념이라면, 차라리 맞아 줄 테니 원 없이 때리고 다음 생은 행복하게 살도록 해."

정말이지 진상 유령을 앞두고 하기에는 지나치게 상식적이었고, 또 그래서 재수 없는 말이었다. 아나벨은 어이없는 이 상황을 피하기보다는 즐기기로 마음먹었다. 이 상황을 재미있게 만들 수 있는 방법이 떠올랐기 때문이다.

"글쎄……. 사실 다른 걸 해야 편안히 떠날 수 있을 것 같은데."

그녀는 싱긋 웃으며 이안에게 다가가 옆에 앉았다. 이안이 흠칫하며 피하려고 했지만, 그녀는 그의 손을 부드럽게 잡았다.

"사실 이안…… 나는 너를 좋아했어……."

"……뭐?"

이안의 붉은 눈에 경악이 스쳤다. 동시에 그의 귀가 순식간에 벌게졌다.

'이거 이거, 손도 안 빼는 거 봐라…….'

분명히 '아나벨 나디트'라고 부르면서 잔뜩 그녀의 실력을 무시한 것을 보아 정말 옛날로 돌아간 것은 확실했다.

'숨소리도 떨리고…….'

손 한번 잡았다고 온몸이 굳어 버린 이안은 목각 인형처럼 뻣뻣하게 말했다.

"네가, 나를, 왜, 그러니까, 언제, 어떻게……."

"열네 살 때."

아나벨은 장난스런 웃음을 꾹꾹 누르며 진지하게 연기를 펼치기 시작했다.

"맨 처음 너를 결승전에서 보고…… 흩날리는 금발에 검을 들고 있는 진지한 표정이 너무 아름다워서……."

그것은 이안이 카론다에서 닉의 질문에 했던 대답을 살짝 변형한 것이었다.

천연덕스러운 아나벨의 말이 이어졌다.

"근데 너는…… 내가 이렇게 집착하지 않으면 내게 관심도 없으니까……."

"그, 그, 그건……."

이안은 눈에 띄게 당황해 허둥지둥하면서도 그녀의 손을 떨쳐 내지 못했다.

"아니, 상식적으로 좋아하는 사람에게 어떻게 그렇게 대할 수 있지? 너무나도 안하무인으로, 몰상식하고 비열하게……."

"그래서 말인데, 이안."

아나벨은 진지하게 이안에게 다가가며 말했다.

"나는 너를 때리려고 온 게 아니야. 내가 저승으로 가기 전에, 너를 이기는 것보다 더 하고 싶은 게 있어."

이안은 아나벨이 거리를 좁혀 오자, 금방 호흡 곤란이라도 일으킬 듯 숨을 몰아쉬기 시작했다. 원래라면 대련하면서 하도 맞붙어서 이 정도 거리는 아무것도 아닌데, '너를 좋아한다'라는 말에 지나치게 동요하고 있는 것이 틀림없었다. 아나벨은 지척의 거리에서 멈춘 뒤, 벌게져 있는 그의 얼굴을 바라보며 속삭이듯 물었다.

"그 전에, 하나만 물어봐도 돼?"

"……뭔데?"

"너……."

창문 밖으로 추적추적 비가 내리는 소리가 들렸고, 구름 사이로 살짝 고개를 내민 달빛이 은은하게 그들을 비춰 주고 있었다.

"……나랑 키스할 수 있겠어?"

아나벨의 말에 이안은 펄쩍 뛰듯이 바로 고개를 저었다.

"교, 교, 교제하지도 않는 사이에 무슨 키스를 해?"

'이것 봐라.'

아나벨은 허탈한 웃음을 지으며 생각했다.

'절대 너랑은 못 한다는 소리는 안 하네?'

처음에는 자신을 너무 무시하는 발언에 오기로 시작한 장난이었지만, 어느 순간 아나벨의 가슴도 간질거리기 시작했다. 어쩌면 이안과 아주 일찍부터 다른 역사를 썼을 수도 있다고 생각하니 기분이 이상했던 것이다.

'의식은 못 하고 있었어도, 예전에 나를 진짜 좋아하긴 좋아했나 보다…….'

너무 심한 진상만 부리지 않았어도 그는 자신에게 너무나도 쉽게 빠질 수도 있었을 텐데. 그런 생각을 하다 보니, 어느 순간 옛날에 대한 오기는 사라지고 다시 이안에 대한 사랑만 남은 것 같았다.

아나벨은 문득 바라본 이안의 눈에 혼란스러운 열기가 담긴 것을 눈치채고 괜스레 머쓱해졌다.

"뭐, 그럼……."

이안의 예전 마음을 새삼 확인하니 은근히 설레는 바람에 더 이상 장난을 치기도 어색할 만큼 민망해졌다.

아나벨은 헛기침을 하며 잡고 있던 그의 손을 놓았다.

"어쩔 수 없지. 푹 쉬어. 나도 이만 갈게."

가깝게 들이댔던 몸도 뒤로 물리려던 차였다.

문득 그가 그녀의 손을 다시 잡아 왔다.

"……잠시만."

이안은 낮은 목소리로 입을 열었다.

"가지 마."

"응?"

그러고는 도리어 그녀에게로 몸을 숙였다. 알싸한 독주 냄새와 비누 향, 상쾌한 그의 체향이 어우러져 아나벨을 덮치는 느낌이었다.

"네 마지막 소원이라면 들어줘야지."

"아, 아니, 잠시만."

아나벨은 세기의 결심을 한 듯 더없이 진지한 그를 보며 눈을 깜빡였다.

"이안, 일단 네가 정말 할 수 있는지부터 생각을……."

"네가 얼마나 나와의 키스를 간절히 꿈꿔 왔는지는 잘 몰라."

이안의 이어지는 말에 아나벨은 차마 생각을 입 밖으로 꺼내지 못하고 속으로 삼켰다.

'가, 간절히 꿈꿔 온 적은 없는데 좀 말이 그러네?'

그의 표정이 어쩌나 비장한지, 이제 와서 장난이라고 하기도 뭐했다.

"물론 당연히 네 상상 속에서는 내가 꽤 잘했겠지만, 사실 정말로 잘할 자신은 없어."

'상상 안 했다고. 그리고 너 실제로 잘해…….'

그가 천천히 손을 깍지 껴서 고쳐 잡았다.

아나벨은 이안의 숨이 거칠어지는 것을 지척에서 느낄 수 있었다.

"왜냐하면 나도 처음이라……."

더는 장난이라며 여기서 그만둘 수는 없을 지경이었다. 왜냐하면 아나벨 역시 그의 풋풋한 설렘에 동화되었기 때문이다. '너를 좋아했어. 키스해 줄래?'라는 어이없는 한마디에 유령과 키스를 하겠다며 붙잡는 남자가 이안이었다. 그의 긴장과 터질 듯한 두근거림, 무언가 금지된 일을 하는 것 같은 짜릿함까지 더해져서 아나벨은 서서히 다가오는 그의 숨결을 피할 수조차 없었다.

'거봐…….'

천천히 마주한 입술 사이로 체온이 섞였다. 부드럽게 그녀의 허리를 감아 오는 손길을 느끼며 아나벨은 혼자서만 생각할 수밖에 없었다.

'……처음이라도 잘한다니까, 그때처럼.'

작은 신음을 내뱉으며 이안이 그녀의 몸을 한 번 더 끌어당겼다. 빗물에 젖은 머리카락이 그들의 사이에 질척하게 얽혔다. 마치 충동적인 첫 키스를 하는 것처럼, 아나벨 역시 두근거리는 마음을 어쩌지 못하고 그에게 안겼다.

"하아……."

숨이 차올라 간신히 그에게서 입술을 뗀 그녀가 '사실은 모든 게 장난이고, 일단 한숨 자고 나면 모든 일의 전말을 알게 될 거다'라고 말하려던 찰나였다.

"이안?"

아나벨은 경기하듯 놀랐다. 이안의 붉은 눈에서 떨어지고 있는 것은 분명한 눈물이었다.

"……어쩌다 죽었어?"

그가 잔뜩 잠긴 목소리로 물었다.

"대체 어쩌다……."

아나벨은 그의 얼굴에 가득 찬 슬픔을 보고 당황했다. 유령이라고 먼저 짐작하고 침착하게 대응한 사람이 이안인지라, 아나벨은 '이안이 자신을 죽었다고 생각한다'라는 사실에 대해서 진지하게 여기지 않았다. 그 사실을 반박한다고 해도 과거의 시점에서 딱히 댈 변명도 없었다. 무슨 말을 해도 믿어 주지 않을 시기였기 때문이다. 게다가 그녀가 죽었다고 해도 전혀 상관없어 할 줄 알았고, 아까만 해도 '때리고 편안히 저승 가라'라고 평온하게 말하던 인간이…….

'키스 한 번에 이렇게 각성하기 있냐.'

아나벨이 뭐라고 대답하기도 전에, 그는 다시 한번 그녀의 뒤통수를 잡아당겨 입을 맞추었다.

"네가 지긋지긋하다고 늘 생각했는데…… 하……."

"자, 잠깐…… 흐읍!"

그녀는 결국 그에게 그날 밤 진실을 털어놓을 수 없었다. 이안이 그녀가 뭐라고 말할 수도 없을 정도로 쉴 새 없이 그녀를 몰아붙이다가 정신을 놓듯 잠이 들었기 때문이다. 아나벨은 웃어야 할지 울어야 할지 모르겠다는 얼굴로 그 와중에도 또르르 굴러떨어지는 이안의 눈물을 보고 있었다.

물론 그날 밤, 공작저에서 황당함에 어이없어하는 사람은 아나벨뿐만이 아니었다. 꼭대기 층에 있는 브레이든과 레슬리의 침실에서, 레슬리는 아나벨과 비슷한 표정으로 브레이든을 바라보고 있었다.

"아아, 레슬리 아냐."

브레이든은 불량스러운 눈빛으로 그녀를 바라보며 턱을 괸 채 심드렁하게 말했다.

"드디어 오셨네. 마지막 결투를 앞두고 검은 좀 탐이 났나 봐?"

레슬리가 예전에 몹시 싫어했던, 오만하고 건방진 어린 귀족 도련님의 모습이었다.

'왜 하필 돌아가도 저 진상 시절로…….'

레슬리는 한숨을 쉬며 눈앞의 남편을 바라보았다.

검을 받으러 오네 어쩌네 하는 걸 보니 열아홉 시절로 돌아간 것 같았다.

'마흔 넘어서 10대로 돌아가다니 진짜 주책이네.'

방의 불은 꺼져 있었고 간간이 치는 번개의 불빛과 구름 사이로 가끔 고개를 내미는 달빛만이 그들을 비추었다. 그래서 그런지, 술 취한 브레이든의 눈에는 레슬리 역시 스물하나로 보이는 모양이었다.

"그렇다고 내 침실까지 찾아오면 곤란한데. 미안하지만 난 미성년이라."

빈정거리는 브레이든의 말에 레슬리는 한숨을 폭 쉬었다. 아들이 지금 얼른 결혼하고 싶어 안달을 하고 있는 와중에 본인을 미성년이라고 주장하다니.

'가지가지 하네. 오늘 아침만 해도 손자 보고 싶다고 난리 피우더니…….'

그녀가 브레이든의 주사를 싫어하는 것은 바로 이런 변수 때문이었다. 레슬리가 부상을 당하고 검술 대회에 기권하기 전까지 브레이든은 그녀에게 참 재수 없게 굴었었다.

'새삼 나…… 대체 왜 결혼했었지?'

평소에는 완전히 잊고 살았지만, 이런 상황이 닥치자 어쩔 수 없이 옛날 생각이 떠올랐다.

'아, 그때는 정말…….'

미성년의 브레이든을 떠올리는 레슬리의 표정이 점점 구겨지기 시작했다.

'재수 없는 애새끼였는데.'

레슬리는 열일곱에 첫 검술 대회에 나갔다. 그리고 그때 결승전에서 열다섯의 브레이든을 처음 만났다. 물론 웨이드로스의 검술 천재 소공작에 대한 소문이야 자주 들었지만, 수도 구석의 허름한 여관집 딸이었던 그녀가 그를 마주칠 일은 없었다.

'곱상하게 생겼네. 때깔이 좋아서 그런지, 내 남동생보다 좀 귀엽고.'

결승전에서 마주한 브레이든의 첫인상은 그게 다였다. 열다섯 살의 브레이든은 또래보다 성장이 느려 레슬리보다 키가 작았다. 당시 그녀는 결승전에서 브레이든과 몇 합 겨루지도 못하고 완패했다. 그가 레슬리의 목 끝에 겨눈 검을 치우기도 전에, 브레이든은 그녀의 눈을 바라보며 큰 은혜를 베푼다는 듯 말했다.

"웨이드로스 기사단에 들어와. 몇 개월만 지나면 내 부관 자리도 줄게."

레슬리는 패배감을 느끼기도 전에 들이닥친 스카우트에 당황해서 한동안 말을 잇지 못했다. 그러나 그 이후 미묘한 모멸감이 밀려왔다.

"재능이 상당한 것 같은데 지금이라도 제대로 훈련해 보지 그래."

마치 큰 은혜를 베푼다는 어조였고 실제로도 엄청난 특혜였다. 웨이드로스 기사단은 워낙에 지원하는 기사들이 넘쳐 나서 어린 시절 종자를 거치지 않으면 쉽게 들어갈 수 없다는 말까지 돌았다. 그런데 소공작의 부관 자리까지 단번에 약속하다니 파격적이기까지 했다.

어려운 집안에서 태어나 은퇴한 용병 출신인 할아버지에게서 직접 검을 배운 레슬리로서는 어쩌면 최고의 스카우트이기도 했다. 사실상 검술 대회 이전까지 그녀는 검사들의 세계에서 완전히 무명이었기 때문이다. 그럼에도 불구하고 레슬리는 예의 바르게 인사한 뒤 차분하게 대답했다.

"좋은 제안 감사드립니다. 하지만 그건 어려울 것 같습니다."

레슬리가 브레이든의 제안을 단번에 거절한 것은 아마도 그녀의 자존감이 지나치게 높았던 탓일 것이다. 지금까지의 훈련은 훈련도 아니라는 듯, 지난날 그녀의 삶을 송두리째 부정하는 것 같은 그 어조도 마음에 들지 않았다. 그녀의 할아버지가 썩 훌륭한 스승은 아니었을지라도 딴에는 최선을 다해서 그녀를 가르쳐 주었기 때문이다.

"……뭐?"

당연히 자신의 제안을 단박에 수락할 것이라 믿어 의심치 않던 오만한 어린 소년의 얼굴이 찌그러졌다.

"좋은 경기였습니다, 소공작님. 많이 배웠습니다. 우승 축하드립니다."

레슬리는 예의를 갖추어 인사하고 가볍게 돌아섰다. 그러면서도 건방진 소년의 얼굴에 어린 충격을 보며 약간의 고소함을 느꼈다. 어릴 때부터 모든 것을 갖추고 태어난 웨이드로스의 잘나신 어린 후계자님은 지금껏 자신의 호의를 거절당해 본 적이 없을 것이었다. 그래서 저렇게 어이없다는 표정을 짓고 있는 것 아니겠는가.

그런데 일주일 후, 4년 뒤에 있을 다음 검술 대회에서나 얼굴을 볼까 싶었던 브레이든이 레슬리의 집에 찾아왔다. 고급스러운 차림새에 호위까지 거느린 브레이든은 허름한 여관 앞에서 혼자 이질적으로 빛났다.

"대체 왜 어려울 것 같다는 거지?"

소년이 레슬리를 향해 다짜고짜 내뱉은 질문은 황당했다.

"웨이드로스 기사단에 있으면 지금보다 훨씬 더 체계적인 훈련이 가능한데."

그러니까 그것은 결승전에서 그녀가 그의 스카우트 제안에 '그것은 좀 어렵겠다'라며 거절한 것에 대한 반문이었다. 레슬리는 여관의 부엌일을 돕다 급히 나와서, 앞치마에 대충 물을 쓱쓱 닦으며 예의 바르게 대답했다.

"저도 제 생활이 있어서요. 부모님의 여관 일을 도와야 한답니다. 가족끼리 운영해서 제가 빠지면 일손이 달려요."

그 말에 브레이든은 더더욱 이해할 수 없다는 듯이 물었다.

"웨이드로스 기사단의 월급이 어느 정도인지는 알고 하는 소리인가? 게다가 내 부관이 된다면 그 월급으로 이 여관에 대여섯 명은 고용할 수 있는데. 혹시 산수를 못해?"

"보시다시피 규모가 작아서 대여섯 명까지는 필요가 없습니다."

레슬리는 저 시건방진 꼬맹이가 자신의 남동생이었으면 벌써 몇 대 쥐어박았을 거라고 생각하면서도 어쩔 수 없이 공손하게 고개를 숙였다.

"그리고…… 제가 그냥 안 내킵니다. 논리적인 이유가 아니니 굳이 저를 설득하지 않으셔도 돼요. 저는 지금의 제 삶이 좋습니다."

그것은 사실이었다. 레슬리는 지금껏 풍족하게 살아오지는 못했지만, 자신의 인생이 허락하는 범위 안에서 내키는 대로 살아왔다. 그녀의 부모님은 그녀에게 대단히 많은 것을 해 주지는 못했어도, '한 번 사는 인생 하기 싫은 건 하지 마라'라고 가르치며 그녀를 키웠다. 레슬리는 여관에서 집적거리는 질 나쁜 손님들을 직접 상대하기 위해 할아버지에게 검술을 배우기 시작했고, 어쩌다 보니 저도 몰랐던 미친 재능이 빛을 발해 검술 대회 2위까지 한 것뿐이었다.

물론 가난한 평민 집안에서 태어났으니 작위를 하나 가지고 싶었던 건 사실이었다. 사실 작위를 가진다고 해서 대단히 인생이 달라지는 건 아니지만, 그래도 가끔은 뭣도 없는 차별주의자 귀족 자제들이 '천한 평민 주제에 비싸게 군다'라며 욕하는 것에 당당하게 대꾸하고 싶었기 때문이다. 그토록 자존감이 높았던 레슬리이니만큼, 굳이 자신을 굽혀서 '재수 없다'라고 생각한 어린애의 밑에 들어갈 필요를 느끼지 못한 것이다. 돈이야 많이 주면 좋지만, 또 제대로 된 훈련도 탐이 났지만, 그렇다면 저 소년에게 하루 종일 이렇게 굽신거려야 할 것 아닌가.

"하지만 제안해 주신 좋은 기회에 정말 감사드립니다. 무척 영광입니다."

예의를 갖추어 마지막으로 감사 인사를 한 것은, 평민으로서 당연한 처세이기도 했지만 동시에 이만 가 보라는 뜻이기도 했다. 그리고 브레이든은 여전히 믿기 어렵다는 얼굴로 그녀를 빤히 바라보며 막 변성기가 온 목소리로 물었다.

"너, 그게 지금 무슨 소리인지 아는 거야? 4년 후에 검술 대회 안 나갈 거야?"

"나가야죠. 그때에도 소공작님을 이기기 위해 최선을 다할 겁니다."

"그 싸구려 검으로, 여관 일을 돕고 남는 시간에 퇴직한 늙은 용병과 훈련하면 나를 이길 수 있을 거라고 생각해?"

그새 뒷조사를 했는지 브레이든은 그녀가 할아버지에게 검술을 배웠다는 것까지 알고 있는 듯했다. 막힘없이 따져 묻던 그의 입이 다물린 것은 레슬리가 날카로운 질문을 던진 이후였다.

"제가 웨이드로스 기사단에 들어가면 4년 후에 소공작님을 이길 수 있나요?"

그녀의 질문에 브레이든은 머뭇거렸고 그녀는 그 틈을 놓치지 않고 말했다.

"역시 확언하실 수 없으시지요. 저는 앞으로 4년간 소공작님을 이기기 위해 더 열심히 훈련할 테지만, 그냥 그 방식은 제가 내키는 대로 정하겠습니다."

브레이든은 꿀 먹은 벙어리인 양 아무런 대답을 하지 못했고, 레슬리는 속으로 '스카우트가 처음으로 거절당해 날뛰고 있는 사춘기 소년'을 드디어 제압했다고 생각했다.

"많이 모자란 상대에게 관심 가져 주셔서 재차 감사드립니다, 소공작님."

물론 그 생각대로 말할 수는 없는 법이라, 레슬리는 공손하게 미소까지 지어 가며 다시 한번 허리를 굽혔다. 관심 가져 주셔서 감사하다는 말은 이제 그만 관심을 끄라는 얘기였다.

"그렇다면 이렇게 된 이상……."

브레이든은 할 말은 없지만 기분은 나쁘다는 듯 턱을 치켜들며 말했다.

"4년 뒤 검술 대회, 포기하지 말고 최선을 다하도록. 그리고 그때 내게 더 압도적인 실력 차로 패배해."

"……예?"

"그러면 네가 오늘의 이 결정을 그날 후회하게 될 테니까."

그의 앙칼진 반격은 그녀에게 별다른 타격을 가하지 못했다. 별별 진상 손님들을 다 겪어 온 레슬리에게는 어린 사춘기 소년의 투덜거림쯤이야 아무것도 아니었다.

"예. 정말 최선을 다하겠습니다. 4년 뒤에 또 결승전에서 만나 뵐 수 있다면 더없는 영광일 것 같습니다. 감사합니다."

레슬리는 아무런 트집도 잡히지 않은 채, 공손하게 브레이든을 보냈다. 그러고는 별다른 미련 없이 다시 여관의 부엌으로 들어갔다.

그녀는 권력자들이 그녀의 삶을 뒤흔드는 것이 원래부터 싫었다. 여러 가지 환경상 부딪칠 수 없다면 피하고 싶었다. 굳이 피곤하게 무언가를 극복하면서 살고 싶지 않았다.

'뭐, 사는 세계가 다른데 다음 검술 대회까지 마주칠 일이야 있겠어? 이번 한 번만 영혼 없이 굽신거린 다음 보내 버리면 그만이지.'

하지만 레슬리의 합리적인 미래 예측은 완전히 틀리고 말았다. 그날 이후 의외로 레슬리는 브레이든을 자주 마주쳤다. 장을 보러 길거리를 지나갈 때, 대장간에 새로 들어온 검들을 구경하러 갈 때, 봄 축제 날 옆 가게의 일을 도울 때, 신전의 커다란 행사에 관객으로 동원될 때, 열심히 용돈을 모아 맛있는 것을 사 먹으러 갈 때…….

'뭐지? 그동안은 한 번도 마주친 적이 없었는데…….'

레슬리는 17년간 살면서 검술 대회를 제외하고는 웨이드로스의 소공작을 가까이서 마주친 적이 없다시피 했다. 여관과 시장 정도만 오가는 그녀의 생활 반경 자체가 귀족들과 얽힐 일이 없었기 때문이다. 그녀의 삶이 달라진 건 아니었으니 브레이든의 동선이 바뀐 것이 분명했다.

'이제 검술 대회 우승도 했겠다 본격적으로 수도에 이름 좀 알리고 싶나 보지.'

레슬리는 수도의 여기저기에서 출몰하는 브레이든을 대수롭지 않게 넘겨 버렸다. 실제로 많은 평민들 사이에서 소년 브레이든의 행보는 굉장히 높은 평가를 받았기 때문이다.

"근데 소공작님 정말 털털하시지 않아? 평민들이 대거 모이는 행사에는 다 참석하시는 것 같아. 차별주의자 귀족들은 이런 자리에 나오지도 않잖아."

"심지어 구석구석 여기저기 오랫동안 잘 다니시기까지 해서. 대충 얼굴만 비추는 게 아니라는 뜻이지."

하지만 레슬리는 세간의 평가와는 달리 그냥 브레이든을 보면 기분이 나빴다. 가끔가다 마주칠 때면 브레이든은 꼭 그녀에게 말을 걸어왔기 때문이다.

"훈련은 열심히 하고 있나? 웨이드로스 기사단에 들어올 생각은 여전히 없고?"

레슬리는 그때마다 공손하게 대답했다.

"예, 열심히 하고 있습니다. 좋은 제안 재차 감사드립니다. 시간을 두고 잘 생각해 보겠습니다."

남들이 보기에는 썩 나쁘지 않은 그림이었다. 지난 검술 대회에서 2등을 한 평민에게 너그럽게 손을 내미는 명문 귀족가의 승리자.

그러나 레슬리는 도저히 그가 좋아지지 않았다. 누군가에게 설명하면 미쳤다고 할 테지만, 시시때때로 브레이든을 마주칠 때마다 그의 표정에서 묘한 위화감을 느꼈기 때문이다. 누구에게나 친절하고 다정하지만, 자신과 눈이 마주칠 때마다 그는 순간적으로 싸늘한 표정을 짓곤 했다. 아주 기분이 저조하다는 듯이, 그녀와 눈이 마주친 자기 자신이 매우 거슬린다는 듯이.

'날 진짜 의식하는 것 같은데…… 그냥 내 기분 탓이겠지. 그 대단한 소공작님이 한낱 평민 하나를 왜 신경 쓰겠어?'

누구한테 말해도 자의식 과잉이라고 놀릴 법할 정도로, 레슬리와 브레이든의 위치 차이는 엄청났다.

"웨이드로스 연무장에 구경이라도 한 번 오는 게 어때. 네 싸구려 검 정도는 바닥에 몇 개씩 굴러다니는데."

그럼에도 불구하고 가끔가다 우연히 마주친 브레이든이 스카우트를 표면 삼아 그녀의 처지를 빈정대면, '저 재수 없는 애새끼가 진짜'라는 생각이 밀려오는 것이었다. 물론 그녀는 자신의 위치를 잘 알았고, '즐길 수 없다면 피하자'라는 그녀의 좌우명에 따라 최대한 효율적으로 대화를 끝냈다.

"좋은 제안 감사드립니다. 시간을 두고 잘 생각해 보겠습니다."

어느 순간부터는 더 이상의 공손한 말도 떠오르지 않아 같은 대답만 반복하곤 했다. 그런 것 따위에 시간을 빼앗기기보다는 저녁 메뉴를 고민하는 것이 훨씬 더 생산적이었기 때문이다.

그렇게 미묘하게 자주 마주치는 동안 4년이 흘렀다. 그사이 브레이든은 완벽한 차림새에 수려한 이목구비를 뽐내는 멋진 청년이 되었다. 날이 갈수록 준수한 미남으로 성장하는 웨이드로스 가문의 소공작에 대한 호평은 넘쳐 났다.

"이 기세라면 검술 대회 3연패는 일도 아니지 않을까?"

"근데 되게 겸손하시대. 누구에게나 신사적이고."

"기사단도 너무 훌륭하게 운영하고 계신다는데."

그뿐만이 아니었다. 귀족가에서의 처세술이 훌륭하여 어린 나이에 정계의 중심으로 인정을 받으면서도 평민들에게도 친절해 모두가 그를 좋아했다. 날이 갈수록 하락해 가는 다른 귀족가들의 위상과는 달리 웨이드로스의 이름이 가지는 힘은 강건해져만 갔다. 브레이든 웨이드로스가 어린 나이에도 불구하고 너무나 완벽하고 신사적인 후계자로 성장했기 때문이었다.

물론 레슬리는 그렇게 생각하지 않았다. 그녀의 의식 속에서 브레이든은 언제나 '재수 없는 애새끼'였다. 목 끝에 검을 겨눈 채 대단한 호의를 베푼다는 듯이 자신의 밑으로 들어오라고 하던, 자신보다 키가 작은 볼살이 통통한 소년.

'그리고 그거 한 번 거절당했다고 집까지 찾아와 씩씩거리던 어린애.'

그것은 브레이든이 키가 훌쩍 커서 그녀보다 머리 하나가 더 큰 것, 토실하게 오른 젖살이 모두 빠져 날카로운 턱선을 가지게 된 것과는 관계가 없는 무의식적인 연상 작용이었다. 게다가 브레이든이 아무리 타인에게 잘한다고 해도 레슬리에게는 4년 내내 일관적으로 언제나 묘하게 날을 세웠다. 물론 그들 사이에 이루어지고 있는 대화란, 우연히 마주쳐서 '훈련은 잘하고 있나, 다음 검술 대회 때 또 결승전에서 만나야지'라는 시비와 '감사합니다. 영광입니다'라는 매번 똑같은 대화뿐이었다.

'남들 귀에는 패배자를 챙기는 매너로 들리겠지만, 나는 그 진심을 알지.'

레슬리는 4년 전 '꼭 결승전에서 만난 뒤 더 참혹하게 패배해라. 그래서 내 제안을 거절한 걸 처참하게 후회해.'라던 브레이든의 진심을 잊지 않고 있었다.

'껍데기만 컸지, 그때랑 별로 달라진 것도 없는걸.'

4년 동안 성장한 건 브레이든뿐만이 아니었다. 레슬리는 4년 전 검술 대회 준우승 이후 꽤 유명세를 탔고, '브레이든 웨이드로스에 밀려서 만년 2등 신세'지만 실력이 대단한 검사로 인정받았다. 자기 이해와는 별개로, 그를 이기고 싶은 건 검사의 본능이었기 때문에 레슬리는 속으로 '결승 때 꼭 내가 이겨 버리고 싶다. 그래서 더 충격받게 하고 싶다.'라는 소망을 진심으로 품었다.

그리고 그해 검술 대회의 신청자 등록이 시작되었을 때였다. 레슬리는 참가자 신청을 하러 갔다가 우연히 브레이든을 마주쳤다. 귀족들은 아침에 신청하고, 평민들은 대기하다가 오후에 신청하는 것이 암묵적인 관례였는데, 브레이든이 한창 대기가 긴 시각인 오후 3시에 나타난 것이다. 심지어는 편의를 봐준다는 관계자의 호의도 거절하여 주변에서 칭송이 자자했다.

"네 마지막 검술 대회를 신청하러 온 모양이지?"

브레이든은 레슬리를 내려다보며 말했고, 레슬리는 공손하게 고개를 숙이며 그렇다고 대답했다. 나이 제한은 24세까지였고, 브레이든은 이제 열아홉이니 한 번의 기회가 더 남아 있는 셈이었다.

"웨이드로스 기사단에 들어오는 것도 싫고, 내 부관 자리도 싫고, 연무장 구경도 싫고……."

그가 그녀를 바라보며 느릿하게 말했다.

"결국 모든 걸 거절한 채 여기까지 왔군. 그동안 최선은 다했나?"

매번 영혼 없는 대답으로 대화를 빠르게 끝내던 레슬리가 무심결에 진심으로 대답한 건 단순히 대회를 앞둔 검사로서의 투지 때문이었다.

"예. 4년 전에 한 번 졌는데 계속 '만년 2등'이라는 꼬리표가 붙는 게 썩 좋지만은 않아서요."

그녀의 대답은 공손하기 그지없었다.

"다시 한번 결승전에서 소공작님을 마주할 수 있도록 앞으로도 최선을 다하겠습니다. 늘 관심 가져 주셔서 감사합니다."

브레이든은 팔짱을 끼고 한동안 못마땅하다는 표정으로 레슬리를 빤히 바라보았다. 물론 그녀는 그러거나 말거나 돌아가는 길에 시장에서 무엇을 사 먹을까 딴생각이나 하면서 그저 자신의 차례만 기다릴 뿐이었다. 이 검술 대회만 끝나면 결과가 어떻게 되든 이렇게 얽히는 것도 끝이었기 때문이다.

"……그러면 다른 제안을 하나 하도록 하지."

레슬리가 돌아가는 길에는 역시 바게트샌드위치를 사 가야겠다고 결심했을 때였다. 굳게 다물려 있던 브레이든의 입이 열렸다.

"내게 검을 하나 받는 것이 어때. 내 검에 준하는 좋은 것으로."

"……네?"

"마지막 대결이잖아. 같은 조건에서 겨뤄 보고 싶어서 그래. 장비 차이 때문에 네가 졌다고 생각하지 않게 말이야."

그 와중에도 '네가 진다'라는 것을 가정하고 있는 말이었다.

"어, 음, 그게……."

그러나 레슬리는 단번에 거절하지 못했다. 브레이든의 검에 준하는 좋은 것이라면…… 진짜 좋은 것임에 틀림없었다. 아마도 레슬리가 평생 쥐어 보지도 못할, 그런 엄청난 검…….

그녀의 삶이 흔들리는 것이 싫어서 기사단에 들어간다거나 하는 것을 거절했지만, 또 귀찮아서 남의 집 연무장 구경을 사양했지만, 검 선물이라면 또 이야기가 달랐다. 이건 그냥 눈 딱 감은 채 받고 입 닦으면 되는 일 아닌가. 그녀는 자존감이 높았지만 그렇다고 해서 고고한 편은 아니었다.

"뭐, 생각할 시간이 필요하겠지. 늘 그렇듯이 말이야."

브레이든은 비릿하게 웃으면서 빈정거렸다.

"사실 네 체격에 맞는 검을 이미 주문해 놓았어. 받고 싶으면 언제든 웨이드 로스 공작저로 와. 네 걸로 주문한 거라 네가 안 받아 가면 버릴 테니까."

"늘 이렇게 관심 가져 주셔서 감사합니다."

레슬리는 평소와 같이 대답했으나 평소의 심드렁한 목소리와는 다르게 고민이 뚝뚝 묻어나는 기색을 감추지 못했다.

"생각…… 해 보겠습니다."

검을 받으러 왔느냐며 말을 툭툭 내뱉는 꼴을 보아하니, 레슬리의 부재를 믿고 열심히 독주를 들이부은 브레이든은 딱 그 시기로 돌아간 것 같았다. 회상을 마친 레슬리는 한숨을 푹 쉬고 잠시 그를 바라보다가 조용히 입을 열었다.

"소공작님."

그녀 역시 그때로 돌아간 것처럼 공손하면서도 심드렁한 어조였다. 정작 그때에는 신분 격차 때문에 묻지 못했지만, 이제는 할 수 있는 질문을 던졌다.

"제가 왜 그렇게 싫으세요?"

스물한 살의 레슬리는 브레이든이 자신을 싫어할 것이라고 믿어 의심치 않았다. 그건 나름대로 합리적인 추론이었는데, 언제나 다정하고 너그러운 표정을 짓고 있는 브레이든이 유일하게 굳은 표정을 숨기지 못할 때가 레슬리와 눈이 마주쳤을 때였기 때문이다.

먼발치에서 바라볼 땐 누구에게나 친절하고 상냥한 사람이 유독 레슬리에게만 언짢은 기색을 숨기지 못했다. 심지어 검술 대회 신청일에는 '철저하게 패배감을 느껴 보라'는 의미로 검까지 준다고 하지 않았는가. 레슬리는 기분이 상당히 나빴지만 검은 받기로 했다. 기분이 나쁜 건 한순간이지만 좋은 검은 영원히 자신의 소유가 될 테니까.

'게다가 내가 안 받으면 버린다잖아. 그건 자원 낭비지.'

그 검을 받으면, 그녀가 그나마 조금 좋은 검을 사 보겠다고 지금까지 한 푼한 푼 열심히 모았던 돈을 아끼게 되는 셈이었다. 그 돈으로 맛있는 것을 사먹어야겠다고 생각하니 결정은 쉬웠다. 그래서 웨이드로스 공작저에 찾아가 그검을 공손히 받아 왔는데, 그러면서도 '돈 많은 귀족들은 참 싫다는 뜻을 사치스럽게 표현하는구나'라고 생각했을 뿐이었다.

그때의 레슬리는 브레이든에게 '왜 저를 그렇게 싫어하세요?'라고 물어볼 만큼의 관심조차 없었다. 하지만 지금에 와서는 어느 정도 궁금한 건 사실이었고, 그래서 레슬리는 20년이 훌쩍 넘어서야 진지하게 그 시절의 브레이든에게 물어본 것이었다.

"너를…… 싫어한다고? 내가?"

브레이든은 다소 얼빠진 표정으로 반문했다.

"내가 널? 대체 왜?"

그 질문에 황당해진 건 레슬리였다. 누가 봐도 그 시절 브레이든은 레슬리에게만 못되게 굴었는데.

"가끔 마주칠 때마다 표정도 안 좋으시고, 자꾸만 철저하게 지라면서 시비를 거시고, 질 나쁜 훈련은 계속하고 있냐며 빈정거리시고. 원래 안 그러시는 분이 저한테만 심술이시잖아요."

레슬리는 손가락을 꼽아 가며 이유를 댔다.

"웨이드로스 기사단에 좋은 기사들이 한두 명 있는 것도 아닐 텐데, 거절 한 번 했다고 4년을 삐지셔서는……."

브레이든은 한숨을 쉬며 금빛 머리카락을 헤집더니 짜증스럽게 내뱉었다.

"널 싫어하는 건 아니야. 내가 널 왜 싫어해."

"……네?"

"누가 싫어하는 상대한테 선물하려고 몇 개월씩 검을 고르겠어."

레슬리는 멍하니 브레이든을 바라보았다. 그녀를 예전에 좀 싫어했어도 지금 잘 지내니 괜찮다고 생각했다. 레슬리가 뭐라고 물어도 브레이든은 '당신을 너무 사랑해서 그랬지'라며 능구렁이같이 넘어갈 것이 뻔하다고 여겼다. 그리고 딱히 이 시절에 대한 진솔한 대화를 요청하지 않았던 건, 그녀의 깊은 내면 속에 '브레이든이 나를 싫어하던 시기에 대해 딱히 생각하고 싶지 않다'라는 무의식이 존재했기 때문이었다. 그런데 진짜로 자신을 싫어하지 않았었다니.

"너를 볼 때마다 기분이 나쁘기는 했지. 근데 그건 너 때문이 아니고……."

브레이든은 눈을 문지르며 느릿하게 말했다.

"……그냥 늘 똑같은 너한테 휘둘리는 내가 한심해서야."

"휘둘린다고요?"

"너는 내가 뭘 해도 내게 관심이 없는데…… 나는 계속 네 생각이 나거든."

레슬리는 지금에서야 알게 된 진실에 입을 떡 벌리고 말았다.

"평민들이 다니는 온갖 곳에 출몰하면서 겨우겨우 너를 찾으면, 너는 귀찮다는 듯이 예의만 갖추고 바로 멀어져. 그걸 알면서도 또 너를 보러 분주하게 움직이는 내가 너무……."

그럼 열다섯 시절부터 갑자기 수도의 오만 곳에 다니기 시작하면서 자꾸만 자신과 마주친 것이, 우연이 아니었다고…….

"……너무 거슬리지."

쉰 목소리로 말을 이어 가던 브레이든은 번득이는 눈으로 그녀를 빤히 바라보았다.

"네 앞에서 나는 늘 열다섯으로 돌아가. 첫 거절을 당하고 어쩔 줄 모르던 그 사춘기 어린애 말이야."

"어…… 음……."

그러니까 레슬리가 '저 인간은 적어도 내 앞에서는 재수 없는 애새끼일 뿐이다'라고 생각하던 것이 어떤 측면에는 맞아떨어진 셈이었다.

"너만 만나면 늘 거절당하는 기분이야. 그게 너무 싫어. 대체 어떻게 해야 할지 모르겠어."

"……."

"이제는 내 맘대로 되지 않는 게 세상에 충분히 많다는 걸 알 정도로 나이가 들었는데도 왜 네 앞에서 나는 늘 그때처럼 멍청해지는지."

그가 한숨을 쉬며 의자에 몸을 묻고 꺼져 가는 목소리로 중얼거렸다.

"그나마 마지막 검술 대회가 있으니 한동안은 나를 잊고 살 수 없겠지. 내가 싫어서든, 좋은 검을 시험해 보고 싶어서든 절대로 포기하지 말기를 바라.”

레슬리는 긴 세월을 돌아 비로소 알게 된 진실에 뭐라고 대답도 하지 못하고 한동안 이마를 짚고 있었다. 그리고 그를 안아 주기 위해 몇 발자국 다가갔을 무렵, 이미 브레이든은 잠이 들어서 널브러져 있는 상태였다.

“하, 나 참…….”

레슬리는 어이가 없어서 브레이든의 금발을 쓸어 주며 피식 웃고 말았다.

“그때도 내가 싫은 게 아니고, 나를 신경 쓰는 자기 자신이 싫었다고…….”

그렇게 검술 대회로라도 서로를 엮어 두고 싶어 했으니, 레슬리가 다리 부상 때문에 검술 대회에 기권한다고 했을 때 그토록 묘한 표정이었나 보다. 더 이상 얽힐 일이 없다는 걸 깨달은 순간, 어떻게 해서든 얽히게 만들어야겠다고 각성한 셈이었다. 다시는 날렵하게 움직일 수 없다는 좌절감을 꾹꾹 누른 채 의기소침해 있는 그녀의 곁에 어느 순간부터 그가 자리 잡고 있었으니 말이다.

이토록 좋은 검은 다른 주인을 만나야 한다며 선물을 돌려주기 위해 공작저에 갔을 때, 그는 자신에게 하루만 시간을 내 달라며, 기분 전환을 시켜 주겠다고 했다. 그때는 처음으로 겪어 본 친절이 동정심이라고 생각해서 아무 생각 없이 받아들였다. 그 당시 그녀는 사람들이 베푸는 그런 식의 일회성 동정에 아주 익숙했기 때문이다. 그러나 그 하루가 이틀이 되고, 이틀이 사흘이 되고 그렇게 근 1년이 지난 뒤…….

“봐, 레슬리. 나는 이제 그때보다 키도 훌쩍 크고, 목소리도 낮아지고, 또…….”

맨 처음 그녀가 소년이 아닌 청년 브레이든을 의식한 것이 언제였더라. 어느 순간부터 그 ‘재수 없는 애새끼’가 ‘알고 보니 꽤 잘 자란 청년’이 되고, 또 ‘나름 괜찮은 남자’로 자리 잡기까지 시간이 꽤 걸렸었던 것 같다.

"탐나는 사람이 내 소유가 되지 않았다고 해서 분노하는 사춘기도 지났어."

그녀가 어느 순간 그에게 익숙해졌다는 것을 다 안다는 얼굴로, 느긋하게 유혹하던 그 얼굴이 떠올랐다.

"그러니까 다시 한번 생각해 보는 게 어때. 웨이드로스 공작저에 들어와. 내부관 자리가 아니라······."

그가 그녀에게 건넨 두 번째 제안은, 검을 겨누고 오만하게 내뱉은 첫 번째 제안과는 결이 완전히 달랐다. 마음이 녹아내릴 정도로 폭신하면서도 간절한 제안이었다.

"나를 줄게."

그때에는 지금보다 평민의 권리가 낮은 시절이었으므로, 평민이 웨이드로스 공작 부인이 된다는 것은 상상조차 할 수 없는 일이었다. 망설임이 가득한 레슬리의 눈을 보며 브레이든이 그녀의 볼에 가볍게 손을 얹은 채로 물었다.

"이번에도 안 내켜?"

브레이든의 단어 선택은 그들의 과거에만 존재하는 특이한 서사를 끌어내는 재주가 있었다.

예전에 레슬리는 '내키지 않는다'라며 가볍게 브레이든의 모든 논리를 차단했었다. 그때의 브레이든은 레슬리의 예상대로 말문이 막혀서 돌아갔다. 지금의 브레이든은 그녀의 마음에 대고 직설적으로 물어본 것과 다름없었다.

네가 내키지 않는다고 한다면 그때처럼 무력하게 돌아설 수밖에 없는데, 지금도 맨 처음 만났던 그 시기처럼 단번에 자신을 거절할 수 있느냐고.

"망설이는 걸 보면 내키나 봐. 내가 검을 준다고 할 때 네가 딱 그 표정이었으니까."

한 번도 쓰지 않은 검은 여전히 그녀의 수중에 있었다. 레슬리는 그때 그 검을 받아들였듯이 브레이든을 거절하지 못할 것임을 알았다. 그때처럼 마음에 걸리는 것들은 많았으나 '갖고 싶었기에' 가졌다. 그녀의 삶의 방식이었다. 현실에는 타협하되 기본적으로는 내키는 대로 사는 것.

"사랑해, 레슬리. 진부한 말이지만, 제발 나를 받아 줘."

레슬리는 보통 맛있는 것이라면 늘 좋아했지만 그래도 가장 좋아하는 것은 달콤한 것이었다. 그 말과 함께 이어진 부드러운 입맞춤이 그 어떤 디저트보다도 달콤했기에, 그 당시 레슬리는 자신도 모르게 고개를 끄덕이고 말았다.

"내가 진짜 어딘가에 홀린 거지. 아니, 지금도 홀려 있나?"

레슬리는 그 이후 남편이 되어 그녀의 옆을 20년 넘게 지킨 남자에게 이불을 덮어 주고 난 뒤 피식 웃으면서 중얼거렸다.

"앞으로는 술 마시지 말라고도 못 하겠네. 어느 시절로 돌아가도 기분이 좋을 것 같으니까."

달이 높게 뜬 깊은 밤이었다. 어느새 추적추적 내리던 비도 그치고 천둥 번개로 요란했던 하늘도 잠잠해졌다. 레슬리와 아나벨은 웨이드로스 공작저 식당에 약속이라도 한 듯 나란히 늦게 도착했다.

"브레이든이 술 마시고 지금 막 잠들어서……. 이안도 주사가 좀 있었니?"

"네. 이안도 이제 잠이 들었어요."

두 사람은 민망하다는 듯 웃어 보였다. 그리고 '언제로 돌아가서, 무슨 소리를 했냐'라는 질문은 서로에게 똑같이 하지 않았다. '그래서 이안은?'이라든가 '공작님은요?'라는 질문에 '제가 죽은 줄 알고 펑펑 울더라고요'라든가 '열다섯부터 내가 좋았다지 뭐니'라는 대답을 할 자신이 없었기 때문이다.

외전 2

만일 아이가
바뀌지 않았더라면

어둠이 깊게 내려앉은 고요한 밤이었다. 이안은 잠을 이루지 못하고 책상에 가만히 앉아 있었다. 몇 시간째 그가 고요히 노려보고 있는 것은 바로 한 장의 종이였다.

「사직서」

그 세 글자를 노려본다고 해서 답이 나오는 것도 아닌데 차마 그 앞을 떠날 수 없는 이유를 이안 스스로도 알지 못했다. 스물두 해를 살아오면서, 이안은 지금처럼 비생산적인 시간을 보낸 적이 없었다. 이 사직서는 오늘 오후에 그의 부관인 아나벨 레인필드가 담담하게 내민 것이었다.

"이게 뭐지?"
"보시는 그대로입니다."
"……갑자기?"
"원래 아랫사람들은 마음속에 사직서 하나는 품고 사는 법입니다. 이안 님은 윗사람이라 모르시는 세계이지만 말이에요."

이안은 사직서를 받아 든 채로 어안이 벙벙하여 주변을 둘러보았다. 정말 모든 사람들이 사직서를 늘 품에 안고 산단 말인가? 놀랍게도 아나벨의 말에 '그건 아니죠, 전 아닙니다.'라며 대꾸하는 자가 아무도 없었다.

다들 이안의 눈을 피하며 평소보다 훨씬 더 과장되게 기합을 넣은 채로 훈련에 몰두하는 척을 하고 있었다. 그러나 그들의 귀가 그 어느 때보다 열렬하게 이안과 아나벨에게로 향해 있다는 것은 분명했다.

"월급을 올려 주기를 바라는 건가? 그럼 어느 수준으로⋯⋯."
"죄송합니다만 제가 돈 때문에 무언가를 하기엔 부모님이 부자라서요."

사실 아나벨의 월급은 제국 고위 귀족가의 기사단 부관으로는 거의 최고 수준이었다. 그것보다 몇 배라도 더 올려 줄 생각이었는데 아나벨은 간단하게 거절해 버렸다. 하기야 아나벨의 부모님이 운영 중인 레인필드 레스토랑과 의상실은 몇 년 전부터 업계 최고를 달리고 있었다. 그들 부부가 수도의 돈을 쓸어 담고 있다는 말은 누구에게나 친숙한 소문이었다.

"조건이라든가 돈이라든가 그런 문제는 아닙니다."

그러니 그녀의 삶은 어지간한 귀족 영애들보다 풍족했다. 귀족들도 몇 개월간 대기하는 메릴린의 옷을 매일같이 일상복으로 입고 있는 것은 물론 예약하는 것만도 몇 개월씩 걸리는 레인필드 레스토랑에는 언제든지 가서 무엇이든 먹을 수 있었다.

"연무장 시설이 노후되고 인테리어가 거지 같아서 그런가? 그럼 불편한 부분을 대대적으로 공사하면⋯⋯."

"죄송합니다만 몇 년 전 그 인테리어를 직접 지시한 사람이 접니다."

"……."

"취향이 거지 같아서 죄송합니다. 오래 참으셨네요."

그녀를 붙잡기 위해 되는대로 주절거리던 이안은 본전도 못 찾은 채 사직서를 받아 들고 멍하니 서 있을 수밖에 없었다. 마침 퇴근 시간이었던지라 아나벨은 씩 웃으면서 예를 갖추어 인사했다.

"걱정하지 마세요. 새로운 부관이 정해질 때까지 인수인계는 꼼꼼하게 해 놓고 가겠습니다."

아나벨은 평상시와 같은 모습이었다. 높게 묶은 연보랏빛 머리, 반짝반짝 빛나는 짙은 청색 눈동자, 언제나 입고 있는 웨이드로스 기사단복까지 모든 것이 똑같아서 오히려 더 아득했다.

"그럼 내일 뵙겠습니다."

아나벨은 너무나 아무렇지도 않게 동생인 아론을 챙겨서 퇴근해 버렸다. 이안은 바보처럼 그저 고개를 끄덕이고 말았다. 그동안 이안은 그만둔다는 기사단원을 잡은 적이 한 번도 없었다. 최고의 실력과 대우를 자랑하는 웨이드로스 기사단에는 항상 지원자가 넘쳐 났다. 그러니 그녀를 잡을 이유도 없었다. 그런데 왜 그렇게 당황했는지 알 수 없는 일이었다. 사람이 너무 패닉에 빠지면 응당 물어야 할 말도 나오지 않는 법이었다.

그는 멍하니 저녁 시간을 보내다가, 방에 들어오고 나서야 이유를 물었어야 했다는 데에 생각이 미쳤다.

255

'내일 물어봐야겠군. 인수인계 때까지는 출근한다고 하니까······.'

아나벨이 그의 부관을 그만둔다는 것이 머릿속에 그려지지 않았다. 그녀 이외의 부관을 상상해 본 적도 없었다. 물론 그녀가 그의 훌륭한 라이벌이기는 했다. 특히 검술 대회에서. 그동안 검술 대회에서 아나벨과 이안은 두 번 출전했고 나란히 서로에게 1승 1패라는 전력을 가지고 있었다. 얼마 뒤 벌어질 인생 마지막 검술 대회가 그들의 최종 승부를 가리게 될 터였다.

'하지만 그건 그거고.'

검술 대회는 24세까지의 나이 제한이 있으니 그들의 인생에서 세 번에 불과했다. 물론 떠들기 좋아하는 사람들은 그 결과를 예측한답시고 이러쿵저러쿵 말이 많았다. 그러나 이안은 딱히 관심이 없었다. 그런 승패 관계를 떠나서, 주군과 부관의 관계는 평생 이어지는 것이 아니었던가? 그것이 그들 관계의 본질이었다. 적어도 그는 지금까지 그렇게 생각해 왔다. 거기까지 생각이 미치니 묘한 배신감마저 들 지경이었다.

'대체······ 대체 왜······.'

또다시 제자리였다. 이안은 한숨을 쉬며 이마를 짚었다.

'내일 이유를 물어보면 되겠지.'

단 하나 다행인 것은 내일도 평소같이 아나벨을 연무장에서 볼 수 있다는 점이었다.

'그 이유가 무엇이든 내가 해결해 주면 되는 거고.'

돈의 문제도 아니고, 근무 환경의 문제도 아니라면 대체 무엇일까. 이안은 억지로 침대에 누워서도 잠이 오지 않아 한참을 뒤척였다.

누워서 이런저런 생각을 하다 보니 아나벨을 처음 만났던 순간까지 떠올랐다. 그들이 아홉 살이었을 때였다.

이안은 어릴 때부터 검술 신동으로 이름을 날리고 있었다. 브레이든은 아들을 직접 가르치다가 아홉 살이 되던 해부터 최고의 스승진을 붙여 주기 시작했다. 그중에는 수도의 이름난 검술 스승으로 이름을 날리던 시오나드 케릴라온이라는 사람이 있었다. 워낙에 입소문이 자자한 사람이라 맡고 있는 수업도 많았고 수업료도 높았다.

브레이든은 시오나드에게 이안의 시범 수업을 한 번 맡긴 뒤, 수업 방식에 크게 만족하여 그 자리에서 주 3회 교습을 계약했다.

"그래, 자네가 보니 객관적으로 이안의 실력이 어떤가?"

"과연 신동으로 불릴 만하십니다. 공작님께서 직접 가르치셔서 그런지 기초도 아주 잘 잡혀 있고, 응용력도 굉장히 뛰어나십니다."

사실 이안은 그 어떤 선생을 붙여도 비슷한 말을 들어 왔다. 검술뿐만이 아니라 예법이나 역사, 교양 및 외국어 등 모든 분야에서 똑같았다. 잘한다, 뛰어나다, 훌륭하다, 모범적이다. 워낙 같은 레퍼토리가 반복되는지라 레슬리가 '어차피 또 똑같은 말 들을 텐데 재미없어.'라며 시범 수업에 오지 않을 지경이었다.

"허허, 그렇군."

그러나 브레이든은 그런 반복적인 자식 칭찬에 질리는 사람이 아니었다.

그는 뿌듯하게 재차 물었다.

"다음 해는 너무 어린 것 같고, 그다음 검술 대회 때 출전시키려고 하는데 우승을 노려 봐도 되겠지? 5년 후니까 성장 가능성이 충분하지 않은가."

사실 브레이든은 대답을 예상하고 있었다. 브레이든 웨이드로스 자신도 그즈음 첫 우승을 했기 때문이다. 그보다 훨씬 더 천재성을 타고난 이안에게 어려운 일일 리가 없었다.

그러나 시오나드는 '당연하다.'라는 말 대신 엉뚱한 소리를 입에 올렸다.

"음, 제가 수업을 하고 있는 아이들 중에 레인필드 남매가 있거든요."

"……레인필드?"

"예. 그…… 공작님께서는 모르시겠지만 아라디스 33길에 있는 레인필드 레스토랑 주인입니다."

기억을 더듬는 모양인지 미간을 찌푸리고 있는 브레이든을 보며 시오나드가 재빠르게 덧붙였다.

"아, 혹시 메릴린 레인필드는 아시나요? 펠라 의상실의 수석 의상사인데, 예약이 아주 밀려 있습니다. 곧 독립할 거라고는 하던데 어쨌든 귀족 여성이라면 모르는 사람이 없는 이름입니다."

당연히 브레이든이 한낱 평민을 아는 것이 이상한 일이겠지만, 그는 희미한 기억 속에서 '오스칼 레인필드'라는 이름을 기억해 냈다. 아마 몇 년 전 레슬리가 공작저의 셰프로 고용해 달라고 요구했었던 그 사람인 것 같았다. 평상시에 요구하는 것이 거의 없는 레슬리였기에 무조건 들어주고 싶었으나…….

"죄송합니다. 저는 가족들과 함께하는 시간이 중요해서요. 제 사업체 이외의 일로 무리하고 싶지 않습니다."

막 개업한 식당이 아직 자리도 잡지 못한 상태면서 오스칼은 단칼에 거절했다. 웨이드로스 공작저의 셰프라는 경력이 오히려 더 자리 잡는 데에는 도움이 될 텐데 굉장히 가정적인 성격인 듯했다. 그래서 레슬리는 아쉬움을 삼키며 여전히 정기적으로 레인필드 레스토랑에 가서 코스 요리를 먹고 온다고 했던 것 같았다.

브레이든이 그 상황을 회상하는 동안, 시오나드의 말이 이어졌다.

"어쨌든 제가 그 집 남매를 가리키고 있는데 둘 다 아주 뛰어납니다."

돈 좀 만지기 시작한 것으로 유명해진 평민이기는 하지만, 시오나드의 수업

료가 대단할 텐데 자식 교육에 돈을 아끼지 않는 듯했다. 하기야 가족이 무엇보다도 중요하다고 했으니…….

"특히 누나 쪽인 아나벨 레인필드는 정말 또래에 비해서 실력이 월등하거든요. 이제 아홉 살인데도 진심으로 검을 좋아하고 훈련 양도 어마어마합니다."

시오나드가 진지하게 말을 이었다.

"아마 이안 님에게도 아주 좋은 상대가 될 겁니다."

브레이든은 눈치 빠르게 시오나드의 의도를 알아챘다. 그의 위치쯤 되면 마구잡이식 아부보다는 냉철한 분석력으로 보는 눈을 증명해 보이는 것이 몸값을 높이는 방법이었다. 시오나드는 대놓고 말은 하지 않았지만, '이안의 우승은 보장할 수 없다'라는 말을 하고 있는 것이었다. 더 자세히 말하면 '아나벨 레인필드라는 아이에게 질 수도 있다라는 뜻이었다.

"흠, 그렇군. 고맙네."

예상치 못한 대답에 은근 심각해진 브레이든이 천천히 대화를 마무리 지으려 할 때였다.

"스승님, 그렇다면……."

얌전히 서서 그들의 이야기를 듣고 있던 이안이 공손하게 말했다.

"말씀대로 그 아나벨이라는 아이와 한번 겨뤄 보고 싶습니다. 자리를 만들어 주실 수 있으실까요?"

며칠 뒤, 시오나드와 함께 두 아이가 웨이드로스 공작저 연무장에 방문했다.

"이쪽이 아나벨 레인필드고, 이쪽은 아론 레인필드입니다."

이안은 차분하게 자신의 눈앞에 선 두 아이를 보았다. 연보랏빛 머리카락을 가진 여자아이와 분홍색 머리카락을 가진 남자아이였다. 이안이 초청한 사람은 아나벨뿐이었지만, 동생 쪽인 아론까지 따라온 듯했다.

"누나를 따라오겠다고 난리를 치는 바람에…… 같이 데려왔습니다."

"좋지."

시오나드의 말에 브레이든이 껄껄 웃으며 아론의 머리카락을 쓰다듬었다.

"우리도 다 구경 왔는걸."

이번에는 레슬리도 함께 있었다. 원래 레슬리는 아들의 교육에 대해서 큰 관심이 없었다. 왜냐하면 어느 과목의 어느 가정교사들이나 다들 똑같은 소리를 했기 때문이었다. 훌륭하다, 똑똑하다, 반듯하다, 성실하다, 어른스럽다, 모범적이다……. 그래서 금방 흥미가 떨어져 버린 레슬리는 언젠가부터 굳이 수업 참관을 하거나 교사 면담을 하지 않았다. 브레이든이 자식 교육에 지나치게 열의가 넘치기도 하고……. 심지어 검술은 브레이든이 어릴 때부터 직접 가르치면서 '나보다도 천재인 것 같은데'라는 소리를 심심찮게 해 왔기 때문에 더더욱 관심이 없었다.

그러나 이번에는 검술 교사가 아주 새로운 말을 했다기에 레슬리는 흥미로워서 구경 온 참이었다. 이안에게 만만치 않은 동갑내기 상대가 있다니.

'드디어 우리 아들의 새로운 표정을 보는 건가!'

레슬리는 기대에 차서 반듯하게 서 있는 이안을 바라보았다.

'음…… 근데 저 아나벨이라는 여자애…….'

그리고 자연스럽게 이안의 앞에 서 있는, 연보랏빛 머리를 하나로 높게 묶은 여자아이에게 시선이 향했다. 아나벨은 얌전하게 서 있었지만 여기저기 둘러보느라 정신이 없어 보였다.

'맨 처음 여기 왔을 때의 나랑 똑같네.'

실제로 아나벨은 눈앞의 단정한 남자아이보다는, 처음 보는 귀족가의 연무장 풍경에 마음을 빼앗긴 상태였다. 여기저기서 대련하고 있는 기사들, 체계적으로 훈련 중인 종자들, 잔뜩 쌓여 있는 각종 무기들…….

260

'검사라면 눈이 돌아갈 풍경이기는 하지.'

매일 앞마당에서 아론과 목검을 부딪치던 아나벨에게는 신세계였다.

'레인필드 부부가 자식 교육에는 열성인가 보군.'

레슬리는 공작가 셰프를 해 달라는 자신의 요청을 거절하던 오스칼을 생각하며 속으로 피식 웃었다. 아무리 지금 그들의 사업이 자리 잡아 가고 있다고 해도, 브레이든이 붙인 교사라면 몸값이 상당히 높아서 남매 둘을 맡기기에는 부담스러울 금액일 텐데. 그래도 둘 다 검술에 재능이 있다고 하니 돈 생각 하지 않고 바로 붙인 모양이었다. 실제로 두 남매는 잘 먹고 잘 입으면서 크고 있는지 어느 귀족가 아이들 못지않게 안색이 좋고 튼튼해 보였다.

"자, 그럼……."

시오나드는 이안과 아나벨을 마주 보게 한 뒤 목검 하나씩을 주었다.

"먼저 대련을 앞두고 서로 예의부터 갖추겠습니다."

어린아이들의 대련일수록 예절 교육을 엄격하게 하는 편이었다.

브레이든과 레슬리는 흐뭇하게 아홉 살 동갑내기들이 서로 인사하는 것을 바라보았다.

"이제 시작하도록 하죠."

곧이어 두 아이의 목검이 맞붙었다.

"자, 자! 그만!"

시오나드가 두 아이의 대련을 멈추었을 때, 아나벨과 이안은 둘 다 헉헉대고 있었다.

"오."

브레이든은 짧은 감탄사를 내뱉으며 이 상황에 대한 놀라움을 표시했다. 시간이 꽤 흘렀는데도 승부가 나지 않은 것이다. 이안이 밀어붙인다 싶으면 아나벨이 적절히 피하고, 아나벨이 우위에 섰다 싶으면 이안이 반격하는 경기 내용이 이어졌다.

원래 성인들의 대련이라면 끝까지 두고 보지만, 아이들의 대련인지라 너무 체력이 떨어지기 전에 시오나드가 경기 중지를 외친 것이다. '그만'이라는 시오나드의 말에 아나벨도 이안도 아쉬운 듯 서로를 바라보았지만 바로 검을 바로 하고 서로에게 인사했다.

"어머."

레슬리는 정말 흥미롭다는 듯 박수까지 쳤다. 9년 인생 내내 '너무 잘한다'라는 소리만 듣고 자라 온 이안이 혼란스러운 표정을 짓고 있었다. 그동안 자기보다 몸집이 큰, 기사단의 성인 검사들도 쉽게 이겨 온 이안인지라 이런 상황은 본인조차 예상하지 못한 듯했다.

"어떻습니까?"

아이들은 곧바로 종자들이 가져다준 물과 간식을 먹기 시작했고, 시오나드는 브레이든을 보며 의기양양하게 말했다.

"이안 님의 좋은 상대로 추천할 만하지요?"

브레이든은 속으로 시오나드의 몸값이 이렇게 높은 데에는 이유가 있다는 것을 인정했다. 과연 이안에게 버금가는 천재였다.

'과연…… 이안의 검술 대회 우승은 모를 일이군.'

브레이든은 자기 자신이 열다섯 살 때 우승한 전력이 있었다. 그때 열일곱이었던 레슬리를 결승전에서 만났었는데. 레슬리와 브레이든의 피를 이어받은 이안은 어린 시절의 자신보다 훨씬 뛰어났고, 그래서 열넷에도 충분히 나이 많은 기사들을 꺾고 우승할 수 있을 것이라고 생각했다. 그런데 변수가 되는 상대가 동갑내기라니 예상하지도 못한 일이었다.

'재미있겠는데.'

브레이든은 혼자 씩 웃었고, 그사이 레슬리는 아이들이 간식을 먹고 있는 테이블에 끼어들어 대화를 나누었다.

"그래? 집에서 먹는 간식은 이것보다 더 맛있니?"

아이들의 간식으로는 과일과 쿠키, 샌드위치가 나와 있었다. 아론이 샌드위치를 크게 베어 물면서 고개를 끄덕였다.

"네. 저희 아버지가 가끔 만들어 주시는, 샥스핀과 랍스터를 곁들인 트러플 샌드위치가 더 맛있어요."

"아……."

레슬리는 말만 들어도 심장이 뛴다는 듯이 한숨을 삼켰다.

"그건 레스토랑에서 안 팔지?"

"아마 그럴걸요? 저희가 야식 먹고 싶다고 조를 때 집에 있는 재료로 대충 만들어 주시는 거라."

"으흑."

아론과 레슬리가 대화를 나누는 동안, 이안은 아나벨을 흘끔흘끔 바라보고 있었다. 이제 아홉 살, 그러니 아직 이성에 눈뜰 때는 아니었다. 그럼에도 불구하고 이안의 머릿속에는 아나벨과의 경기가 계속해서 재생되고 있었다. 내색은 하지 않았지만, 그동안 모든 것이 쉬웠던 그에게는 너무나 충격적이었다.

아나벨은 이안이 자신을 훔쳐보고 있다는 것을 눈치채지 못했다. 여전히 기사단의 풍경에 정신이 팔려 있었기 때문이다. 아나벨은 물만 벌컥벌컥 마시면서 연무장 곳곳을 두리번거리고 있었다.

"아나벨."

그리고 그런 아나벨을 이해한다는 듯이 레슬리가 싱긋 웃으며 말을 걸었다.

"귀족가 연무장이 신기해?"

"……네."

아나벨은 진지하게 고개를 끄덕였다.

그리고 커다란 푸른 눈을 깜빡이며 물었다.

"귀족저에는 다 이런 연무장이 있나요?"

"기사단을 운영할 정도의 부와 권력이 있는 곳만. 수도에는 몇 개 안 돼."

레슬리는 간단히 설명했다.

"특히나 웨이드로스는 검술로 역사가 깊은지라…… 황실 기사단에 비견될 정도야. 다른 귀족가 기사단도 다 이렇다고 생각하면 실망할걸."

"아아아……."

아나벨은 잠시 생각에 잠긴 얼굴로 눈을 굴리더니 조심스럽게 물었다.

"그럼 어떻게 하면 웨이드로스 기사단에 들어올 수 있어요?"

"응?"

기사단 운영에는 전혀 관심 없던 레슬리가 살짝 당황해서 반문했을 때였다.

아나벨이 선언하듯 말했다.

"저도 여기 들어오고 싶어요. 매일 여기 올래요."

그러니까 아홉 살, 이안과 첫 대련을 했을 때 아나벨은 웨이드로스 기사단과 엄청난 규모의 연무장에 마음을 빼앗긴 것이다. 그때부터 스물두 살이 된 지금까지 아나벨은 매일같이 웨이드로스 공작저의 연무장에 출근했다. 몸이 안 좋아도 다른 기사들의 훈련이라도 구경하겠다면서 꼬박꼬박 출근했고, 휴가를 주어도 몸이 근질거린다면서 오후에 나와 간단한 훈련을 했다. 그 말인즉 아홉 살부터 지금까지 이안은 아나벨을 매일같이 봐 왔다는 뜻이었다.

그동안 그들은 두 번의 검술 대회에 참가해서 나란히 1승 1패를 나눠 가졌다. 그러나 그건 그들의 삶에 작은 변수조차 되지 않았다. 성적 비슷한 라이벌끼리 비슷한 성과를 내는 건 당연한 것이니까 말이다. 검술 대회는 그냥 검술 대회일 뿐이고, 이안과 아나벨은 검술 대회 전날이든 그다음 날이든 아무렇지도 않게 연무장에서 다시 만나 똑같은 일상을 이어 갔다.

곧 있을 마지막 검술 대회에서 누가 이길지 도박장에서 말이 많다는 소문은 들었지만, 그것도 딱히 관심 없었다. 누가 이기든 어쨌든 다음 날 연무장에서 평소와 똑같이 담담하게 얼굴을 마주할 사이였으니까 말이다.

그래서 그런가. 이안은 도저히 눈앞에 있는 사직서를 받아들이기가 힘들었다. 남들이 며칠 후에 있을 마지막 검술 대회를 두고 라이벌이다 드디어 최강자가 결정된다 어쩐다 입을 댈 때도 담담했던 그의 마음이 요동치고 있었다.

'그만둔다고…….'

아나벨이 그만둔다는 건 그의 인생에서 무슨 뜻인가. 기억도 드문드문한 아홉 살 때부터 지금까지 단 하루도 그녀를 마주하지 않은 적이 없었는데. 이렇게 미래가 상상되지 않는 건 또 처음이었다. 그는 그렇게 꼬박 밤을 새웠다.

그리고 드디어 날이 밝았을 때였다. 새벽부터 와서 훈련하고 있어야 할 아나벨이 보이지 않았다.

"아, 누님은 오늘 오후에 출근하신대요. 원래 그만두기 전에 휴가 몰아 쓰는 거라고."

아나벨 대신 무기고 현황을 점검하고 있던 아론이 경쾌하게 말했다.

"지금 출근하라고 하면 안 되나? 휴가가 필요하다면 오후에 미리 퇴근시켜 줄 테니……."

"아…… 그건 아마 안 될 것 같습니다."

이유를 어떻게 물어봐야 할지 내내 고심하고 있던 이안이 다소 초조하게 말하자, 아론은 턱을 긁적이며 대답했다.

"오늘 로버트 황자님과 점심을 같이 하신다고 들었거든요."

"로버트…… 황자님과?"

이안은 꺽꺽거리는 목소리로 반문하는 자신의 모습이 낯설었다.

"예. 로버트 황자님께서 저희 레스토랑 본점에 예약을 하시면서 누님과 함께 점심을 했으면 좋겠다고 꼭 집어 요구하셨지 뭐예요."

아론은 어깨를 으쓱하며 말했다.

"작위가 있어도 뭐, 높은 사람이 요구하면 들어드려야 하는 거니 달라지는 건 없네요. 그래서 제가 검술 대회 1위에 별 미련이 없습니다."

아나벨은 검술 대회 우승 전력이 있었으므로 작위를 가지고 있었다. 하지만 그 작위라는 것이, 지금같이 신분이 요동치고 있는 때에는 딱히 큰 의미가 없었다. 심지어 수도만 좀 벗어나도 작위를 돈 주고 사는 사람들이 꽤 많다고 들었다. 아나벨 역시 주니까 받는다는 셈으로 작위를 받은 뒤 어느 곳에서도 쓰고 있지 않았다. 그다음 날 바로 웨이드로스 기사단에 아무렇지도 않게 출근한 것이다.

"지난번 호위 때의 일에 감사를 표시하고 싶으셨나 봐요. 어쨌든 뭐, 황족께서 오신다는데 누군가는 인사를 가야 하고…… 겸사겸사 누님이 식사도 하고 인사도 하시기로 했습니다."

며칠 전, 웨이드로스 기사단은 대신관의 호위를 맡은 적이 있었다. 요즈음 무신론자들의 테러가 상당했기 때문이다. 그때에도 길거리에서 테러가 일어났고, 아나벨은 로브를 뒤집어쓴 청년 하나를 소동에 휘말린 일반인인 줄 알고 빠르게 구했다.

그 청년의 정체는 바로 잠행 중이던 로버트였다. 그의 곁에도 황실 기사단의 호위가 몰래 붙어 있었으나 아나벨이 더 빨랐던 것이다. 그 사실을 알고 아나벨은 한숨을 쉬며 담담하게 중얼거렸다.

"어차피 호위가 붙어 계셨군요……. 제 놀라운 순발력과 동체 시력만 낭비했어요."

아나벨에게는 쓸데없는 움직임이었다는 후회만 남았지만, 로버트는 아닌 모양이었다. 이안에게 그 이후 '그 부관에게 감사 인사를 표하고 싶으니 식사 자리를 한번 마련해라.'라고 전한 것이다.

이안은 요즈음 좀 바빠서 연무장을 비울 수 없다며 일단 거절해 둔 상태였다. 기사단에 일이 있긴 했다. 당장 생각나는 건 없지만 뭐 일단 그런 것 같았다. 그런데 자신이 차일피일 날을 미루고 있는 새에 로버트가 직접 레인필드 레스토랑에 찾아가다니.

"누님이야 뭐, 그런 자리를 많이 어려워하지 않는 편이니 괜찮을 겁니다."

아론은 서류를 뒤적거리면서 말을 이었다.

"그런데 누님은 이걸 어떻게 한 시간 만에 다 하시는 거죠? 저는 오전 내내 걸릴 것 같은데요."

"……."

"그런 의미에서 저는 오전 훈련에 참석하지 못할 것 같습니다."

"뭐?"

"이건 제 잘못이 아닙니다, 이안 님. 누님이 로버트 황자님 때문에 휴가를 내서 그렇습니다. 그러니 제 훈련 불참의 원인은 황실에 있는 것이지요."

"……그래, 그럼."

황실로 범위를 확장해도 안 되면 우주의 섭리까지 들먹이려고 준비 중이었던 아론은 너무나 쉽게 떨어지는 허락에 입을 살짝 벌렸다.

오전 내내 시간이 잘 가지 않았다. 이안은 오전 훈련을 진행하며 자꾸만 입구를 흘끔거렸다. 분명히 아나벨은 휴가고, 점심 약속도 있다고 했는데. 그런데 기사단의 상태를 보니 아나벨의 부재를 의식하는 사람은 자신뿐이 아닌 듯했다.

"근데 아나벨 님 없으니까 훈련이 묘하게 재미없지 않아?"

"맞아. 그 욕 듣는 맛이 있었는데."

"어제 데이브가 뭐라고 욕먹었지? 집 잃은 소라게도 그것보다는 높이 뛰겠다고 했었나?"

"아냐, 그건 리에니가 먹은 욕이고…… 데이브는 느리다고 욕먹었잖아. 그 속도로 달리다가는 발바닥에 버섯 키우겠다고."

그러고 보니 아나벨은 다른 기사단원들과 스스럼없이 지내며 유쾌한 농담을 주고받아서 인기도 좋았다.

"은근히 아나벨 님께 맞는 것도 중독성 있지 않냐? 진짜 의외의 곳을 때려."

"나 일주일 전에 오른쪽 승모근 얻어맞고 왼쪽도 내밀 뻔했잖아."

그녀가 기사단에서 욕하거나 때리지 않는 사람은 이안뿐이었다. 이안은 그녀의 주군일뿐더러 실력조차도 비등비등하여 그럴 이유가 전혀 없었던 것이다. 그에 대해서 그동안은 아무런 생각이 없었는데, 기사단 사람들이 웅성웅성 떠들자 은근한 소외감이 들었다.

'남들하고는 때리고 욕하면서 농담 따먹기도 열심히 했는데, 나한테는 그렇게 딱딱하게 할 말만 하고…….'

이안이 새삼 묘한 섭섭함을 느낄 동안 기사들은 목소리를 죽여서 다른 말을 하고 있었다.

"와, 이안 님하고만 있으니까 재미없어서 숨 막힐 것 같아."

"다 맞는 말만 하시는데 진짜 지루하다."

"이럴 땐 그냥 욕하자. 아나벨 님이 피할 수 없으면 즐기지 말고 그냥 욕하라고 했잖아."

"아나벨 님이 사직서 낼 만하지 않아? 이안 님은 그렇게 재미있는 부관을 품을 만한 그릇이 못 되서."

"내가 아나벨 님이어도 한 번 사는 인생 재밌게 살겠어……. 기사단 하나 안 만드신대? 나 그리로 이적하고 싶어. 오늘 오전 훈련으로 확실해졌어."

단원들 모두가 아나벨의 빈자리를 느끼고 허전해하는 사이, 어쨌거나 시간이 서서히 흘러 점심 식사를 할 때가 다가왔다. 주방에서 샌드위치가 가득 담긴 트레이가 도착한 것이다. 아나벨 대신 재고를 확인한다며 오전 내내 햇빛이 들지 않는 시원한 무기고에 있던 아론이 슬슬 기어 나왔다.

"자, 이제 점심 식사를 할까요."

그의 손에는 낡아 빠진 어린아이용 목검 하나가 들려 있었다.

"아론? 그게 뭐지? 버리려고 들고 온 건가?"

기사 중 하나가 묻자 아론이 샌드위치를 집어 들고 씩 웃으며 대답했다.

"아니, 누님 거야."

"아나벨 님 거라고?"

"응. 쓰레기통 뒤편에 있었네. 내가 꼼꼼히 뒤지다 보니 발견해 냈지."

아론은 그 작은 목검을 한 번 휙, 휘두르면서 말을 이었다.

"이게 바로 아홉 살 때 이안 님과 첫 대련을 하면서 누님이 들었던 목검이거든. 예전에 한번 찾아보고 싶다고 지나가듯 말한 적이 있어. 누님이 떠나기 전에 내가 발견하다니 잘됐네."

그 말에 다들 숙연한 시선을 주고받았다. 그러고는 아론을 보면서 한목소리로 물었다.

"진짜…… 진짜 그만두신대? 정말?"

"웨이드로스 기사단을 정말 아끼시던 분이시잖아. 그런데 대체 왜? 여기에 비견되는 곳이야 황실 기사단밖에 더 있나?"

아론은 어깨를 으쓱했다.

"나도 몰라. 그냥 갑자기 그만둬야겠다고 하더라고. 이유를 물어도 딱히 말하지 않고."

"아니, 한집에 살면서 그것도 몰라? 동생인데?"

"어머니한테 뭐라고 말하는 걸 엿듣긴 했는데…… 명령…… 뭐라고…… 결혼…… 어쩌고, 그러는 것 같던데."

기억을 더듬으며 아론이 고개를 갸웃하다가 화들짝 놀라 눈을 번쩍 떴다.

"잠시. 누님한테 명령할 수 있는 사람은 웨이드로스 가문과 황실밖에 없는데. 거기서 왜 결혼 얘기가 나왔지? 혹시 오늘 점심 식사를 하는 로버트 황자님과 관계있나?"

아론은 더 이상 말을 이어 갈 수 없었다. 그의 앞에 거대한 그림자가 드리웠기 때문이다.

"내놔."

그에게 손을 내민 사람은 잔뜩 굳은 표정의 이안이었다.

"……예?"

아론은 고개를 갸웃하다가 한쪽 손에 들고 있던 샌드위치를 조심스럽게 내밀었다.

"트레이로 가시는 스무 걸음이 아까우신 거라면…… 기꺼이……."

"그거 말고."

이안은 아론의 다른 쪽 손에 들린 어린이용 목검을 정확히 가리켰다.

"내가 아나벨에게 전해 줄 테니까."

"……예? 이안 님이 왜요?"

아론은 고개를 갸웃하며 합리적인 의문을 제시했다.

"같은 집에 사는 사람은 전데요?"

"오래전부터 찾았다는데 오늘 저녁까지 기다리게 하면 안 되지."

"오래전부터 찾은 건 아니고, 그냥 아주 예전에 지나가는 말로……. 그리고 누님 말에 의하면 오후에 출근할 수도 있다는데요? 그럼 그때 전해 주겠습니다."

"그래도 엄청난 추억이 담겨 있는 물건인데 당장 보고 싶지 않겠나."

이안의 표정은 진지하기 그지없었다.

"로버트 황자님도 뵐 겸 지금 나가려고 하는데, 그때 내가 전해 주지."

아론은 눈을 한 번 굴리고 미심쩍다는 듯이 어린이용 목검을 건네주었다. 어쨌든 로버트와 이안이 친구인 건 사실이었기 때문이다.

"예…… 뭐……."

더 따지지 않고 아론이 입을 다문 데에는 다른 기사들의 눈짓도 한몫했다. 오늘 훈련이 너무 재미없으니 이안을 어떻게든 보내 버리라는 뜻이었다.

"내가 돌아올 때까지 오후 훈련은 자율로 진행하도록 한다."

샌드위치를 먹고 있던 기사들이 내적 환호를 지르며 알겠다고 대답했다.

이안은 창고의 먼지 속에서 뒹굴던 어린이용 목검을 받아 든 채 훌쩍 흑마에 올라탔다.

아나벨은 로버트와 레스토랑 본점에 마주 앉아 식사를 끝내고 디저트까지 거의 다 먹어 가는 참이었다. 어차피 집에서도 맛있는 것들을 잔뜩 먹고 살아서 식사 그 자체에는 감흥이 없었다. 다만 시간이 아까울 뿐이었다.

'이 시간에 훈련을 하는 게 더 생산적인데…….'

그 생각을 아는지 모르는지, 로버트는 선량해 보이는 녹색 눈을 둥그렇게 휘며 말했다.

"어떻게 감사 인사를 할까 고민했는데…… 내가 직접 오는 것이 레스토랑 홍보에 도움이 될 것 같더라고. 황족이 이렇게 공식적으로 방문하는 건 큰 이슈가 되니까."

그 말에 아나벨은 즉시 눈을 반짝이며 대답했다.

"적절한 보상이십니다, 황자님."

사업이 적성이 아니라 가업을 이을 생각은 없었지만, 부모님이 부자인 것은 아주 좋은 일이었기 때문이다. 기분이 좋아진 그녀는 바로 감사 인사를 했다.

"돌아가시는 길에 오래전 잊어버린, 하지만 그 시절 몹시 좋아했던 음악이 떠오르시길 바랄게요."

"아."

로버트는 씩 웃으면서 천천히 고개를 끄덕였다.

"그럼 기분이 참 소소하게 좋지. 오래도록 잊어버리고 있었던 확실한 행복 하나를 갑자기 얻는 것 같아서. 황궁 음악단에게 부탁하면 바로 들을 수도 있고 말이야."

그들이 화기애애하게 대화를 나누는 동안, 레인필드 레스토랑 본점 입구 앞에 전속력으로 달려오던 흑마 하나가 다급히 멈춰 섰다.

그 시각, 레슬리와 브레이든은 함께 점심 식사 중이었다.

"자기야."

레슬리는 열심히 식사를 하다가 문득 브레이든에게 말을 걸었다.

"요새 정신이 어디 다른 데 팔린 것 같아. 무슨 고민 있어?"

"아."

스테이크를 먹는 둥 마는 둥 하던 브레이든이 레슬리를 보면서 대답했다.

"정말 고마워, 레슬리. 내 정신이 다른 데 가 있는 걸 눈치채다니……. 당신에게 있어서 이건 정말 참사랑이야. 나 감동했어."

그러고는 턱을 괴며 빙긋 웃었다.

"고민이라…… 내 고민은 2년 전부터 항상 똑같지, 뭐."

"무슨 이안의 혼사 걱정을 성인식 때부터 해."

레슬리는 입술을 삐죽대며 투덜거렸다.

"이안이 너무 재미없어서 걱정이라면 그냥 적당한 가문하고 정략혼 시켜. 웨이드로스의 부와 권력으로 밀고 나가란 말이야."

"레슬리, 정확히 말하면 나는 이안의 결혼 걱정을 하는 게 아니야."

브레이든은 테이블을 톡톡 두드리며 말했다.

"웨이드로스의 대가 끊길까 봐 걱정하는 거야. 결혼과 후사는 다른 문제라고. 그 애가 지금까지 '정말로' 흥미를 보인 건 검밖에 없었는데, 그게 나는 너무 걱정이야."

"그게 왜?"

레슬리는 입을 와앙 벌리고 샐러드를 크게 물며 말했다.

"내가 딱 그렇게 살았었는데."

"그게 문제지. 이성에 관심 없는 건 당신을 닮은 것 같아."

브레이든은 차마 '이런 나도 당신과 결혼하기 힘들었는데'라는 말을 토해 내지는 못하고 삼켰다. 하지만 이안처럼 재미도 없고 센스도 없는 남자에게 브레이든같이 전략적으로 접근하는 여자가 대체 어디 있겠는가. 부와 명예, 잘난 껍데기와 좋은 평판 같은 것으로 정략혼을 밀어붙여 봤자 쇼윈도 부부나 만들게 될 것 같아서 브레이든은 상당히 불안했다.

"저놈은 조건에 따른 정략혼을 시키면 말이야."

브레이든이 심각하게 중얼거렸다.

"딱 그 조건대로만 예의 갖춰 살다가 평안히 검과 함께 관에 들어갈 놈이야."

"그건 그렇지."

레슬리는 고개를 끄덕이며 대수롭지 않다는 듯이 대답했다.

"그래도 그게 뭐 나쁜가. 원하는 여자 없으면 그냥 검 끌어안고 그렇게 살라고 해. 나름 괜찮은 삶이지 않나? 나도 딱 그렇게 살려고 했단 말이야."

산뜻하게 대꾸한 그녀는 디저트 타임은 레인필드 남매와 함께 해야겠다며 설렁줄을 당겼다. 요즈음 레슬리는 레인필드 남매와 친하게 지냈는데, 그들과 함께라면 예약 없이 언제든 레인필드 레스토랑에 갈 수 있었기 때문이다. 처음 다가갈 때는 그런 음험한 속내가 있었지만, 함께 대화를 나누면서 은근히 죽이 잘 맞는지라 지금은 이안의 눈을 피해서 종종 부르곤 했다.

물론 처음에는 이안에게 함께 티 타임을 갖자고 했었다. 그러나 그때 이안은 정색하며 대답했다.

"기사단을 책임지고 있는 자가 일과 시간에 자리를 비우면 기강이 흐트러집 니다. 레인필드 남매와 제 위치는 다르지요."

너무나 모범적인 말로 거절당한 이후, 레슬리는 레인필드 남매만 몰래몰래 부르고 있었다.

"흐음, 글쎄."

브레이든은 깨작거리고 있던 스푼을 완전히 놓으며 느릿하게 말했다.

"그건 모르는 일이지. 그래서 말인데, 레슬리. 내가 사실 속으로 낙점해 둔 며느릿감이 있어."

"아, 그래? 그렇구나."

"누군지 안 물어봐?"

"보나 마나 뭐 어디 좋은 가문의 적당히 선량한 영애겠지. 어차피 난 그런 거 잘 모르니까 안 궁금해."

"사실 아나벨 레인필드야."

"뭐어어어?"

레슬리는 기절초풍하듯 놀라서 눈을 크게 떴다. 그리고 어이없다는 듯이 헛 웃음을 지으며 손을 내저었다.

"미쳤어? 아나벨이 어디가 부족해서 우리 아들을 만나? 아무리 이안이 눈에 넣어도 안 아플 내 아들이라지만, 객관적으로 봤을 때 잘생기고 키 크고 돈 많고 검술 잘하고 모범적이고 반듯하고 성실하고 신사적인 것 외에 별다른 매력이 있나?"

그때 하인이 들어와서 아나벨이 오늘 출근하지 않았다는 말을 전하는 바람에 레슬리의 말은 더 이상 이어지지 못했다.

'레슬리의 저 말도 안 된다는 반응 봐……'

즉각 반박하는 레슬리를 보며 브레이든은 몰래 속으로 안도했다.

'아무래도 둘이 잘될 것 같군. 혹시 몰라서 마지막으로 테스트해 봤는데 이 정도면 확실하다고 봐야 해.'

아나벨과 로버트는 마주 앉아서 편안하게 대화 중이었다.

"웨이드로스 기사단 사람들은 좋겠군."

사교 기술이 뛰어난 로버트는 유려하게 대화를 이끌어 가는 데에 익숙했다.

"매일같이 아나벨 양의 축복을 들으면서 훈련할 테니까 말이야."

로버트 못지않게 대인 관계에 능숙한 아나벨은 부드럽게 웃으며 대처했다.

"글쎄요…… 칭찬보다는 욕을 더 많이 하죠. 어제만 해도 기사단원들한테 이 따위로 훈련하느니 하루 종일 끈끈이주걱에 파리 던져 주는 게 더 생산성 있겠다고 혼냈거든요."

"오."

로버트는 재미있다는 듯이 눈을 빛냈다.

"순수한 궁금증인데, 혹시 이안에게도 그런 식의 욕이나 축복을 한 적이 있나? 그 친구의 반응이 어떨지 궁금하군."

"아……"

거침없이 편안하게 대답하던 아나벨의 표정이 살짝 굳었다.

"글쎄요, 이안 님…… 음…… 별로 욕할 일이 없어서요. 사실 뭐든 완벽하시 잖아요?"

"그건 그렇지. 그럼 아까 같은 축복도 잘 안 해 주나?"

"어, 음, 네……."

아나벨은 살짝 눈을 굴리며 검지로 볼을 긁었다.

"왠지 그런 말을 들어도 딱히 좋아하실 것 같지 않아서요. 워낙에 표정 변화 도 없고 무뚝뚝한 분이시니…… 뭔가 저도 정제된 말만 해야 할 듯한 기분이 들어요."

"뭔지 알아."

로버트가 공감한다는 듯이 고개를 끄덕였다.

"워낙에 모든 것에 상식적이다 보니 오히려 좀 대하기가 어렵지. 물론 아주 훌륭하고 멋진 친구기는 하지만 말이야."

"그렇죠……."

"그러고 보니 곧 마지막 검술 대회가 있잖아? 1승 1패씩 나란히 나눠 가졌으 니 나머지 한 번은 누가 이길지 다들 궁금해하는데, 당사자들 분위기는 어때?"

"저희야 뭐, 늘 똑같아요."

아나벨은 그 질문을 과장 좀 많이 보태서 천 번 정도 들은 상태였고, 그때마 다 똑같은 대답을 하곤 했다.

"어차피 훈장도 하나씩 나눠 가졌고…… 서로 승패에 큰 의미를 두지 않다 보니까 최선을 다하면 그뿐이라는 마음이죠. 이안 님은 더더욱 그런 사소한 것 에 가치를 두지 않는 성격이기도 하고요."

"검술 대회 우승이 사소한 가치라…… 이안에게는 대체 뭐가 중요한 걸까."

"아마도…… 평범하고 상식적이면서도 정의로운 나날들 그 자체? 여하튼 남 들이 재미있어할 만한 건 아닐 거예요."

이안을 떠올리는 아나벨의 어조가 묘하게 굳어 있었지만, 로버트는 눈치채지 못했다. 사실 몇 달 전부터 아나벨은 이안을 마주하는 게 껄끄러웠다. 정확히 말하면 둘이서 조금 멀리 있는 공작령으로 출장을 다녀왔을 때부터였다.

항상 기사단 사람들과 복작거리면서 지내 온 탓에 잘 몰랐는데, 난생처음으로 단둘이 멀리까지 가다 보니 새로운 사실을 알게 되었다. 이안이 생각보다 그녀를 잘 알고 있다는 점이었다. 식습관에서부터 잠버릇, 물을 마시는 빈도와 옷 입는 취향까지.

"공작령은 수도보다 조금 추운 편이지. 이거라도 손에 감고 있어."

"네? 그렇다고 겉옷을 검으로 베어서 주실 필요는 없는데…… 게다가 지금 기온이 그렇게 낮은 편도 아닌데요?"

"그래도 넌 다른 곳에 비해서 손이 쉽게 차가워지는 편이잖아."

"……이안 님이 제 다른 곳에 대해서 어떻게 아시는데요?"

"아홉 살부터 붙어 있었는데 그걸 모를까 봐. 아, 여기서부터는 내 오른쪽에서. 그쪽에 백합 군락이 있거든. 넌 백합 향 머리 아프다고 싫어하지 않았나?"

"어, 음…… 네."

"연무장을 떠나오니 평소와 달라서 그런지 자꾸 네가 불편해할 것들만 눈에 띄는군."

그가 담담히 챙겨 주는, 그래서 몹시 편안한 출장을 다녀오고 난 다음부터 아나벨은 이안을 마주할 때마다 묘한 기분이 들었다. 심지어 단둘이 지냈던 날들을 회상하면 이상하게 배까지 간질거렸다.

"이안이 좀 할 말 없게 만들긴 해."

로버트는 씩 웃으며 다시 한번 동의했다.

"이안 그 친구에게 규칙적인 일상을 어기는 일 따위는 없을 거고, 게다가 가치를 두는 건 세계 평화 같은 거창한 것뿐이겠…… 아나벨 양?"

그때였다. 아나벨이 익숙한 기척을 느끼고 휙 뒤를 돌아보았다.

"……이안 님?"

로버트는 그 말에 놀라서 눈을 홉떴다. 과연 아나벨이 뒤를 돌아본 지 얼마 되지 않아 계단을 성큼성큼 걸어 올라오는 이안이 보였다.

"응? 이안?"

로버트가 고개를 갸웃하며 황당하다는 듯이 말했다.

"기사단 일이 요즈음 꽤 바쁘다고 하지 않았나? 그래서 연무장을 떠날 수 없다고 한 게 얼마 되지 않았는데 대체 여기에 왜……."

"……아나벨에게 볼일이 있어서 왔습니다."

이안은 대충 로버트에게 예를 표한 뒤 아나벨을 바라보았다. 아나벨은 문득 이안의 타오르는 것 같은 붉은 눈이 그 어느 때보다도 서늘하다고 느꼈다. 더불어 그의 흐트러진 숨소리를 눈치챈 그녀는 그가 그 어느 때보다도 전력 질주를 해서 이곳에 왔다는 것도 알아차렸다.

"저한테요?"

물론 그렇다고 해서 주눅 들 리 없는 아나벨은 이안을 천천히 관찰하며 물었다. 심지어 그는 완벽한 차림새와는 전혀 어울리지 않는, 먼지 구덩이에서 구른 것 같은 어린이용 목검까지 한 손에 들고 있었다.

"그리고 이 쓰레기는 대체 왜……."

"쓰레기라니?"

이안의 목소리가 잔뜩 잠겨 있었다.

"이게 얼마나 가치 있는 건데…… 서운하군."

방금까지만 해도 세계 평화 같은 것이 아니면 이안에게 별 가치가 없을 것 같다는 대화를 나누던 로버트와 아나벨은 황당함에 시선을 주고받았다. 헐레벌떡 나타난 이안의 등장에 레스토랑의 다른 손님들도 흘끔흘끔 그들을 보고 있었다. 물론 아나벨은 황당한 와중에도 할 말은 했다.

"서, 서운하시다고요? 저한테요? 그런 감정도 느끼실 줄 아세요? 근데 저는 이안 님께 잘못한 게 없는데……."

"왜 없어?"

이안은 자신도 모르게 아까 기사단 사람들이 떠들어 대던 수다를 들으면서 했던 생각을 중얼거리고 말았다.

"……나한테는 욕도 안 하고 때리지도 않고……."

할 말은 하던 아나벨의 말문이 막혔다. 물론 말문이 막힌 사람은 아나벨뿐만이 아니었다.

"음, 이안?"

로버트는 고개를 갸웃하면서 천천히 말했다.

"너무 급히 오다 보니 정신이 없어서 잘못 말한 거지? 아나벨 양의 축복을 듣고 싶었던 거 아냐? 아까 들어 보니 감동적이기는 하던데."

"……축복이요?"

이안의 미간이 더 구겨졌다.

"아나벨이 그런 것도 한단 말입니까?"

그동안 기사단에서 주야장천 욕만 해 왔던 아나벨은 난감한 듯 눈을 굴렸다. 그러고는 빠르게 상황 판단을 내린 후 싱긋 웃으며 말했다.

"황자님, 죄송합니다. 아마 기사단에 무슨 일이 생겼나 봐요. 이 쓰레기를 보아하니 아론이 무기고에서 사고를 친 모양인데……. 식사도 거의 끝났으니 저는 이만 기사단으로 복귀하겠습니다."

"그, 그래."

로버트 역시 천천히 일어나며 이안의 어깨를 툭툭 두드렸다.

"급한 일인가 본데 잘 해결하라고. 기사단에 일이 많다더니 사실인가 보군."

세 사람은 레스토랑 밖으로 나왔다.

"자, 그럼. 다들 나중에 또 보지."

가장 지위가 높은 로버트 먼저 마차를 타고 황궁으로 떠났다.

로버트의 마차가 출발하자마자 아나벨은 이안을 올려다보며 물었다.

"그런데 진짜 무슨 일이시죠? 그 쓰레기는 대체 왜 들고 오신 건데요?"

"쓰레기라는 소리 하지 마."

이안이 옅은 한숨을 쉬며 금빛 머리카락을 쓸어 올렸다.

"네가 나와 첫 대련을 하던 아홉 살 때, 웨이드로스 연무장에서 들었던 목검이니까."

"아."

아나벨은 놀랍다는 눈으로 이안에게서 낡은 어린이용 목검을 받아 들었다.

"음각 번호를 보니 맞네요. 안 썩은 게 용하군요. 곧 내다 버려야겠지만."

"아론에게 한번 찾아보고 싶다고 말했다면서, 어떻게 그런 심한 소리를 할 수 있지?"

"그런 소리를 한 것 같긴 한데 그것도 오래전이라서……. 근데 어쨌든 쓰레기는 쓰레기잖아요. 이걸 어디다 쓰겠어요?"

이안은 아나벨을 가만히 바라보다가 부루퉁하게 손을 내밀었다.

"버릴 거면 다시 줘."

"네? 이걸 어쩌려고요?"

"내 방에 가져다 놓을 테니까."

"대체 이걸 왜요?"

"나한텐 소중해서 그래."

어린이용 목검을 내밀던 아나벨의 손가락이 이안의 커다란 손에 스쳤다. 그동안 함께 동고동락하며 오래도록 지내 왔으니 이 정도 스킨십은 아무것도 아니었다.

"널 만나게 해 줬으니까."

언제나 아론과 함께 '검하고 입만 살았다'는 평가를 받아 오던 아나벨이었

280

다. 그런데 심장이 하도 요동치는 바람에 순간적으로 말문이 막혀 버렸다. 어느새 부드럽게 얽힌 손가락 역시 먼저 떼고 싶은 생각이 들지 않았다.

"원래는 너를 보자마자 왜 기사단을 그만두느냐고 묻고 싶었거든."

"어…… 음……."

"근데 이제 알겠군. 다른 질문이 더 먼저라는 걸."

"……뭔데요?"

"어떻게 하면 떠나지 않을 거지?"

"웨이드로스 기사단을요?"

목적어를 정확히 지적한 그 질문에 이안은 한참 동안 곰곰이 생각했다. 아나벨 앞에서 당황한 나머지 정말로 하고 싶은 말을 하지 못하는 것은 어제 하루면 충분했다. 그녀가 없는 오늘 오전은 그의 인생에서 단언컨대 두 번째로 고통스러웠던 시간이었다. 그리고 가장 고통스러웠던 순간은, 다른 남자인 로버트 앞에서 환히 웃으며 대화를 나누던 모습을 보았던 방금 전이었다. 보기만 해도 속이 타오르고 피가 끓어오르는 것 같은 그런 감정은 처음이었다. 아나벨과 로버트가 별다른 걸 하지도 않았는데.

"아니."

그만둔다는 사직서 한 장에 밤을 지샌 이유, 오늘 오전이 끔찍했던 이유, 정말 '쓰레기'라고 불릴 법한 이 낡고 작은 목검이 문득 소중해진 이유.

이안은 그 어느 때보다도 진지하게 아나벨을 바라보며 느릿하게 말했다.

"내 곁을."

가뜩이나 심장이 두근대서 딴청을 부리던 아나벨의 귀가 화르륵 붉어졌다.

며칠이 흘렀다. 아나벨의 사직서 이야기는 어영부영 사라졌다. 그리고 그 사직서의 행방에 대해서 아무도 궁금해하지 않았다.

"자기, 이게 어떻게 된 일일까……."

레슬리마저도 패닉에 빠진 얼굴로 브라우니를 삼키며 하루 종일 중얼거릴 정도였다.

"아나벨과 이안이 교제한다고? 둘이 연인이라고? 그게 어떻게 가능해?"

"불가능할 건 또 뭐야."

브레이든은 소식지를 넘기며 느긋하게 말했다.

"예전에 내가 말한 적 있잖아. 아나벨하고 잘될 것 같다고."

"아니, 그건 그냥 희망 사항 비슷한 것 아니었어?"

레슬리는 도저히 있을 수 없는 일이 벌어졌다는 듯이 흥분을 감추지 못했다.

"아홉 살 때부터 지금까지 단 하루도 빼놓지 않고 붙어 있었어. 게다가 워낙에 둘이 실력이 비슷하다 보니 서로를 지나치게 존중해서 아무런 스파크도 튀지 않던 사이라고. 근데 이렇게 갑자기 교제?"

"글쎄. 스파크가 튀었는지 안 튀었는지 그걸 누가 확신해."

"내가 확신해!"

여유로운 브레이든과는 다르게 레슬리는 시종일관 놀랍다는 반응이었다.

"나도 거의 매일 이안과 아나벨을 봤다고. 둘 다 서로에게 조금의 관심도 없었어. 아니, 오히려 다른 사람들보다 더 서로를 어려워하면서 멀리했다니까?"

"잘 생각해 봐, 레슬리."

브레이든은 흐뭇하게 소식지 뒤의 십자말풀이를 눈으로 훑으며 대답했다.

"어쨌든 다른 사람들과 서로를 다르게 여겼다는 것 아냐. 언제나 키포인트는 그곳에 있기 마련이지."

"아니, 아나벨은 사직서까지 썼으면서 어쩌다가 그렇게 재미없는 놈한테 걸려서……. 뭐, 우리야 좋다만……."

"서로 잔뜩 의식하고 있는데 너무 익숙해서 감정을 들여다볼 줄 몰랐던 거지. 그럴 땐 아주 의외의 상황만 하나 던져 주면 순식간에 불붙는 법이야."

"의외의 상황?"

"이안은 좀 재미없긴 하지만 멍청이는 아니거든. 예를 들어⋯⋯."

브레이든은 씩 웃으며 말했다.

"⋯⋯어느 날 눈앞에 놓인 사직서라든가."

"잠시만요, 아⋯⋯ 잠시만."

기사단 사람들이 모두 퇴근한 캄캄한 밤이었다. 문이 닫힌 무기고 안에서 아나벨은 발끝에 힘을 주며 이안을 밀어냈다.

"숨, 숨은 좀 쉬고 싶은데⋯⋯."

"아, 지금쯤 힘들어하는군."

이안은 잔뜩 탁해진 붉은 눈으로 아나벨을 바라보며 진지하게 말했다.

"다음번에 참고할게."

"⋯⋯무슨 키스 예고를 다음 대련 예고처럼 해요?"

아나벨은 숨을 헐떡이며 이안의 가슴에 얼굴을 기댔다. 항상 겁밖에 모르는 반듯한 남자라고 생각했는데, 이제는 아나벨과 겁밖에 모르는 남자가 되었다.

"하지만 다음번에도 이렇게 밀어붙이면 가만 안 둘 줄 알아요. 신 거 먹다가 혀 씹으라고 욕할 거야."

"욕해 줘."

"⋯⋯네?"

"남들한테 하는 건 다 해. 질투 나니까. 물론 때려도 돼. 아, 말도 좀 편하게 하는 게 어때. 연인 사이인데 언제까지 그렇게 상하 관계처럼 굴 거야."

"음⋯⋯ 알았어, 변태야."

대체 어떻게 이렇게 되었나 생각해 봐도 영 어렴풋한 게 명확하게 기억나지 않았다. 당연히 이안에게 제출했던 사직서는 어영부영 사라졌다. 뭐, 애초에 그만둘 생각이 없었으니 상관없었다.

그 사직서를 제출하게 된 경위는 다음과 같았다.

며칠 전, 아나벨이 이안의 심부름으로 브레이든의 집무실에 갔을 때였다.

"아, 아나벨이군. 공작령 출장은 잘 다녀왔나?"

"예, 덕분에 무사히 잘 다녀왔습니다."

"날이 좀 쌀쌀하지는 않았나? 공작령이 그맘때쯤에 좀 싸늘해. 몸 좀 안 좋은 것 같으면 병가도 좀 내고 그래."

"이안 님께서 병가 쓰기 민망할 정도로 잘 챙겨 주셔서 괜찮았습니다."

"그놈이…… 누군가를 잘 챙겼다고?"

"예. 하나부터 열까지 신경 써 주셔서 정말 편안하게 다녀왔습니다."

"……정말 편안했나? 지금 그때를 회상하는 표정이 썩 좋아 보이지는 않는데. 이안이 어디 불편하게 한 것 아니야?"

"그, 그건 아닙니다. 다만…… 그냥 출장 이후로 이상하게 제가 이안 님을 대하기가 좀 어색해서 그런 겁니다. 전적으로 제 문제입니다."

"흠."

그 말에 브레이든은 잠시 아나벨을 묘한 표정으로 쳐다보더니, 썩 웃으면서 보고 있던 소식지를 집어 들었다.

"아나벨, 나와 내기 하나 하지 않겠나?"

"예?"

"이 십자말풀이를 누가 더 많이 푸는지 대결하는 게 어때. 내가 좀 심심해서."

"······심심하시다고요?"

아나벨은 브레이든의 앞에 쌓여 있는 엄청난 양의 서류를 보면서 미심쩍다는 듯 물었지만, 브레이든은 어깨를 으쓱하면서 대꾸했다.

"아나벨 양이 이기면 내가 친히 무기고에 있는 아를레온의 이빨을 하사하지."
"아를레온의 이빨이요?"

거절하기에는 너무 좋은 검이었다. 아나벨은 즉시 소식지를 받아 들었다.

"대신 내가 이기면 작은 부탁 하나만 들어주면 되네. 이유는 묻지
말고."

그렇게 아나벨은 브레이든과 함께 소식지에 실린 십자말풀이를 풀기 시작했고, 깔끔하게 패배했다. 브레이든은 씩 웃으며 부탁의 내용을 말했다.

"다른 건 아니고, 그냥 내일 이안에게 사직서를 건네 보게. 진짜 그만둘 기세로, 아론과 다른 기사들마저 속이면서 말이지."
"네? 전 그만둘 생각이 전혀 없는데요."
"내 놀라운 감에 따르면 그만두지 않게 될 거야."

브레이든이 여유 있게 대답했다.

"어쩌면 결혼 상대를 만날 수도 있겠지. 어쨌든 내기에는 승복해야 하네. 이
건 명령이야."

아론이 엿들은, 아나벨이 메릴린에게 결혼이니 명령이니 이야기했던 건 그 맥락에서 나온 단어였다.

"너를 너무 일찍 만난 것 같아. 조금이라도 이성에 눈을 떴을 때 처음 봤다면 분명히 한눈에 반했을 텐데."

이안이 다시 입을 맞추며 속삭였다.

아나벨은 다시 눈을 감으며 그의 목에 팔을 감았다.

뭐, 어느 순간 이렇게 되어 있다는 게 뭐가 중요하겠는가. 그동안 익숙함에 가려져 있던 서로에 대한 호감이 어쨌든 순식간에 폭발하게 되었는데.

외전 3

인터뷰

친선 경기가 끝나고 나서, 아나벨과 이안은 〈월간 어린이 검술〉이라는 매거진에서 인터뷰 요청을 받았다. 〈월간 어린이 검술〉은 검술에 관심 있는 어린이들이 서점에서 매달 구입하는 월간 발행물이었다. 독자층이 어린이들이기 때문에 대단한 내용이 있는 것은 아니고, 검술 서적의 이런저런 내용을 짜집기하거나 유명한 검의 역사 등을 간단히 신곤 했다. 그리고 아나벨과 이안의 공통점 중 하나라면 어린 시절에 〈월간 어린이 검술〉을 읽지 않았다는 것이었다. 아나벨은 케이틀린이 사 주지 않아서 못 읽었고, 이안은 어차피 다 아는 이야기라 읽지 않았다.

"인터뷰?"

이안은 인터뷰 요청 서신을 들여다보며 고개를 갸웃했다.

"열여덟 살 때 한 이후로 딱히 요청이 없었는데 갑자기……."

사실 그는 이전에 〈월간 어린이 검술〉과 인터뷰를 한 경험이 있었다. 이안은 검 좀 잡아 봤다 하는 모든 어린이들의 우상이었기 때문에 〈월간 어린이 검술〉에서 그의 인터뷰를 싣고 싶어 하는 건 당연한 일이었다. 이안은 누군가의 관심을 바라지는 않았으나, 자라나는 어린이를 위한 일이라는 생각에 흔쾌히 인터뷰에 응했다. 아마 다른 매거진이나 소식지였다면 단번에 거절했을 테지만, 올바른 이안은 '어린이'라는 단어에 약했던 것이다.

하지만 그 이후 더 이상 요청을 받아 본 적이 없었다. 이안 스스로는 그 이유를 잘 몰랐지만, 사실은 그 인터뷰가 끔찍하게 재미없었기 때문이다. 이건 뭐 인터뷰를 읽는 건지 교과서를 읽는 건지 구분이 가지 않을 정도였다. 어린이들은 희망에 차서 줄지어 〈월간 어린이 검술〉을 구매했다가 절반도 못 읽고 흥미를 잃어버렸다. 이안의 인터뷰가 실렸다며 어린이가 아닌데도 〈월간 어린이 검술〉을 샀던 성인 검사들 역시 조용히 냄비 받침으로 용도를 바꾸었다.

「자만하지 않는 자세로 매일같이 성실하게 노력하며, 남과 비교하지 않는 마음으로 나 자신을 다듬는 것이 중요합니다.」

대충 다 이런 내용이었고, 어린이들은 몹시 실망하여 속으로 '이걸 읽느니 윤리책을 읽겠다. 적어도 그건 부모님 앞에서 공부하고 있다는 티라도 나지.'라고 구시렁거렸다. 물론 그 당시 〈월간 어린이 검술〉에서는 이안뿐만이 아니라 2위였던 아나벨의 인터뷰 역시 실어 보려고 접촉한 적이 있었다.

"XX, 이안 이 시건방진 XX를 내가 다음번에는 XX XX를 해서라도 XX……."

하지만 아나벨과 한마디 섞어 본 말단 직원이 제 선에서 취소해 버렸다. 이안의 인터뷰보다 재미는 있겠지만, 이건 정말이지 어린이를 위한 일이 아닌 것 같았기 때문이다.

그로부터 4년이 지난 후, 〈월간 어린이 검술〉에서는 다시 한번 친선 경기 기념 인터뷰를 기획했다. 아나벨이 친부모를 찾고 새사람 되었다는 소문이 수도에 자자했으니 그때 같은 막말은 하지 않을 것이라는 판단에서였다. 그동안 하나는 지나치게 상식적이고 하나는 지나치게 몰상식적이었다는 것만 빼면, 그들을 대상으로 한 인터뷰 자체는 훌륭한 기획이었다. 둘 다 흑마법을 퇴치한 제국 최고의 검사들이니 상징성도 있었고, 친선 경기에서 아나벨이 드디어 1위를 탈환하게 된 것은 제국 전체를 들썩이게 하기에 충분했기 때문이다.

"이안 웨이드로스 님이 아무리 좀 재미없다고 해도 상황이 재미있으니 괜찮을 거야. 처음으로 패배하는 기분에 대한 질문에 '자만하지 않고 매일같이 성실하게 열심히 하라'는 답을 하시지는 않겠지."

"아나벨 레인필드 님이 아무리 좀 이상하다고 해도, 연인에게 승리하고 나서 쌍욕을 퍼붓지는 않겠지요. 아마 나름 괜찮을 거예요."

〈월간 어린이 검술〉의 담당자들은 나름 합리적인 판단 아래 아나벨과 이안에게 인터뷰 요청을 한 것이다. 물론 한 가지 변수는 있었다.

"하지만 이안 님은…… 알고 보니 좀 제정신이 아니었잖아요. 괜찮을까요?"

편집장은 잠시 고민하다가 시원하게 대답했다.

"좀 이상하다 싶은 건 다 잘라 내면 돼. 어차피 위인전도 어두운 부분은 다 잘라 내는 법이니까. 이번 인터뷰는 특별히 내가 직접 가도록 하지."

그리고 그 인터뷰 요청은 바로 받아들여졌다.

"어, 뭐…… 저는 좋아요."

아나벨은 〈월간 어린이 검술〉 외에도 수많은 소식지 및 일간지의 인터뷰 요청에 모두 다 응하고 있었으므로 순순히 대답했다.

"제가 관심받는 걸 좀 좋아해서요. 질문은 자세하게 많이 하셔도 돼요."

이안 역시 '어린이들을 위한 일이라면…….'이라며 예전과 똑같이 수긍했다.

그렇게 둘의 특별 인터뷰가 시작되었다.

"자, 편안하게 대답해 주시면 됩니다."

직접 인터뷰를 진행하게 된 편집장은 옆의 말단 직원에게 지금부터의 인터뷰를 기록하라고 지시한 뒤, 가볍게 질문을 던졌다.

"그동안 아나벨 님께서 이안 님을 이기기 위해 여러모로 최선을 다했는데요. 그 지난날들에 대한 솔직한 평가를 해 주실 수 있으실까요."

편집장의 질문 의도는 정해져 있는 것이었다. 최선을 다해 포기하지 않은 결과 마침내 승리를 얻어 낸 자세에 대한 찬사를 해 달라는 것이었다.

"이 일련의 사건에 대해서 얻을 수 있는 교훈도 부탁드립니다."

잠시 회상에 잠겨 있던 이안이 입을 열었다.

"나한테 온갖 욕을 퍼부으며 막무가내로 달려들던, 내게 미친 듯이 집착하던 시절 말이지. 굳이 약속하지 않아도 아나벨이 매일같이 찾아오던 시절⋯⋯."

한참 말을 고르던 그가 더없이 진지한 표정을 말을 이었다.

"지금에 와서 솔직히 평가하자면 그건 정말 좋은 날들이었네. 그러나 그땐 그게 그렇게 좋은 건지 몰랐거든."

편집장은 예의를 갖춰 고개를 끄덕였으나 속으로 '이건 자른다'라고 다짐했다. 하지만 이안의 표정이 너무 심각했기 때문에 중간에 말을 끊지는 못했다.

"여기서 우리는 익숙한 것들에 대해 감사하는 마음을 가져야 한다는 교훈을 얻을 수 있지."

그 와중에 이안은 교훈을 말해 달라는 요구까지 성실하게 들어주었다.

편집장은 속으로 '역시 좀 미쳤다는 건 사실이군. 그래도 자기 자신이 그걸 잘 안다던데'라고 생각하며 영업용 미소를 지었다.

"그, 그럼⋯⋯ 이제 아나벨 님. 그동안 그토록 이기고 싶어 집착했던 상대를 꺾고 난 뒤의 솔직한 심경을 부탁드립니다."

편집장은 이번에는 아나벨을 향해 말했다.

"그동안 늘 이인자라는 말이 따라다녔는데, 드디어 실질적인 최강자라는 별명까지 붙었다고 들었습니다. 결국에는 이안 님의 시대를 끝내신 소감이 어떠십니까. 또, 언젠가는 아나벨 님의 시대도 끝날 텐데 그에 대한 교훈을 어린이 독자 여러분께 설명해 주실 수 있으실까요?"

한 사람의 시대를 끝내고 새로운 최강자에 오른 사람에게 할 수 있는 꽤 심도 깊은 질문인 것 같아서 편집장은 속으로 꽤 뿌듯해했다.

우승 소감과 동시에 최강자 자리의 외로움, 그리고 언젠가는 내려가야 한다는 허탈감까지 진솔하게 들을 수 있는 좋은 질문이었다.

아나벨은 밝고 명랑하게 대답했다.

"세상에 영원한 건 없어요. 예를 들어 이안이 지난 8년 동안 제게 질 거라고 생각이나 했겠어요? 그래서 그토록 훈장조차 자랑하지 않으면서 덤덤하게 지냈겠죠. 얼마나 바보 같은 짓인가요."

"······네?"

"언제 최강자 자리에서 내려올지 모르니 잘난 척도 할 수 있을 때 최대한 많이 해 놔야 합니다. 물론 벼는 익을수록 고개를 숙인다지만 그래 봤자 제일 먼저 베어져서 밥상에 올라가기밖에 더하나요."

편집장은 속으로 또다시 '이건 자른다'라고 다짐했다. 결국 〈월간 어린이 검술〉의 인터뷰는 당초 야심찬 기획보다 꽤 많이 짧아지고 말았다.

"후우, 그래."

아나벨 레인필드와 이안 웨이드로스의 특별 인터뷰가 실린 〈월간 어린이 검술〉의 발매일, 새벽부터 일어나 눈을 반짝이고 있는 사람이 있었다.

"잘 구해 왔나? 아무리 발매 첫날이라지만, 그래도 초판인 것 잘 확인했지?"

"예. 여기, 다 잘 구해 왔습니다."

시종이 새벽부터 황제 앞에 바친 건 〈월간 어린이 검술〉 다섯 권이었다. 시종은 황제의 명령을 받아 어젯밤부터 서점 앞에 줄을 서 있던 참이었다.

"음, 생각보다 얇은데. 양이 많지는 않군. 인터뷰를 꽤 오래 했다는 말을 들은 것 같은데 헛소문이었나······."

황제는 소장용과 장식용, 비상용과 자랑용으로 네 권을 소중히 빼놓은 뒤 독

서용으로 남은 한 권을 조심스럽게 펼쳤다.

"어디, 나 같은 사람도 노력하면 할 수 있다는 말이 있으려나! 어릴 때부터 재능 없다는 말이 많았지만, 역시 인생에 늦은 건 없겠지. 아나벨이 결국에는 이안을 이겼듯이, 나도 오늘부터라도 매일 노력하면!"

황제는 책상 위에 있던 장식용 목검을 비장하게 손에 들고는 인터뷰를 정독하기 시작했다. 열심히 읽던 황제는 마지막에 자신이 원하던 질문이 나오자 결연하게 쥐고 있던 목검에 힘을 주기까지 했다.

「Q. 마지막으로 재능이 없다는 이유로 좌절하고 있는 어린이들에게 한마디 해 주신다면?

A. 이안 웨이드로스) 검술이 인생의 전부가 아니므로 절대 좌절할 필요가 없다. 인생사 결국 마음먹기 나름이다. 없는 재능에 마음 아파하기보다는 어제의 나보다 성장하겠다는 마음가짐으로 하루하루 최선을 다해 살면 된다.

A. 아나벨 레인필드) 최선을 다해서 어제의 나보다 성장을 거듭해 봤자 결국 재능 없는 어른으로 클 수도 있다는 점을 명심해라. 그리고 재능 없는 어른은 괜히 검 들고 설치면 정말 크게 다칠 수 있으니 아니다 싶으면 취미로라도 하지 마라. 열 번 찍어도 안 넘어가는 나무를 찍고 있자면 불쌍한 나무는 둘째 치고 자기 팔도 아프다는 걸 명심하길.」

어차피 이안의 인터뷰는 재미없어서 건너뛴 황제는 아나벨의 인터뷰를 읽고 급격히 시무룩해졌다.

"……그렇군. 안 그래도 요즈음 무릎이 안 좋긴 했지……."

울적하게 중얼거린 그는 얌전히 목검을 다시 제자리에 올려놓았다.

외전 4

티타임

볕 좋은 오후, 레인필드 저택에는 세 명의 손님이 방문했다.

"안녕하세요."

"초대해 주셔서 감사합니다."

바로 유이나를 포함한 황실 기사단의 기사들이었다.

며칠 전, 아나벨은 약속대로 유이나에게 레인필드 저택에서 티타임을 갖지 않겠냐는 초청장을 보냈다. '함께하고 싶은 사람이 있다면 동행해도 좋아요'라는 추신 문구까지 넣었다. 물론 아나벨과의 티타임을 원하는 기사들은 넘쳐 났다. 스마호 숲까지 함께 왕복하면서 아나벨의 개인 훈련을 훔쳐본 뒤 감탄한 사람이 유이나뿐만은 아니었기 때문이다.

지금 아나벨은 제국 최강자라고 불리던 이안과의 친선 경기까지 이긴 상태였다. 비록 '검술 대회 우승자'라는 타이틀은 거머쥐지 못했지만, 흑마법을 퇴치하고 잠재적 최강자로 올라선 그녀에 대해 사람들의 관심이 쏟아졌다. 게다가 요즈음 평민들의 우상으로 급부상하기까지 해서 그녀와 말을 섞어 보고 싶어 하는 사람은 한둘이 아니었다.

'일단 남자는 안 돼. 괜히 이안 님께 밉보일 이유는 없으니까. 그리고 너무 말이 많은 애도 안 돼. 내가 제일 많이 대화를 나눠야 하니까.'

심사숙고한 유이나는 황실 기사단의 수많은 신청자 중 엄선하여 적절한 멤

버를 추려 내었다. 그렇게 유이나의 일행이 레인필드 저택에 도착하여 티타임
이 준비된 정원으로 안내받았을 때…….

"이, 이건…….”

"어머나.”

그들은 천국을 보았다.

"환영합니다.”

정원에 있는 테이블마다 그득하게 화려한 티푸드들이 마련되어 있었다. 그
리고 차가운 인상의 오스칼이 무뚝뚝한 표정으로 정원 앞에 서서 그들을 향해
짧게 인사했다.

"부족한 것 있으면 언제든 말씀하시고요.”

유이나의 일행들은 숨이 막혀서 순간 인사도 하지 못하고 멍하니 굳어 있었
다. 레인필드 레스토랑의 오너이자, 웨이드로스 공작저의 메인 셰프인 오스
칼 레인필드의 실물을 직접 보다니!

날카로운 이목구비를 가진 꽃중년으로 유명한 그는 워낙에 냉랭한 성격 탓
에 사람들과 잘 어울리지 않는다고 들었다. 어쩌다 너무 큰 충격을 받으면 이
성을 잃고 흥분하기보다는 정신을 놓아 버린다던데…….

"그럼 즐거운 시간 되시길 바랍니다.”

오스칼은 담담하게 인사를 건네고는 정원을 나갔다. 유이나의 일행들은 ‘진
짜 대박이다……’라는 표정으로 서로를 바라보았다. 아무래도 검을 들 때 보이
는 아나벨의 카리스마는 아버지를 닮은 것 같다고 생각하면서 말이다.

그리고 그들의 생각과는 달리, 오스칼은 다시 주방에 들어와서 숨을 크게 고
르며 감격하는 중이었다.

"세상에……. 우리 딸이 처음으로 친구들을 저택에 초대했어……. 사실 친구
가 생길 거라고 기대하지 않았는데…….”

그는 웨이드로스 공작저에 휴가까지 내고 밤새 티푸드 조합을 고민했다. 결

국 적은 수를 추려 내지 못해서 좀 넘치게 만들어 버리고 말았지만.

"우리 딸이 친구를 만들다니…… 제발 즐거운 시간 보내야 할 텐데. 평범한 사교 모임처럼 말이야."

물론 유이나의 일행들은 정원에 도착한 것만으로도 즐거운 시간을 보내고 있었다. 레인필드 레스토랑의 디저트를 맛보는 것은 그들에게도 쉬운 일이 아니었는데, 지금 그들의 눈앞에 10년 치 디저트가 펼쳐져 있었기 때문이다.

"나 오늘……."

유이나는 황홀한 목소리로 중얼거렸다.

"……이거 다 먹고 간다, 말리지 마."

그 말에 유이나와 함께 온 티네스와 헬렌이 버럭 화를 냈다.

"말릴 건데? 너 혼자 다 먹는 꼴을 어떻게 보니? 나눠 먹어야지."

"공평하게 나눠. 나 지금 개수 셀 테니까 몰래 밑장빼기 하기만 해 봐."

그때였다. 아나벨이 커다란 상자를 들고 정원에 나타났다.

"안녕하세요. 환영해요."

그녀는 중앙에 있는 테이블 위에 상자를 올려놓은 뒤 머쓱한 듯 웃었다.

"현관에서 맞이했어야 했는데 조금 늦어서 미안해요. 어머니가 의상실에서 기념 선물을 보내 주셨는데 방금 도착하는 바람에……."

"기념…… 선물이요?"

"네……."

아나벨은 민망하다는 듯이 씩 웃었다.

"뭘 좋아하실지 몰라서 종류별로 준비했다고 하니…… 보시고 마음에 드는 것을 이따 집에 갈 때 챙겨 가세요."

상자에는 리본부터 머리핀, 코르사주와 브로치 등이 가득 들어 있었다. 메릴린이 의상실에서 오늘 오전까지 열심히 만들고 골라서 보낸 것이었다.

"어머, 너무 예쁘네요……."

"정말 저희가 가져가도 되는 건가요?"

심지어 장신구들 하나하나마다 작은 태그가 옷핀으로 달려 있었는데, 거기에는 '경축! 아나벨의 첫 티타임'이라는 문구가 새겨져 있었다. 말 그대로 기념품이었다.

"네에……. 저희 부모님께서 오늘을 좀 과하게 준비하셔서……."

22년간 그녀가 누리지 못한 많은 것들 중에는 또래 친구들과 교류하며 즐겁게 수다를 떠는 것도 포함되어 있었다. 그래서 오스칼과 메릴린은 아나벨의 티타임이 잡히자마자 비상 상황에 돌입한 양 만반의 준비를 한 것이다.

아나벨은 귀를 붉히며 '이런 것으로라도 꼬드겨서 제 친구를 만들어 주고 싶으시대요…….'라는 뒷말을 간신히 삼켰다.

그때였다. 정원으로 하인 하나가 급히 뛰어 들어왔다.

"아나벨 님! 지금 웨이드로스 공작저에서 선물이 도착했습니다."

"……선물?"

하인의 뒤로 또 하나의 커다란 선물 상자가 도착해 있었다.

웨이드로스 공작저에서 선물을 보내오다니, 아나벨은 조금도 예상하지 못한 것이었다.

"어, 음…… 이건……."

아나벨은 상자를 열어 보고 나서 허탈한 웃음을 삼켰다.

「또래 친구들과의 첫 티타임을 축하해. 도중에 할 말이 없어서 당황
스럽다면 이 매뉴얼을 참고해서 좋은 시간 보내도록 해.」

상자에는 '아나벨과의 첫 티타임을 진심으로 환영합니다'라는 음각이 새겨져 있는 검 손질 기구 세트가 네 개 들어 있었다. 심지어 검 손질법에 대하여 자필로 정성 들여 쓴 매뉴얼도 있었다.

고대의 검 손질 기록에서부터 최근의 보관 이론까지 길기도 길었다. 모두 기사들이므로 검 관리에 대해 흥미롭게 대화할 수 있을 것이라고 생각한 듯했다.

「보통은 같은 관심사를 가지고 대화하는 것이 평범한 친구 사귀기의 첫걸음이니까.」

자신이 너무 오랫동안 악당으로 살아와서 평범한 친구 사귀기를 해 본 적이 없다는 것을 잘 알고 있었다. 그래서 얼마간 긴장한 것도 사실이었다. 하지만 티타임 한 번에 주변인이 이렇게 난리를 치는 건…….

아나벨은 자신의 평범한 티타임은 이미 망해 버렸다고 빠르게 인정했다. 이건 누가 봐도 유난이었다.

'내가 뭘 모르는 건 사실이지만, 지금 이게 평범한 친구 사귀기 절차가 아닌 건 확실해.'

어안이 벙벙한 듯 얼빠진 표정의 유이나의 일행을 보니 이미 '잘 모르긴 해도 우리와 똑같은 평범한 또래'라고 저를 받아들이는 건 틀린 것 같았다.

'이왕 이렇게 된 것 어쩔 수 없네. 그냥 망했으니 재미있게나 보내자.'

어제저녁, 세시안느와 연습한 평범한 인사말 같은 것도 다 때려치우기로 했다. 아나벨은 검 손질 기구 세트를 돌리면서 될 대로 되라는 식으로 말했다.

"황당하실 건 알지만…… 제가 딱히 이거 먹어라 저거 가져라 말 붙이면서 이것저것 도와드리지 않을 테니 알아서 편히 즐기다 가세요. 원래 백지장은 맞들면 귀찮은 법이잖아요?"

파란만장한 아나벨의 첫 티타임의 막이 올랐다.

"그래, 아나벨."

티타임이 끝나고 유이나의 일행이 모두 돌아간 후, 아나벨은 희망에 찬 가족들의 눈빛을 마주해야 했다.

"다들 즐거운 시간 보냈다니?"

"또 온대? 다음 초대를 기다린다고 하지는 않았니?"

오스칼과 메릴린은 서로 흥분하여 연달아 질문을 쏟아 냈다.

"내가 의상실에 괜히 출근했다…… 하루 종일 후회했어. 우리 딸의 첫 티타임에 와 준 기념으로 직접 옷이라도 맞춰 줄걸."

메릴린은 한숨을 쉬며 혀를 찼고, 아론 역시 눈을 굴리며 한마디 보탰다.

"혹시 앞으로 누님과 좋은 친구가 되어 주겠다고 하시지는 않았습니까? 그게 아버지의 티푸드 때문이어도 좋고, 어머니의 선물 때문이어도 괜찮다고 생각합니다만……."

아론은 아나벨의 앞에 있는 검 손질 세트를 보며 혀를 찼다.

"이안 님의 기념품 때문이라면 좀 슬프겠군요. 누님의 첫 친구들이 그토록 재미없는 사람들이어서야……. 검 얘기는 기사단에서도 충분히 할 수 있는데……."

아나벨은 가족들의 앞에서 한숨을 한 번 쉬고 진지하게 대답했다.

"다들 너무 즐거워하면서 갔어요. 다음번에는 유이나 양의 집에서 모이기로 했고요. 그리고……."

"……그리고?"

"티푸드도 환상적이고 기념품도 너무 좋았지만, 무엇보다 저랑 대화하는 게 재미있었대요. 그래서 다시 만나고 싶대요."

오스칼과 메릴린, 아론 사이에서 잠시 정적이 흘렀다.

"이 모든 것들을 준비해 주셔서 너무 감사해요. 그런데 제 매력이 더 인상 깊었나 봐요."

아나벨이 밝게 웃으며 오스칼과 메릴린을 꼭 끌어안았다.

"그러니까 제가 여전히 제 또래들 사이에서 진상으로 통할까 봐 걱정 안 하셔도 돼요. 저도 더 이상 걱정 안 하려고요."

도저히 평범한 티타임이라고는 할 수 없는, 유난스러운 오후였지만 그래도 아나벨은 뿌듯했다. 가족과 연인의 사랑을 확인함과 동시에, 굳이 애쓰지 않아도 또래들과 충분히 즐겁게 보낼 수 있다는 것도 알아챈 하루였기 때문이다.

다만 이안에게는 한 가지 비밀을 갖기로 했다. 그들은 티타임 내내 검 손질법의 역사에 대해서는 한마디도 하지 않았다는 것 말이다.

'다들 연애사만 물어보고, 검 손질법에 대해서는 아무도 관심 없던데…….
이안이 상식적이라는 것도 다 옛날 말인가…….'

그래도 아나벨은 이안이 빼곡하게 적어 준 매뉴얼을 소중히 서랍 안에 간직하기로 했다. 사실 그녀는 검 손질법의 역사가 좀 재미있었기 때문이다.

외전 5

프러포즈

어린 시절, 이안의 모든 스승들은 그의 비범함을 칭찬했다. 그중에서도 제자를 파악하는 데에 가장 능숙했던 기하학 가정교사가 한 말은 다음과 같았다.

"습득력과 기억력, 집중력과 지구력 모두 훌륭하십니다. 하지만 그것보다도 또래들에 비해서 발군인 능력은……."

그는 기특하다는 듯이 어린 이안을 바라보며 흐뭇하게 말을 이었다.

"본질을 파악하고 자신만의 방식으로 응용하는 것입니다."

본질을 파악하는 것이 특기인 기하학 전공자답게 그 교사의 평가는 상당히 날카로운 것이었다. 실제로 이안은 한 번 벌어진 사건을 분석해서 자신만의 방식으로 풀어내는 것에 대해 능수능란했기 때문이었다. 검술에서도, 학문에서도, 그리고 연애에서도.

그런 성향답게 그는 친선 경기에서 아나벨이 자신에게 훈장을 주며 결혼식을 언급했던 그 일에 대해 몇 번이나 생각했다. 그 역시 아나벨에게 그만큼의 인상을 남겨 줄 수 있는 프러포즈를 하고 싶었기 때문이다.

단순히 '결혼식'을 언급한 것만으로는 이토록 큰 감동을 줄 수 없었다. 그 시간 그 대사가 그토록 전율이 일었던 것은, 검술 대회라는 이벤트가 그들의 8년 역사에 커다란 서사를 담당하고 있었기 때문이었다. 괜히 브레이든이 친선 대회라는 계기를 이용해서 프러포즈를 하라는 계획을 세운 것이 아니었다.

그러니까 지난 일을 분석한바 감동적인 프러포즈를 위한 이안의 결론은 다음과 같았다. 검술 대회라는 사건은 이미 소진된 것이나 마찬가지므로 그것을 제외하고, 그동안의 다른 서사를 이용하여 감동을 이끌어 낸다. 이미 반지는 끼워 놨지만, 또 더 이상 공식적일 수도 없는 사이가 되었지만, 그래도 이안은 그녀와 얼른 부부라는 이름으로 묶이고 싶었다.

분석을 마친 이안은 본격적으로 계획을 세우기 시작했다.

"맨날 공작저에서 만나면서 뭘 또 데이트래."

아나벨은 툴툴대면서 머리 손질을 마쳤다.

"연무장에서 얼굴 보면 될걸, 귀찮게."

말과는 다르게, 그녀는 거울 앞에서 공들여 두 시간을 보낸 뒤 출발한 참이었다. 솔직히 말하면 이안과의 데이트는 남들의 시선을 너무 끌어 버린다는 한 가지만 빼고 굉장히 설레고 즐거운 일이었다.

문제는…… 그 이목을 좋은 의미로 끄는 거면 상관없는데, 자꾸 뒤에서 '오늘도 때려 달라고 할까요? 지켜봐요, 우리.' 같은 소리가 들려왔다. 이안과 대화를 하면서 깔깔거리고 웃으며 그의 팔을 툭툭 때릴 때도 주변에서 숨을 들이켜는 소리가 들리곤 했다. '이안 님이 웃길 리가 없는데, 역시 둘만의 애정 표현 방식……' 같은 추임새와 함께.

평범하고 상식적인 연애를 하지 못할 건 예상했지만, 또 뭐 딱히 상관은 없었다만 사람들이 이안을 이상한 눈으로 보는 건 좀 안쓰러운 일이었다. 정작 본인은 '맞는 말이니 아무렇지도 않다'라며 그동안 쌓아 왔던 상식적인 이미지를 스스로 와장창 무너트려 버렸지만.

'그래도…….'

평소에 매일 입고 다니던 웨이드로스 기사단복 대신, 메릴린이 최근에 지어 준 외출복을 입은 아나벨은 시계탑 앞에서 이안을 보고 자연스럽게 퍼지는 미소를 어쩌지 못했다.

'……너무 잘생겼다.'

그녀에게 대다수의 남자들은 '좀 생겼어도 다 거기서 거기'였으나, 그래도 이안은 '특출 나게 잘생긴' 남자였다. 햇살에 반짝거리는 금발, 날카로우면서도 깊은 눈매, 그 사이에 박혀 있는 보석 같은 붉은 눈동자, 옷태가 나는 다부진 체격과 단정하면서도 금욕적인 차림새.

그녀는 그의 두 가지 모습을 모두 알고 있었다. 냉랭하며 서늘하고, 날카로우면서도 무심한 얼굴과…… 그리고 열락에 빠져 어쩔 줄 모르는, 너무 다정하여 어딘지 모르게 울리고 싶은 얼굴.

"아나벨."

이안이 그녀를 발견하고 눈웃음을 지으며 천천히 다가왔다. 아나벨은 데이트고 뭐고 얼른 어디 으슥한 데 끌고 가고 싶다는 생각을 간신히 억눌렀다.

평범한 데이트였다. 최근에 오픈했다는, 고급스러운 분위기로 인기가 좋다는 카페도 가고, 무기점에 들러 새로 들어온 검들도 구경했다. 무언가 이상하다고 느낀 것은 저녁 식사 시간이 다 되었을 때였다.

"저녁은 미리 예약해 놓은 곳이 있어."

이안이 아나벨을 이끌고 간 곳은 다름 아닌 레인필드 레스토랑 3호점이었다. 자신과 함께라면 본점도 갈 수 있다며 그를 잡아끌려던 아나벨은 이안이 예약해 놓은 자리를 보고 눈을 동그랗게 떴다. 지난 생일, 로버트와 함께 식사를 했던 바로 그 자리였다.

"그때 내가 몹시 화가 났거든. 네가 황자님과 즐겁게 대화하면서 식사하는 모습에."

그녀와 마주 앉은 이안이 짙게 웃으며 말했다.

"너무 멍청해서, 그게 왜인지도 모르고……."

아나벨은 그때 생각이 나서 푸흡, 하고 웃고 말았다. 갑자기 그가 들이닥쳐서 황당했던 기억이 나자 저절로 웃음이 나왔다. 막무가내로 대련을 하겠다며 식당을 뛰쳐나왔던 둘의 모습이 새삼 웃기기도 했다.

"이제 와서 생각해 보니 내가 아마 이 자리에 앉고 싶어서 그랬나 봐."

식사는 그때처럼 훌륭했고 요리 하나하나가 다 예술이었지만, 그때보다도 훨씬 더 즐거웠다. 오랜만에 그 시절의 이야기를 하고 있자니 '우리에게도 그런 때가 있었지'라는 기분과 함께 몹시 재미있었던 것이다. 식당 직원들이 아나벨과 이안을 알아보고 온갖 서비스를 모두 넣은 것도 즐거운 이유 중 하나였다.

"좀 걸을까."

식당을 나오고 나서, 아나벨은 이안의 손을 잡고 어스름이 지기 시작한 거리를 걸었다.

"오랜만에 옛날 생각 하니까 좀 웃긴 것 같아. 그때 나는 어떻게든 너와 엮이지 않기 위해 난리였는데."

재잘재잘 떠들고 있자니, 또 문득 눈에 익숙한 곳이 나왔다. 바로 수도의 모든 사람들 앞에서 친자 검사를 했던 아일라스 광장이었다.

"와, 여기…… 그때 진짜 황당해서 제정신이 아니었는데."

아나벨은 어안이 벙벙해서 눈을 깜빡였고, 이안은 관중석 중 한 곳을 가리키며 말했다.

"나는 저기 앉아 있었어."

"아…… 그랬어?"

사실 그때의 아나벨은 이안이 어디 앉아 있었는지에 대해서 관심이 없었다.

이안은 머쓱해하는 아나벨을 끌어당기며 머리에 입을 맞추었다.

"네가 이대로 후작가의 딸로 인정받으면, 정말로 나를 버리려나 하는 생각에 사로잡혀서 엄청나게 초조해하는 상태로."

"버, 버리다니……."

"이대로 아나벨 나디트의 인생에서 전부였던 내가 사라지는 건가 싶었지. 그 사실이 후련하기는커녕 오히려 견디기가 어렵더라고."

아나벨은 당시 이어지고 있었던 자신의 진상 짓을 떠올리며 어설프게 웃었다. 그리고 굳이 말하지는 않았지만, '참사랑이었네'라고 평가하는 중이었다.

"네게 욕먹고 맞고, 그런 건 괜찮은데 나를 잊는 건 정말 싫었던 모양이지."

하지만 어쨌든 그 시기에 그가 그런 생각을 하고 있었다는 건 전혀 몰랐던 사실이었다. 이제야 알게 된 그 소소한 속마음에 아나벨은 또 한 번 피식 웃고 말았다.

"그럼 이제…… 마지막 코스 한 곳만 더 가 볼까."

마지막으로 이안이 그녀를 데리고 간 곳 앞에서, 아나벨은 허탈한 웃음을 짓고 말았다. 그곳은 바로 로버트와 함께 〈미치지 마세요〉 오페라를 보았던 공연장이었다. 불행인지 다행인지 오늘은 공연이 없었기에 그때처럼 북적이지는 않았다.

"여기? 데이트 장소로…… 여기?"

"들어가 볼래?"

"공연도 없는데?"

"갈 수 있어."

이안은 너무나 아무렇지도 않게 그녀의 손을 이끌었다. 과연 관리인은 당연하다는 듯 아무도 없는 공연장에 그들을 들여보내 주었다.

'뭐야. 고위 귀족이면 이런 것도 되는 거야?'

아나벨은 눈을 굴리며 아무도 없는 공연장 복도를 이안과 함께 걸었다.

"여기는……."

이안이 이끄는 대로 걷다 보니 정말로 아나벨이 이안을 기다리고 있던 남자 화장실 앞 복도에 도착했다. 그날처럼 달빛이 은은하게 쏟아져 들어왔고, 아나벨은 어쩔 수 없이 그의 입에 해독제를 들이부었던 그때가 떠올라 또 웃고 말았다. 막무가내로 해독제를 이안에게 먹이고 나서 이제 더 이상 이안과 얽힐 일이 없다며 얼마나 좋아했던가.

그때였다.

"오오, 보름달이 떠서, 오오, 이렇게 아름다운 밤."

분명히 공연이 없는데, 그래서 사람도 없는데, 저 안쪽 공연장에서 익숙한 가수의 목소리가 들려왔다.

"이안?"

아나벨은 그때처럼 복도를 쩌렁쩌렁 울리는 아리아에 어안이 벙벙해졌다.

"누구보다도 신사적이었던 당신이."

이 모든 것이 계획된 일이었다는 듯, 이안은 전혀 놀라지 않고 빙긋 웃으며 그녀를 바라보고 있었다.

"때려 달라니, 욕해 달라니 그게 무슨 말인가요. 당신 정말 미쳤나요?"

웅장한 아리아에 맞추어서 이안이 낮게 말했다.

"아마 난 이 자리에서 각성한 것 같아."

"뭐, 뭐, 뭐, 뭐, 뭘?"

"맞거나 욕을 먹더라도 어떻게든 네 옆에 있고 싶다는 걸."

분명 그것조차 극복할 만큼 좋았다는 말이지만, 오페라의 내용이 내용이니만큼 이상하게 해석될 여지가 있었다.

'이 이벤트를 준비했을 저 가수들은 무슨 생각을 했을까…….'

아나벨이야 이안이 지극히 상식적인 사람이라는 것을 알고 있었지만, 이 순간이 그들에게 어떤 의미가 있는지 누구보다도 잘 알고 있었지만…….

"미쳤어요, 미쳤어. 그 사람이 미쳤어."

이안은 아주 진지하고 심각한 표정으로 그녀를 빤히 바라보며 말했다.

"지금의 너를 너무나 사랑한다는 말은 하지 않을게. 왜냐하면 나는 네가 어떤 모습이어도 사랑할 테니까."

그의 조각 같은 얼굴에 달빛이 음영을 드리웠다.

"그러니까 이제는 정말 결혼해 줄래?"

"내가 알던 그 사람이 아니야. 이상하게 변했다고."

그들에게는 정말 의미 있는 장소와 의미 있는 순간이었다. 하지만 남들이 보기엔 정말 이상한 프러포즈였다. 그 또한 이안은 전혀 신경 쓰지 않았겠지.

아나벨은 쏟아지는 감동과 함께 터져 나오는 웃음을 감추지 못했다.

어차피 대답은 정해져 있었다. 〈미치지 마세요〉의 여자 주인공도 결국 '그래도 당신을 사랑해'라며 결말을 짓지 않던가.

아나벨은 그때처럼 그에게 다짜고짜 달려들었다. 그의 입술에 해독제를 섞은 와인이 아닌, 그녀의 부드러운 입술이 밀려들었다.

외전 6

임신

"아, 그러니까……."

아나벨이 돌려 돌려 어렵사리 건넨 질문에 레슬리는 발랄하게 대답했다.

"금실이 좋은데 왜 이안 하나만 낳았냐고?"

신혼을 즐긴 지도 이제 1년이 넘어가는 지금, 요즈음 아나벨은 진지하게 임신을 고려하고 있었다. 이안은 작위를 물려받아 유능한 웨이드로스 공작으로서 활약하고 있었고, 아나벨 역시 기사단장은 물론 공작 부인이라는 직위에까지 아주 잘 적응했다. 레슬리와 브레이든은 웨이드로스 공작령으로 거처를 옮긴 뒤 여행이나 다니며 평안한 노후를 보내고 있었다. 그래도 종종 오스칼의 음식이 그립다며 레슬리는 가끔 수도로 올라오곤 했다.

그날은 아나벨과 실컷 먹는 날이었다. 아나벨은 공작 부인이 되었어도 여전히 맛있는 음식을 먹는 것이 좋았고, 특히 레슬리와 함께 먹는 것을 가장 좋아했다. 미안하게도 그것은 이안이나 다른 가족들이 대신할 수 없었다. 그리고 이번 레슬리와의 만남에서 왜 이안 하나만 낳았는지 어렵게 질문한 것이다. 혹시라도 웨이드로스 가문이 원래부터 손이 귀하다거나, 뭐 그런 사연이 있다면 미리 알아야 할 것 같아서였다.

"그건……."

레슬리는 생각만 해도 끔찍하다는 듯 몸을 한 번 부르르 떨고 대답했다.

"너무 끔찍해서 브레이든이 다시는 하지 말라고 했어. 나도 동의했고."

"끄, 끔찍하다고요?"

"응. 물만 마셔도 토했어. 입덧이 심했거든. 몸무게가 5kg은 빠졌지, 아마?"

아나벨은 들고 있던 포크를 떨어트리고 말았다. 레슬리가 못 먹다니, 이건 정말 그녀의 인생에서 말도 안 되는 비극이었음에 틀림없었다.

"내가 다리 다친 날에도 눈물을 뚝뚝 흘리며 스튜를 먹었던 사람인데……."

레슬리는 심각하게 말을 이었다.

"그때는 과일 한쪽 못 넘겼어……. 진짜 가만히 누워만 있어도 지독한 숙취에 시달리는 기분이었지."

"허어……."

"하지만 더 고통스러운 건 출산 때였는데."

벌써 한참 전 일이지만, 레슬리는 그때의 그 고통을 모두 기억한다는 듯이 미간을 찌푸렸다.

"진짜, 정말, 엄청, 완전 아팠어."

"……네?"

"더 이상 표현할 수 있는 말이 없어. 너무 아팠어. 진짜로. 이건 내가 설명해 봤자 소용없어. 어차피 겪어 보지 않고는 네가 이해할 수 있는 범위가 아니란다."

아나벨은 왠지 모르게 입맛이 떨어져서 포크를 주울 생각도 하지 못했다.

몇 달 전 세시안느는 귀여운 조카를 출산했다. 보기만 해도 말랑말랑한, 그 작은 존재가 너무나 사랑스러워서 아나벨 역시 자식을 갖고 싶다는 생각이 스멀스멀 찾아들었다. 그때 세시안느는 아기를 안은 채로 밝고 명랑하게 말했었다.

"생명을 잉태하고 낳는다는 건 거룩한 일이잖아요. 신께서 주신 축복이죠. 그렇게 생각하면 아무리 큰 고통도 이겨 낼 수 있어요."

너무 그녀다운 말이라 흘려들었는데, 지금 생각해 보니 어쨌든 '큰 고통'은 사실이라는 뜻이었다. 아나벨은 일부러 메릴린에게는 출산 후기를 묻지 않았다. 정신을 잃어 아이가 바뀌는 것도 모를 정도로 엄청난 난산이라고 했으니 물어볼 엄두도 안 났다.

"어쨌든 그래서…… 브레이든도 나도 합의를 봤지. 둘은 아니다."

레슬리는 어깨를 으쓱하며 말을 이었다.

"이안이 너무 재미없게 자라는 바람에 가끔 아쉽기는 했지만, 입덧 생각하면 엄두가 안 나더라고. 첫째가 아쉽다고 둘째를 낳는 것도 좀 아닌 것 같고."

이안에게 '아쉬운 자식'이라는 평가가 어울리는지는 잘 모르겠지만, 어쨌든 레슬리와 브레이든이 이안 하나만 낳은 것은 웨이드로스 공작가의 손이 귀해서는 아닌 듯했다.

"그런데 이런 걸 물어보는 걸 보니, 너희도 자식 생각을 하고 있나 봐?"

"정확히 말하면 제가요."

아나벨은 볼을 살짝 붉히며 민망하다는 듯이 대답했다.

"며칠 전에 슬쩍 물어봤는데, 이안은…… 둘만 있어도 너무나 행복하고, 아직 젊으니까 천천히 생각해도 된다고 대답하더라고요."

"어머, 의외인데?"

"그런데 그다음 날부터 아기방 공사에 들어가긴 했어요. 제일 환기가 잘되면서도 햇빛이 잘 들고 따뜻한 넓은 방으로……."

"……."

레슬리는 한숨을 쉬며 고개를 절레절레 저었다. 이안은 아나벨에게 부담을 주기 싫어 천천히 생각하자고 말은 하지만, 그들 사이에 아이가 생기는 것을 몹시 기대하고 있는 것이 틀림없었다.

"심지어 연령별 어린이용 목검 세트도 알아보고 있던데요."

"……그게 끝은 아니지? 또 무슨 짓을 했어?"

"온갖 육아책을 주문해서 밤마다 읽어요. 교육에 관심이 많은 것 같아요."

"그건 브레이든을 닮았구나. 브레이든도 교육열이 대단했지. 어쨌든 참 부자가 유난은 유난이야."

레슬리가 피식 웃으면서 대답했기 때문에 아나벨은 '그리고 또……'로 시작하는 몇 문장을 속으로 삼켰다. 더 이상 나열했다가는 서로 민망해질 것 같았다.

"너희 부부 뜻대로 하렴. 브레이든은 후계자를 바라는 것 같지만…… 사실 없어도 어쩔 수 없는 거지, 뭐."

"저도 아이를 낳고 싶기는 해요."

아나벨은 수줍게 웃으면서 대답했다.

"그리고 저는 아론이 있어서 좋거든요. 그래서 둘 정도는 있었으면 좋겠는데, 아픈 건 또 싫어서……."

"진짜 장난 아니게 아파."

레슬리는 힘주어 다시 강조했다. 그것은 그녀가 정말로 아나벨을 아끼고 있다는 뜻이기도 했다.

"네가 겪어 왔던 그 어떤 고통보다 대단할걸. 하지만 그만큼 예쁘기는 해. 그건 부정할 수 없단다."

그녀가 싱긋 웃으며 아나벨의 손을 잡아 주었다.

"너희가 어떤 결정을 하든 우리는 응원할게. 예쁜 손자를 안겨 준다면 브레이든도 나도 정말 기쁘겠구나. 브레이든에게 얘기는 안 할게. 내가 아나벨이 아이를 갖고 싶어 하는 것 같다고 말하면 그다음 날 아기 침대가 배송될 테니 말이야."

아나벨 역시 마주 웃으면서 고개를 끄덕여 보였다.

레슬리가 '장난 아니게 아파.'라고 말하는데도 불구하고 아이를 갖고 싶은 것을 보면, 이제는 정말 때가 된 것 같았다.

그날, 아나벨은 이안에게 아이를 갖고 싶다고 공언했다.

그리고 얼마 지나지 않아 양가 부모님께 임신 소식을 전할 수 있게 되었다.

다행히 아나벨은 입덧이 심한 체질은 아니었다. 메릴린 역시 산달까지 아무 렇지도 않게 일을 했다고 하는데, 그것은 그녀를 닮은 것 같았다.

그럼에도 불구하고 그녀는 만삭이 되어 오자 심각하게 고민에 빠졌다.

"진짜 둘째는 못 낳겠다……. 근데 둘은 낳고 싶은데."

배가 불러오면서 그녀의 소원은 엎드려 자기가 되었다. 밤에 자꾸만 깨고, 손 발이 저릿해지기 시작하면서 그녀의 컨디션은 바닥을 쳤다.

"글쎄."

이안은 그녀의 어깨에 가볍게 입술을 누르며 말했다.

"일단 하나 낳고 나서 고민해 봐. 지금의 이 생활을 잊지 않도록 내가 열심히 기록 중이니까."

그는 무려 아나벨이 오늘 하루 무엇을 먹고 어떤 증상을 보였는지 빼곡하게 기록하는 '임신 일지'를 쓰고 있었다. 처음에는 균형 잡힌 식단을 위해 식사 성 분을 간단히 쓰기 시작한 것이었는데, 점점 더 기록하는 것이 많아졌다.

"그, 그래……."

아나벨은 '넌 무슨 임신 수발을 수험생이 공부하듯 하니……'라는 말을 삼켰 다. 사실 누군가는 과하다고 할 수 있겠지만, 아나벨은 내심 그가 관심을 가지 고 열심히 챙겨 주는 것이 좋았던 것이다.

이안은 아나벨의 둥근 배를 쓸면서 귓가에 한 번 더 입을 맞췄다. 아나벨은 감겨 오는 그의 체온을 편안하게 느끼면서 백 번도 더 한 질문을 했다.

"딸이었으면 좋겠어, 아들이었으면 좋겠어?"

그리고 이안은 그때마다 똑같은 대답을 했다.

"어떤 성별이든, 제 엄마 고생 안 시키고 순탄하게 나와 주는 아이였으면 좋겠어. 난 그거면 돼."

그는 메릴린의 초산이 난산이었다는 것을 늘 의식하고 있었다.

물론 최고의 의사를 붙일 테지만, 진통 시간이 길어져 아나벨이 힘들까 걱정하는 것이었다.

"벨, 넌?"

이안은 그녀가 편안할 수 있도록 허리를 받쳐 주며 물었고 아나벨은 진지하게 대답했다.

"난…… 너 닮은 딸이나, 나 닮은 아들."

그녀 역시 몇 번이고 했던 대답을 반복했다.

"기왕이면 새로운 조합을 보는 것이 효율적이지 않을까? 리틀 이안, 리틀 아나벨, 뭐 이런 것보다는."

그러고는 심각하게 한숨을 한 번 더 쉬었다.

"그러려면 어쨌든 출산을 최대한 많이 해야 할 것 같긴 한데…… 아, 이건 너무 숨 쉬는 것조차 힘들단 말이지."

입덧이 심하지 않은데도 불구하고 이 정도면 레슬리는 얼마나 힘들었을지 짐작도 가지 않았다.

메릴린은 아나벨의 배를 보고 고개를 갸웃거리기는 했다. 오래전이라 가물가물하긴 하지만, 이 정도로 부풀지는 않았었던 것 같다고 말하기도 했다.

"내가 임신 체질이 아닌 건가……? 많이 붓는 편인가? 어쨌든 둘째는 못 낳겠다. 그런데 둘은 낳고 싶은데."

딱히 고민할 것 없는 일상에서 대화는 반복될 뿐이었다. 아나벨은 첫째도 낳기 전에 둘째 고민에 휩싸였고, 이안은 그때마다 빙긋 웃으면서 대답했다.

"일단 낳고 나서 고민해 봐."

이안의 정답과도 같은 대답은 누구나 할 수 있는 재미없는 소리였지만, 어쨌든 결과적으로는 옳은 말이었다. 둘째 고민을 할 필요도 없이 아나벨은 산달보다 조금 앞서 쌍둥이를 출산했기 때문이었다. 심지어 차분하면서도 점잖은 금발 머리의 딸과, 장난스럽고 활발한 연보랏빛 머리의 아들 조합이었다

외전 7

일상

건국제의 시작을 알리는 첫날이었다.

이안은 웨이드로스 공작으로서 특별히 마련된 상석에 앉아 생각에 잠겼다.

'이래서 아버지가 공작위를 그토록 내게 물려주고 싶어 하셨던 거군.'

아무리 귀족의 권위가 예전 같지 않다고 하더라도 고위 귀족은 고위 귀족이었다. 건국제의 특별 행사가 이루어지는 동안, 공작과 후작들은 황족들과 함께 단상에서 자리를 지켜야 했다.

'이런 행사에서 가족들과 함께 하지 못하는 건 너무 불쾌한 일이야.'

이안은 단정하고 멋진 복장 차림으로 조각처럼 앉아서 온통 다른 생각만 하고 있었다.

'레아와 테온이 얼마나 신났을까. 지난 건국제 때도 구경할 게 많아 신나했지.'

아나벨과의 사이에서 낳은 쌍둥이 레아와 테온은 이제 일곱 살이 되었다. 레아는 금발에 적안을 가진 귀여운 여자 아이였고, 테온은 연보랏빛 머리에 청색 눈을 가진 장난기 많은 남자 아이였다. 아나벨의 말대로 이안을 닮은 여자 아이와 아나벨을 닮은 남자 아이를 낳은 것이었다.

"하지만 이렇게까지 극단적으로 닮을 필요는 없었는데……."

327

아나벨은 종종 잠든 쌍둥이를 보며 중얼거리곤 했다. 성격까지 각각 이안과 아나벨을 닮은 것이다. 레아는 벌써부터 단정하고 정갈하며 규칙을 잘 지키는 성격이었고, 테온은 사랑스러운 개구쟁이로 크고 있었다.

'아론과 세시안느가 잘 챙겨 주고 있겠지만⋯⋯.'

이 형식적인 개회사가 끝날 때까지 레아와 테온은 아론이 보살펴 주기로 했다. 아나벨과 세시안느는 신전의 행렬에 참석했기 때문에 아이들을 볼 수 없었기 때문이다. 아론과 세시안느는 두 아들을 낳았는데, 쌍둥이들은 사촌들과 사이가 좋아 며칠 전부터 또래끼리 어울린다는 생각에 들떠 있었다.

"자, 그럼 본격적인 개회식에 앞서 대신관님의 축사가 있겠습니다."

저 멀리서 신관들이 행렬이 이어지고 있었다.

결혼한 지 꽤 되었는데도 불구하고 이안의 심장이 두근거리기 시작했다. 이번에도 웨이드로스 기사단이 대신관의 호위를 맡았고, 그 호위단을 기사단장인 아나벨이 이끌고 있었기 때문이다.

아침에 자신이 직접 챙겨 준 단복과 모자를 쓴 아나벨은 밝은 햇살 아래 여유로운 표정으로 호위단을 이끌고 있었다. 멀리서 그들의 눈이 마주쳤다.

아나벨이 입모양으로 장난스럽게 말했다.

"어머, 내 남편이네? 오랜만이야!"

오늘 아침에 봤지만 그 동안 보고 싶었던 것을 생각하면 오랜만이라는 말이 전혀 어색하게 느껴지지 않았다.

아나벨이 눈을 찡긋거리며 또 다시 입을 벙긋거렸다.

"오늘 좀 멋진데?"

물론 입모양으로 상대에게 말을 전할 수 있는 사람은 아나벨뿐이었다. 이안의 경우 군중들을 향해 앉아 있었기 때문에 대놓고 입모양으로 메시지를 전달할 수 없었다. 모든 사람들의 이목이 집중될 것이 뻔했기 때문이다. 그 사실을 아는 아나벨이 싱긋 웃으며 작정하고 일방적인 메시지를 전달하고 있었다.

"키스하고 싶을 만큼."

그녀의 장난스러운 얼굴을 보며 이안은 낮게 한숨을 쉬었다. 그런 말을 들었을 때 그가 이 자리에서 얼마나 고통스러워할지 예상하고 일부러 짓궂게 내뱉은 말이 틀림없었다.

때마침 대신관이 단상에 올라 기도를 시작했다.

"자, 그럼 건국제에 앞서 감사 기도를 올리겠습니다."

이안은 꼿꼿하게 앉아 기도하는 자세를 취했다. 그 모습이 얼마나 경건하고 그림 같은지, 단상의 귀족들을 지켜보고 있던 군중들이 '취향은 독특하지만 어쨌든 태도만은 모범적인 귀족 중의 귀족…….'이라며 감탄할 정도였다.

"오늘도 새삼 감사드립니다."

그러나 이안의 바로 옆에 앉아 있던 로버트는 이안의 중얼거림에 흠칫하고 말았다.

"아나벨의 남편으로 살 수 있게 해 주셔서……. 더더욱 바르고 착하게 살겠습니다……."

그리고 로버트는 이미 삼천 번은 넘게 한 '내가 졌다'라는 생각을 새삼 또 하게 되는 것이었다.

이안과 아나벨이 각자의 자리에서 서로에게 뜨거운 눈빛을 보내고 있을 무렵, 테온과 레아는 아론의 보살핌을 받으며 건국제를 즐기고 있는 중이었다.

"테온, 아까 기도 시간에 너무 자세가 불량한 것 아니야?"

레아는 진지하게 테온에게 잔소리 중이었다.

"아무리 특별석이 아니라지만 우리가 웨이드로스 공작저 자제라는 건 누구나 알고 있어. 정해진 행사의 규칙에는 모범을 보여야지. 아버지가 누구보다도 경건하게 기도 중인 것 못 봤어? 지루해도 참아야지. 선생님이 말씀하셨듯이 참는 자에게 복이……."

"레아."

테온은 대수롭지 않게 하품을 하며 레아의 말을 끊었다.

"참는 자에게 병이 오는 법이야."

"하지만 인내는 쓰고 열매는 달콤……."

"인내는 쓰고 열매는 허무하지. 그런 의미에서 레아."

테온이 눈을 빛내며 레아의 손을 잡아끌었다.

"이따가 저기 구경 안 갈래?"

레아는 잔소리를 쏟아내려다가 테온이 가리킨 곳을 보며 마른침을 꿀꺽 삼켰다. 역시 테온은 레아의 잔소리를 막는 법을 잘 알고 있었다.

"그래. 재미있어 보이네."

테온이 가리킨 곳은 바로 작은 단검 모양의 핀을 던져서 풍선을 터트린 뒤 그 개수에 따라 인형을 주는 판매 부스였다. 아직 개회사 중이었으므로 본격적인 영업은 안 하고 있었지만 곧 개장할 것이 분명해 보였다.

"와, 아버지한테 인형 따 달라고 해야겠다."

테온과 레아의 곁에 있던 제롬이 끼어들었다. 제롬은 아론과 세시안느의 큰아들이었다.

"어머니는 저런 걸 끔찍하게 못 하시니까 말이야."

"나도, 나도! 아버지한테 저기 개장하자마자 가자고 졸라야겠어!"

제롬의 동생인 페이드 역시 신나서 소리를 질렀다. 제롬은 테온과 레아를 흘 끗 바라보고 동생에게 주의를 주었다.

"페이드, 그런 말 하면 테온과 레아가 기분 상할 수도 있어. 고모랑 고모부는 바로 달려오지 못한단 말이야."

먼저 구경 가자고 한 테온이 의기소침해 할까 봐 배려해서 한 말이었다. 그러나 레아와 테온은 여유 있게 웃어 보였다.

"괜찮아. 제일 먼저 가도. 우리는 구경하고 있으면 돼."

레아가 어른스럽게 고개를 치켜들며 말했다.

"하지만 우리가 가고 싶어 했다는 걸 아버지한테는 티내지 말아 줘. 아마 우리랑 축제의 시작을 함께 즐기지 못해서 미안해하고 계실 테니까 말이야."

개회사가 끝나고 나서, 아이들은 아론을 졸라 그 부스로 우르르 달려갔다.

"아버지, 곰돌이! 곰돌이 따 주세요!"

제롬과 페이드의 성화에 아론이 작은 단검 모양의 핀을 집어 들었다. 핀을 던질 수 있는 기회는 두 번이었다.

"이런 재능 낭비를……. 네 아버지는 검술대회에서 두 번이나 우승한 사람이란다. 지금 곰돌이가 문제가 아니라고."

아론은 너무나 쉽게 맨 위의 가장 작은 풍선을 연타로 터트리며 곰돌이 인형을 두 개 타는 데 성공했다. 물론 검술대회에서 두 번이나 우승한 아론 레인필드를 모르는 사람은 없었기에 사람들 역시 우르르 몰려와 구경하기 시작했다.

"지금 이 관심을 즐기렴, 아들들아."

아론이 제롬과 페이드에게 곰돌이 인형을 하나씩 건네며 씩 웃었다.

"곧 뺏길 거거든."

그의 예측은 맞아 떨어졌다.

"아버지이이!"

"아버지!"

개회사가 끝나자마자 이안이 빠르게 달려와 쌍둥이를 꼭 안아 준 것이다.

"미안해, 같이 있어 주지 못해서."

그 말에 레아가 어른스럽게 대답했다.

"괜찮아요, 아버지. 고작 한 시간뿐이었는데요."

아론이 제롬과 페이드의 어깨를 두르며 끼어들었다.

"때마침 잘 오셨습니다, 공작님. 레아와 테온이 여기에 오고 싶어했어요."

"……그래?"

"저희 아들들에게는 이미 좋은 인형을 따주었으니 이제 공작님 차례십니다."

쌍둥이의 얼굴이 기대감에 물들었고, 이안은 진중한 얼굴로 낭패라는 얼굴의 상인이 건넨 단검 모양의 핀을 받아 들었다.

"아버지, 저희가 뭘 갖고 싶은지는 안 물어보세요?"

"응."

남아 있는 풍선을 죽 둘러보는 이안의 붉은 눈이 날카롭게 빛났다.

"어차피 전부 갖게 될 테니까."

신관들의 호위 임무가 끝나고, 아나벨은 급하게 아이들이 있는 곳으로 뛰어갔다. 이미 이안이 먼저 가 있겠지만 그래도 최대한 빠르게 가족들을 보고 싶었기 때문이다.

"……잠시, 저기는?"

아나벨은 먼 발치에서 이안과 아이들을 발견하고 피식 웃고 말았다. 아주 오래 전, 이안과 데이트를 할 때 '상인 울릴 일 있냐'라며 말렸던 다트로 풍선을 터트리고 상품을 받는 부스였다. 작은 단검 모양 핀을 든 이안의 표정이 신중했다. 마치 그녀와 마지막 대련을 치렀던 그때처럼 결연했다.

'하여간, 아이들 앞에서는 팔불출이라니까.'

그녀는 피식 웃으며 팔짱을 끼고 눈썹을 치켜올렸다.

'상인 울 텐데…….'

물론 아나벨 역시 이번에는 그를 말릴 생각이 없었다. 그녀 역시 아이들 앞에서는 팔불출이었기 때문이다.

"오!"

사람들의 작은 탄성과 함께 이안의 손을 떠난 핀이 대각선으로 날아가 연타로 일곱 개의 풍선을 터트렸다. 보통 사람들이 한 개의 핀으로 하나를 맞추기도 어려운 것을 생각하면 놀라운 컨트롤이었다. 한 번에 일곱 개의 풍선이라면 상품 목록에도 적혀 있지 않은 상상도 못할 실력이었다.

사람들이 마른침을 삼키며 다음 핀을 기다릴 때였다.

"자, 아나벨."

멀리서 이안이 씩 웃으며 나머지 하나의 핀을 아나벨 쪽으로 내밀었다.

"테온 것은 네가 뽑아 줘."

역시 이안은 그 와중에도 아나벨의 기척을 알아차린 것이다.

아나벨은 씩 웃으며 자신을 기다리고 있는 가족들에게 달려갔다. 기대감에 차 있는 아이들의 얼굴을 보니 오늘 하루도 놀랍도록 즐거웠다. 아이들과 새로운 추억을 만드는 일은 언제나 설레는 일이었기 때문이다. 이안과 연애할 때, 이보다 더 좋을 수 있을까 싶을 정도로 행복했는데 매일매일이 그때보다 더 행복했다.

"누님, 테온이 갖고 싶은 건 안 물어보세요?"

"응."

막 도착한 아나벨에게 아론이 장난스럽게 물었고 아나벨은 이안에게 핀을 건네받으며 대답했다.

"어차피 전부 갖게 될 테니까."

아나벨이 던진 핀이 경쾌하게 허공을 갈랐다.

구경꾼들의 탄성이 터지는 만큼 아이들의 웃음소리도 크게 터졌다.

사랑스러운 하루였다.

이안과 함께 한 이후, 어떤 상황에서도 늘 그래왔듯이.

최강자 남주의 라이벌을 그만두었더니 4

초판 1쇄 인쇄 2023년 5월 15일
초판 1쇄 발행 2023년 5월 24일

지은이 유나진
펴낸이 김선식

경영총괄 김은영
IP개발 김현미 **상품개발** 신효정
엔터테인먼트사업본부장 서대진
웹소설1팀 최수아, 김현미, 심미리, 여인우, 장기호
웹소설2팀 윤보라, 이연수, 주소영, 주은영
웹툰팀 이주연, 김호애, 변지호, 윤수정, 임지은, 채수아
IP제품팀 윤세미, 신효정, 정예현
디지털마케팅팀 김국현, 김희정, 이소영, 송임선, 신혜인
디자인팀 김선민, 김그린
해외사업파트 최하은
저작권팀 한승빈, 이슬
재무관리팀 하미선, 윤이경, 김재경, 안혜선, 이보람
제작관리팀 이소현, 김소영, 김진경, 양지환, 이지우, 최완규
인사총무팀 강미숙, 김혜진, 지석배, 박예찬, 황종원
물류관리팀 김형기, 김선진, 한유현, 전태환, 전태연, 양문현, 최창우
외부스태프 gnoey(디자인)

펴낸곳 다산북스 **출판등록** 2005년 12월 23일 제313-2005-00277호
주소 경기도 파주시 회동길 490
전화 02-702-1724 **팩스** 02-703-2219 **이메일** dasanbooks@dasanbooks.com
홈페이지 www.dasan.group **블로그** blog.naver.com/dasan_books
종이 신승지류유통 **출력·인쇄** 북토리 **코팅 및 후가공** 제이오엘앤피 **제본** 다온바인텍

ISBN 979-11-306-4241-3(03810)

다산북스(DASANBOOKS)는 독자 여러분의 책에 관한 아이디어와 원고 투고를 기쁜 마음으로 기다리고 있습니다.
책 출간을 원하는 아이디어가 있으신 분은 다산북스 홈페이지 '원고투고'란으로 간단한 개요와 취지, 연락처 등을 보내주세요. 머뭇거리지
말고 문을 두드리세요.